北宋星空下

U0916786

蔡襄

千古万古清风

吴梅影 著

浙江古籍出版社

图书在版编目（CIP）数据

蔡襄：千古万古清风／吴梅影著. — 杭州：浙江古籍出版社，2019.4
（北宋星空下）
ISBN 978-7-5540-1517-9

Ⅰ.①蔡…　Ⅱ.①吴…　Ⅲ.①传记小说－中国－当代　Ⅳ.①I247.5

中国版本图书馆CIP数据核字(2019)第054951号

蔡襄：千古万古清风

吴梅影　著

责任编辑　陈临士
文字编辑　张　莹
责任校对　余　宏
美术设计　刘　欣
出版发行　浙江古籍出版社
（杭州市体育场路347号　电话:0571-85176986）
排　　版　杭州兴邦电子印务有限公司
印　　刷　浙江全能工艺美术印刷有限公司
经　　销　浙江省新华书店集团有限公司
开　　本　710 mm×1000 mm　1/16
字　　数　220（千）
印　　张　14.75
版　　次　2019年4月第1版
印　　次　2019年4月第1次印刷
书　　号　ISBN 978-7-5540-1517-9
定　　价　40.00元

总序

吴梅影女士是我见过最为勤奋的作者之一。近年来，她勤于笔耕，成果迭出，她的新著《唯余笔墨情犹在：赵孟頫传》出版问世以来，受到广大读者的好评。春夏之交，在书业界口碑极佳的“春风图书势力榜”优秀图书评选中，这部图书获得了不少网友的点赞。《唯余笔墨情犹在：赵孟頫传》书稿一交出，梅影女士马上就开始了以“宋四家”为对象的新作的创作，足见她的勤快。她的才思敏捷，她的坚韧执着，让人感叹！

米芾在《西园雅集图记》一文中记述了北宋元祐文士集团的雅集活动，文曰：

> 炉烟方袅，草木自馨，人间清旷之乐，不过如此。嗟乎！汹涌于名利之域而不知退者，岂易得此耶！自东坡而下，凡十有六人，以文章议论，博学辨识，英辞妙墨，好古多闻，雄豪绝俗之资，高僧羽流之杰，卓然高致，名动四夷。①

这篇文章记述的是元祐二年（1087）六月，苏轼与王诜、米芾、李公麟、苏辙、黄庭坚、秦观、张耒、晁补之、李之仪、参寥、蔡天启、郑嘉会、陈碧虚、王仲至、刘巨济共十六人聚集于王诜所居西园的一次雅集，李公麟以灵动洒

①米芾：《西园雅集图记》《宝晋英光集》。

脱的笔墨绘就了一幅《西园雅集图》，米芾写了上面这篇记叙文。米芾的文章具体描述了画上人物的形象："其乌帽黄道服、捉笔而书者，为东坡先生"，"右手倚石、左手执卷而观书者，为苏子由"，"团巾茧衣，手秉蕉箑而熟视者，为黄鲁直"等等，生动而直观地描述了这一堪比兰亭雅集的西园雅集图，千年之后，依然给人以品味不尽的历史余音。

宋代上承汉唐，下启明清，在中国历史文化的发展进程中是一个重要的变革和转型时期。在中华民族发展史上，宋代文化的发展达到了中国古代文化发展史的高峰。从思想、政治、经济、教育、科学、文化到社会各个阶层的精神倾向、价值追求，都呈现出与前代社会不同的特征，城乡教育兴旺发达，科举制度发展成熟，书籍刊刻繁荣发展，民风与士风发生了巨大的转变。

在朝廷推行崇文重教国策的历史条件下，科举取士，重用儒生，"与士大夫共治天下"，以进士及第者为中心的士人群体，取代魏晋南北朝及隋唐以来的门阀士族，成为文官政治与文化创造的主体。北宋真正结束了长期以来士族地主垄断科举的局面，为广大寒门士子晋身仕途开辟了道路，促进了文士阶层的形成。两宋三百年间，士大夫的社会地位、人生境遇都得到了提高，成为全社会尊崇的对象。宋代文化人队伍之庞大远远超过前代，学养之深厚也超过以往任何时期。"读书破万卷"的学者型作家不断涌现，像欧阳修、王安石、苏轼、司马光等人，博览群书，兼善诸艺，在文学创作之外还撰著了经学、史学著作，显示了他们广博的知识修养。士大夫受到春秋战国士人那种以道自任和为帝王师精神的感奋，表现出强烈的社会使命感与入世精神，在朝敢于犯颜纳谏，发表政见。

范仲淹、欧阳修、王安石、苏氏父子、黄庭坚等是体现北宋士风的楷模。以苏轼、蔡襄、黄庭坚、米芾而论，他们的身上反映了文士的典型品格。他们重操守、尚志节，以孟子宣扬的“圣人”为圭臬，把臻于“圣人”之精神境界作为现实人生的终极追求，特别注重“内圣之道”的修炼，塑造以道自任、虚静正定的人格，养成慕志尚气、重节崇义、砥砺品行的风气及由此衍生出来的对理想人格的追求。苏轼、苏辙、黄庭坚、陈师道等于新旧党争之间坚持独立的人格操守，决不依附权势，尽管屡遭政敌陷害与打击，仕途多舛，他们伟岸独立的人格理想和主体精神却毫不改变。苏轼兄弟一生关心时政、积极进取的入世精神亦昭然可见。

与此同时，他们又都有个体性的精神追求，都怀有对个体精神自由的强烈追求，精心营构自己的精神家园，成为宋代士人人格追求的另一个导向。我们清楚地看到，在他们身上，文化素养的深厚、思想情趣的高雅、精神气质的不凡、家国情怀的浓烈，证之于各类史料文献，昭然可见。这其中，苏轼、蔡襄、黄庭坚、米芾是具有典型意义的代表，在文学艺术的各个领域，从诗、文、词，到绘画、书法、音乐等，他们都作出了杰出的贡献，推动了宋代文化的持续繁荣发展。即以书法而论，苏轼、黄庭坚、蔡襄、米芾四位，被后世称为“宋四家”，他们挥毫泼墨，注重气韵滋养，他们的作品呈现出尚意之风和雅士风范，浓厚的古代文化气息扑面而来。

我一直以来都关注着每一部出版问世的描写“宋四家”的传记。虽然已有多部以“宋四家”为传主的人物传记刊刻行世，但在读到吴梅影女士的这几部书稿后，我感到一股清新气息扑面而来，沁人心脾。

梅影女士为了这几部作品的创作，做了大量的前期准备工作，一头扎进卷帙浩繁的宋代典籍之中，潜心收集各类文献资料，深入细致钻研材料，考证史实，订正错讹，还原他们的生活轨迹。她运用生动而传神的笔墨，以波诡云谲的大时代为背景，以主人公一生建树、经历为经，以诗词、文章、书法（特别着重笔墨于作者所长之书法研究）、绘画等为纬，栩栩如生地再现中华浩瀚艺术银河中、北宋星空下，一颗颗闪亮的星星——描绘出他们的神情笑貌，给读者提供了一幅精彩的宋代社会生活长卷。

这套宋四家“北宋星空下”系列人物传记小说拟命名为：《苏轼：一樽还酹江月》《黄庭坚：因风飞过蔷薇》《米芾：淡墨秋山画远》《蔡襄：千古万古清风》。几部作品将陆续问世，我很高兴地把它们推荐给读者。期待每一位读者从中享受到精神之旅的愉悦！

寿勤泽

2017年仲夏

自序：泉州洛阳桥上的月光菩萨

在我看来，蔡襄应该是这个样子的：闽地男子，个头不高，十分严肃，不苟言笑。微微眯着的一双不大的眼睛，清亮逼人，神采尽露。他做事果敢而利落，讲话不长却精要，每每切中要害……他身上所有的一切，都是我喜欢的男人该有的样子。

我仰望着他，默默念着他的名字，暗自奢望：有一天，我会有可能和他说话么？如果今生有缘相见，他会有那么一点喜欢我么？

很多年过去了。在岁月中，我努力着，想要配得上他，可以有那么一点资格来说他。

那一夜，我真的和他久别重逢：他牵着我的手，告诉我他也喜欢我，我心疼他，抱着他，跟他说要一辈子对他好——我们相爱了，爱得那么深，那么真，那么傻，那么不可思议。碧海青天，此生此夜，地老天荒……

梦中醒来，心内怅怅，还是不敢写蔡襄。他是一个高不可攀的男子吧？太完美，无法亲近，不容亵渎。对于他，只能仰视，偷偷爱慕，没胆表白。

“忠之实，曰廉公方正；惠之实，曰遗爱在民”——在他去世一百多年后，南宋孝宗淳熙三年（1176），他终于等来了他该得的，国家、人民，以及历史对他的公正评价：“蔡忠惠公”。

“名节在朝廷，治绩在邦国。”他为谏官，弹劾权相吕夷简、晏殊；他严词拒绝让他写字邀宠的人，包括皇上——因仁宗爱极了他的书法，想让他为病逝宠妃张氏（谥温成皇后）及其父撰写墓志铭；他认为书道是小道——和同族后世佞臣蔡京之卑劣阿谀相差十万八千里；他为福建路转运使，带领民众手植万棵行道树引来荫凉，百姓作诗赞之:“夹道松，夹道松，问谁栽之我蔡公。行人六月不知暑，千古万古摇清风”；他为泉州修建洛阳桥惠国利民——“太守莆阳蔡某为之合乐燕饮而落之”；他研制小龙团茶，促进地方经济发展；他用钟太傅韵味的小楷，写下《茶录》《荔枝谱》……

“谁谓闽远，而多奇产。产非物宝，惟士之贤。嶷嶷蔡公，其人杰然。奋躬当朝，谠言正色。出入左右，弥缝补阙。间归于闽，有政在人。食不畏蛊，丧不忧贫。疾者有医，学者有师。问谁使然，孰不公思？有高其坟，有拱其木。凡闽之人，过者必肃。”（欧阳修《端明殿学士蔡公墓志铭》）

“前无贬词，后无异议；芳名不朽，万古受知。”（朱熹）

赞曰：蔡忠惠公！

我终于真真切切地站在泉州洛阳桥上了。晚秋的风吹过，轻拂桥中央月光菩萨温柔的面容，“他”对着我，露出慈祥的微笑。1059年，宋仁宗嘉祐四年，己亥岁（蔡襄领众）造。

我环绕着“他”，一圈又一圈，流连再三不忍离开。我用手轻轻抚摸“他”身上的一道道刻痕，“他”的脸、“他”的眉眼、“他”嘴角的微笑，好像抚摸我那久别重逢的爱人。

天暗下来。我用手机拍下一张月光菩萨像：菩萨宝相庄严，仿佛时光并未流走。此时，月华如洗，星光熠熠，辉映万物，带给山川、大地、江河，带给人间无限光明。慈爱悲悯的星月，从北宋而来，从洛阳桥而来，从未暗淡稍许。

目录

三 四谏经邦

四 万安济众

五 枫亭落照

一

建州春盏

1. 瓯中时看白云生

“来，诸君，请坐下，请随群山一起坐下来。”

平时不苟言笑的福建路转运使蔡襄此刻展开笑靥，一口洁白的细米牙在春天的熙光中微微闪动光泽。他招呼众属下，三三两两，散坐于周围山石之上。清风悄悄，松涛声声，白云悠悠。

身后，是大片大片迎风盛开的粉白、深红、艳紫的杜鹃花。

建州建安（今福建建瓯），石塔山，初春。

石塔山，顾名思义，山多奇石，犹如塔群庄严肃穆。瞧瞧，这边的一块巨石巍然屹立，好似浑朴老农慈眉善目；那边的一个大块头平躺于地，仿佛刀削斧凿而成的可书长卷的大案几；还有一石，突兀嶙峋，高瘦透，犹如神秘不言独立山头的世外高人；更有一崖，高逾数丈，似蔡襄所书擘窠“岩”字。造化之神奇，令人匪夷所思。春来了，石塔山中，满山满坡的杜鹃，铺天盖地而来，一夜之间，山呼海啸般怒放，瞬间把山头染成五彩，让人惊得目瞪口呆。其中，火红的色彩最为浓烈，真真映山红也。花朵与巨岩之间，苍松犹如卫士，威武伫立；缝隙之中，一株株古茶树见缝插针，傲立石上成百上千年。众多古茶树颇解人意，风过时，摇曳着身姿，跟人热情打招呼来着。

刘松年:《撵茶图》局部

蔡襄道：“石塔山岩石之间，茶树最佳。陆羽《茶经》云：‘上者生烂石，中者生砾壤，下者生黄土’，是也。百年古茶生长于岩间，将根深深扎入缝隙之中，树有多高，根便有多深。野花、竹叶、松针掉落其下，渐渐腐烂，化为茶树最佳之营养。加之高山风大，夜间寒冷，虫儿几乎无法生存。故而，茶韵之外，茶之品相亦上佳。”

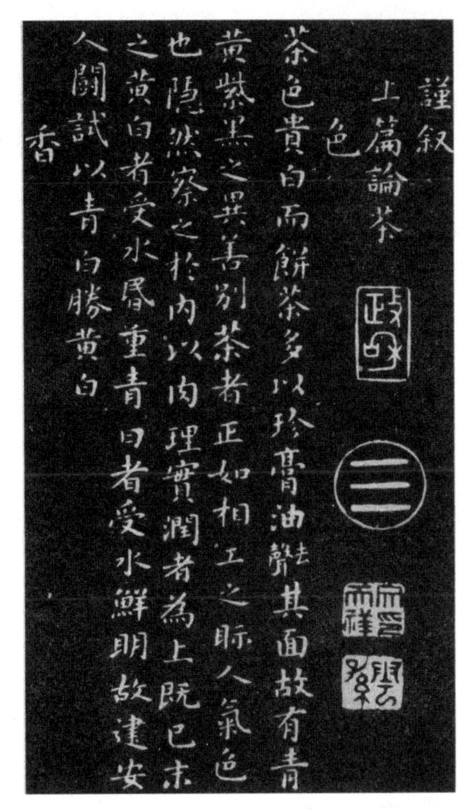

蔡襄：《茶录》局部

远处，一缕炊烟无声无息，悄然升起于山间。

他摘下一叶茶芽，放到鼻端：“真香。今年实是春茶难得之大丰年。”

石影、花影、树影，深青、绯红、浅碧，有若长卷，随着山势起起伏伏，最终消失于群峰与山岚之间。

宋仁宗庆历七年（1047）。

仁宗皇帝，正是宋开国以来的第四位国君，宋太宗赵光义之嫡孙。

北宋立国，太祖置诸道转运使以总财赋，分全国为十三道。太宗将边防、盗贼、刑讼、钱谷之任皆委于转运使，改道为路，全国分为十五路，从而使“路”作为一个独立的行政单位正式确立。真宗在咸平四年（1001），将川峡路析分为“川峡四路”，即益、梓、利、夔，四川由此而得名。这样，全国共分十八路。真宗又设提点刑狱，总揽一路之司法和监察，令安抚使主持一路军事，而转运使专理一路财赋和民政。如此，既可分转运使之权，又可加大中央对地方的控制。

蔡襄，字君谟，生于真宗大中祥符五年二月十二（1012年3月7日），到今年三十有六了。蔡氏家族居福建路兴化军（今莆田）仙游慈孝里赤湖蕉溪（今属福建省仙游县枫亭镇），世代务农。父亲蔡琇，粗通文墨。母亲卢氏，泉州惠安德音里（今惠安县后龙乡）圭峰村秀才卢仁之女。蔡襄童年，依外祖父于涂岭圭峰伏虎岩山寺读书，得外祖父悉心教导。

蔡襄十五岁参加乡试通过，因年龄太小，未能进京参加省试。仁宗天圣七年（1029），蔡襄十八岁，和小他两岁的弟弟蔡高一道，千里迢迢由故乡出发，步行前往京都汴梁（今河南开封），入国子监深造。是年秋，蔡襄参加开封府试（宋例，各地举子经荐，秋日前往京城考试，相当于乡试。通过后进入国子监学习，再参加来年春季礼部试），获第一名，其弟蔡高却落榜。

天圣八年（1030），蔡襄荣登进士第后，授漳州军事判官，在职三年。后历任西京（洛阳）留守推官、馆阁校勘等职。

庆历三年（1043），范仲淹、富弼、韩琦、杜衍同时执政，欧阳修、王素、余靖同为谏官，馆阁校勘蔡襄受欧阳修等三人举荐，亦升任谏官。世人将几人合称为“四谏”。

庆历四年（1044），蔡襄以右正言调知福州。去年，庆历六年（1046）秋，改任福建路转运使。

今年三月初，交接完毕，他准备从福州动身到北苑来，不料却病倒了。蹉跎十来日，月中方进山来。一月之间，撑着病体，在这建安的山间，和茶农、茶师一道，采摘、蒸青、捣研、压饼、焙制、收藏、上贡……他很欣慰，他做出了多年未见的最好的茶饼。

他清瘦的脸上，展露微微的笑容。

几名青壮农夫挑着刚采摘的、用巨大竹篓装着的茶芽，沿着山路踽踽而下。蔡襄跟几人打招呼：“茶倌，且坐下歇歇。”

一名茶农放下担子，坐到蔡襄身旁石上，道：“大人，今年茶叶不错呢。山中风凉，请早些回吧。”

蔡襄点头，又露出难得一见的微笑：“得趁天气连续放晴，命北苑赶紧些烘焙。”

建安石塔山不远处，凤凰山中北苑，有着大宋御用的官焙茶园，最好的茶叶首先要送到那里焙制。

十多年宦海风云，为官不易，而今能够回到福建，奉献家乡父老，蔡襄感到责任很重，又倍觉欣慰。他望向山外，云霭深处，有他魂牵梦萦的故乡。

2. 吹彻云箫上紫烟

金明池中的流水，顿挫缓急，哗啦哗啦歌唱着，流过悠悠八十载；未曾改变的，恐怕只有东京城头，这银白的月光了。

宋太宗太平兴国六年（981），元夜。

火树银花，龙舞狮腾，整座城市在一片欢歌笑语之中。就连天上的明月，亦不甘示弱，展开明媚的娇颜，把大地山川来照亮。

街头，大石狮旁，人群拥挤处，一名少女轻敲檀板，婉转唱来：

牡丹花谢莺声歇，绿杨满院中庭月。相忆梦难成，背窗灯半明。
翠钿金靥脸，寂寞香闺掩。人远泪阑干，燕飞春又残。

歌声清澈空灵，黄莺儿一般动听。

围观人群中，一位格外出众的锦衣少年，在身旁几名家丁的环护之下，驻足聆听。

女子唱罢，圈中一名年纪稍长的清俊男子，笑眯眯拿出小帽，绕场一周，向听众讨赏。锦衣公子示意手下，一名家丁赶忙从怀中掏出一锭银子，丢入男子帽中。

众人交头接耳，议论纷纷。

一名老者啧啧曰："呀，唱曲兄妹这下发财喽。"

一个后生叹道："真有钱哪。这大一锭银子，够小的全家吃上一年半载的了。不知是哪家公子？"

一位中年婆子插话："还用问么？非富即贵。依老身看来，怕是位小王爷也不好说。"

卖艺男子见银大喜，拱手再三："谢过公子。"

唱曲女子亦款款走过来，道个万福，轻声道："待小女子再鼓来一段，以谢公子，以谢诸位贵客。"

她取出㲲来，边敲击，边舞来：人如旋风，又如落木。舞到锦衣公子面前，稍停，盈盈望过来，眼波秋水，双颊酡红，醉了一般。

围观人群愈发高声喝彩。

几日之后。

卖艺歌女刘娥和其未婚夫龚美正低首收拾街头物件，欲回屋歇息来着，抬头，见先前赏银的少年公子笑眯眯站在眼前。此次，公子身边没有前呼后拥，只跟着两名青壮随从。

公子问龚美："不请客人去家中坐坐？"

龚美答道："贵人欲往陋室，小的求之不得。只恐赁屋寒俭，有污公子耳目。"

这十四五岁年纪娇美卖艺女子名唤刘娥，祖籍并州太原府，祖父为武将，于五代时后晋、后汉任右骁卫大将军，父亲刘通太祖时官虎捷都指挥使，领嘉州（今四川乐山）刺史，因而举家迁至成都华阳。

刘娥出生后不久，父母即双双亡故。可怜她襁褓之中便成孤女，无奈，经乡邻相济，寄养在其母庞氏娘家。

养到四五岁年纪，见其清秀可人，贪财舅父便把她卖入一名老鸨家中。在那里，刘娥经专人调教，学到了一身本领：唱得好曲，弹得好琴，击得好鼓，断文识字，又善察言观色，八面玲珑。八九岁年纪，即出落得相当不凡，气若幽兰，见之忘俗。本地殷实人家龚姓银匠之长者，花钱为她赎身，养在家中，欲待其长成，跟自家儿子龚美成亲。因她年幼，也并未花太多钱财。

龚美大刘娥两岁，而今十六，刘娥却是十四岁。原本说好待明年刘娥及笄，二人便要行合卺之礼。年前，同乡言东京城繁华无匹，金银生意极好，约着龚美到京城来发财。龚美便带上刘娥一同前往，对外称她为自家妹妹。龚美、刘娥二人经这三五年间朝夕相处，感情甚笃，众乡邻皆十分羡慕。

东京城尚新奇，龚美的金银器款式老旧，生意并不好，无奈，只好让刘娥抛头露面。刘娥色艺双绝，在东京城一唱而红。而今兄妹二人，积攒下了不少银两，正准备晚春返乡成亲去呢。

贵介公子乃今上太宗皇帝第三子，生母为太宗贤妃李氏。公子名叫赵德昌，他见了精灵般的刘娥，魂便被勾走了。

自此，赵德昌常来街头听刘娥唱曲，又去她小屋流连。一来二去，两名同龄的少男少女渐生情愫，如胶似漆。因钱财，又畏于皇家权势，龚美只好放手。

是日，恰逢吉日，一顶小轿，将刘娥抬进赵德昌王府中。

灯下，刘娥笑微微，睁着勾魂双眸对着赵德昌："郎君，奴家母亲庞氏，曾梦明月坠落怀中呢。不久，她便有了身孕，诞下奴家。今日看来，梦恐是真的。不然，东京城这么大，人如此之多，奴家怎会有幸遇到郎君?"

赵德昌把她拥入怀中："自然，人间良缘，自有上天安排。"

又紧紧拉住她的双手，定定看向她，道："山无陵，江水为竭。冬雷震震，夏雨雪。天地合，乃敢与君绝。"

"噗"的一声，他把红烛吹灭了。

3. 昼静清风生，飘萧入庭树

臣子散去，太后刘娥独自坐于大殿之中。身旁宦官悄声对她说道："太后，请回宫歇息吧。"

她打了个激灵，回过神来，这才站起身来准备离开。

夕阳照在她踽踽独行的背上，美人儿刘娥这下真真老矣。

宋仁宗明道元年（1032），太后刘娥今年六十有五了。

前月，仁宗生母李宸妃薨，刘娥欲按照一般妃嫔礼仪下葬，丞相吕夷简（坦夫）提醒她："太后，依老臣看来，往后如欲保全刘氏一族，今当厚葬李宸妃才是。"

周舫:《调琴啜茗图》局部

她听了，惊出一身冷汗，心想：姜还是老的辣啊。

这李宸妃，曾是她屋中的侍女，经她一手调教，献与真宗侍寝以求生子。李宸妃毕生对刘娥言听计从，就连产下儿子这多年，也不敢告诉儿子自己才是他的母亲："哎，真真当得起'宸'之封号也。"

想到李宸妃，想着往事如烟，太后刘娥竟然流下泪来："哀家这是真的老矣。也难怪，三十余年了。"

十五岁那年，她随赵德昌进入皇子府邸。花信年华，赵德昌宠她爱她，眼中心中只有她。二人日日如胶似漆："曾经沧海难为水，这也是哀家，从无嫉妒之心的由来吧？他心里有没有你，你怎会不知道呢？世间铭刻心骨的感情，哪里容得下别人？"他为了她，忍受父亲的责骂；他为了她，不顾朝野议论；他为了她，冒天下之大不韪，一定要立微贱出身的她为皇后；他为了她，把李宸妃收入房中，又把李宸妃所生的儿子赵祯当作了她的儿子。"他可是君王呀，即使世间普通男子，几人能够做到？"

"刘娥哪刘娥，想不到，你这样的出身烟花的卑贱女子，今生竟然能做到皇后，又做到太后……"想着逝去的夫君真宗皇帝赵德昌，她心中百感交集。

二人东京街头相识，她进入王府，没过多久，赵德昌进宫去见皇上，太宗见三皇子憔悴消瘦，传唤他的乳母，问：怎么回事？皇子身边有何人？乳母本来就不喜欢刘娥，便把刘娥入府的事禀报皇上。太宗听闻皇子竟然将出身微贱、来历不明的民间女子带入府中，大怒，令赵德昌将刘娥逐出王府。不久，又赐婚赵德昌，新娘系出身名门、宋之开国功臣潘美的女儿。赵德昌不敢违抗父皇之命，又难舍刘娥，遂将刘娥秘密安置在王府指挥使张耆家中，二人不时私会。

太平兴国八年（983），赵德昌被授为检校太保、同中书门下平章事，封韩王，改名元休；不久之后，又改名元侃。

端拱元年（988），封襄王。淳化五年（994）九月，进封寿王，加检校太傅、开封府尹。

端拱二年（989）五月，赵元侃正妻潘氏卒。

至道元年（995），被立为太子，改名赵恒，仍兼开封府尹。说来赵恒既非太宗长子，也不是皇后所生，原本是轮不着他继位的。但其长兄赵元佐因叔父赵廷美之死发疯、二哥赵元僖无疾暴亡，他才有幸继位，是为宋真宗。

赵恒即位后，景德元年（1004），刘娥封美人。大中祥符五年（1012），赵恒不顾朝臣反对，册封刘娥为皇后。

多年之后，因真宗年老，健康状况不佳，刘娥逐渐掌控了朝政大权。真宗不安，以宰相寇準为首的一党更不容刘娥独揽朝纲，刘娥遂结丁谓、曹利用等外朝朋党，以霹雳手段，剪除对她专权不满的寇党。

在位二十五年，真宗驾崩。乾兴元年（1022），真宗独子、李宸妃所生赵祯即位，时年十三岁。因其年幼，刘娥临朝称制。

刘娥垂帘听政，威震天下。有臣子上书，请刘娥“依武后故事”；程琳亦献《武后临朝图》，暗请刘娥称帝。刘娥将鼓动她称帝的奏章撕碎，掷于地上，道：“哀家岂能做对不起大宋列祖列宗的事！”

走在路上，看着熟悉的一草一木，刘娥陷入沉思：昨日里，哀家兄长刘美进宫来陪哀家闲话，说起世事无常，光阴倏忽，而今众多旧识均已逝去，哀家与兄长两名老者，尽皆唏嘘不已。是也，哀家和先帝真宗同岁，均出生于太祖乾德六年（968）。因刘娥显达，其兄龚美受赐“刘”姓，封官晋爵，刘氏满门荣宠。

夕阳无声，照进空无一人的大殿。

翻过年去，明道二年（1033），刘娥薨。仁宗叔父、太宗第八子燕王赵元俨禀告仁宗：“陛下是李宸妃所生，并非刘太后亲生。李宸妃死于非命。”

仁宗听闻，大为震惊：“怎会有这样的事？朕从未听闻呀。”因哀伤过度，仁宗多日没有上朝，下诏自责，并尊李宸妃为皇太后，谥号壮懿。

仁宗又去洪福院祭告李宸妃，哭着亲自开棺验查母亲仪容。李宸妃容貌仿佛生前，衣冠服饰和皇太后一样，尸身以水银养护，并没有朽坏。仁宗感叹道:“人言怎能轻信!”

刘家尊荣更胜往昔。李宸妃陪葬真宗永定陵，奉祀于奉慈庙。仁宗又于景灵宫建神御殿，殿称广孝。

4. 遂使周雅称嘤鸣

蔡襄道:“诗曰:‘嘤其鸣矣，求其友声’，我月初方来，即得幸与各位相识。昨日赋成五首，名曰《四贤一不肖诗》，今为诸君以小楷书来，诸君请观。”

欧阳修接过，仔细看来，道:“君谟书风相较往日，似是愈发精进。只是诗中赞修曰‘帝图日盛人世出，今吾永叔诚有望’，实是愧不敢当。”

座中另一人亦拱手道:“愧不敢当也。”

蔡襄不大的一双眼睛，微微眯着，眼神清亮照人。他用略带闽地口音的官话温言细语道:“当得，当得，诸位仁兄皆是俊杰。某特意书来一首赞范希文，惜乎他已出知饶州（今属江西），今日未能得见，甚憾。”

景祐三年（1036）春，汴京城。

蔡襄进士及第后，前往福建路任漳州军事判官，三年届满，闲居故乡年余，等待朝廷调遣。本年初，他奉命进京，以待吏部铨选，刚及第不久的弟弟蔡高亦同来。五月初，兄弟二人方到达东京。

此回，蔡高幸运些，没等多久，便被任命为长溪（今福建霞浦）县尉。蔡襄继续留京待选。

今日，众人相聚金明池畔，为的是替好友、蔡襄同榜进士欧阳修饯行。

欧阳修，字永叔，吉州永丰（今江西永丰）人，比蔡襄年长五岁，因吉州原属庐陵郡，故以“庐陵欧阳修”自居。

和蔡襄诸事顺遂相较，欧阳修科举之路可谓坎坷。天圣元年（1023）及天圣四年（1026），两次参加科考都意外落榜。

落榜原因其实很简单，科考对经典的阐释须亦步亦趋，又重华丽骈文，而欧阳修偏偏喜欢自由、自然之清新文风，并擅长策论。就是说，他的文风，和时风、和阅卷老师的喜好有所偏差。

天圣七年（1029）秋，由胥偃（安道）保举，欧阳修进京，就试开封府国子监。和蔡襄同科，蔡襄为第一，欧阳修亦顺利通过。次年春礼部试，欧阳修勇夺桂冠。

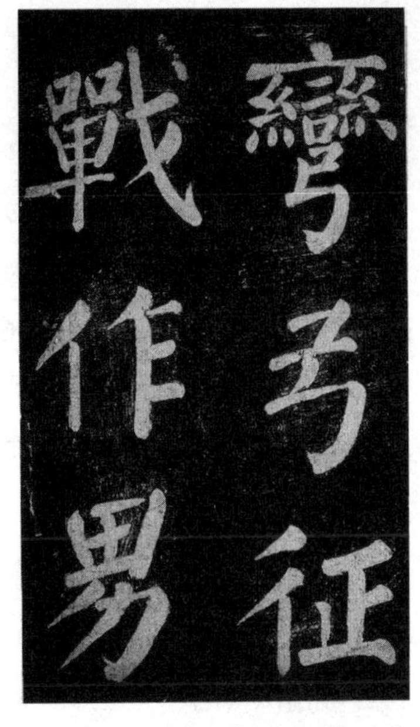

蔡襄：《杜牧诗句》局部

天圣八年（1030）晚春，仁宗在崇政殿亲自主持殿试。殿试放榜后，欧阳修为第十四名，蔡襄则荣居第十。据欧阳修同乡、时任主考官的晏殊后来对人提起，欧阳修未能夺魁，是因其锋芒过于显露，圣上欲挫其锐气，促其成才。

欧阳修虽唇不著齿，矮小瘦弱，其貌难彰，却一向自恃才高。之前，他感觉在即将到来的殿试中，自己定能夺得状元，于是特意做了一身新衣服，预备夺魁后显摆。他在广文馆中有个同学，名叫王拱寿，年龄还未满十九岁，也将参加殿试。是日晚，王拱寿试穿欧阳修的新衣服，孩子气十足的他得意地对欧阳修说道："我穿状元袍子啦！"没想到，殿试这天，王拱寿真的中了状元！

因之，蔡襄与欧阳修，都为王拱寿科进士。

近日，朝廷秘阁校勘欧阳修遭贬，将往夷陵（今属湖北宜昌）任县令；秘书丞、集贤校理余靖（安道），亦已贬官筠州（今江西高安）监盐酒税；太子中允尹洙（师鲁）将往郢州（今属湖北）任酒监。

几人同时倒霉，都是为了刚才众人口中所说的范希文。

这范希文本名范仲淹，字希文，苏州吴县人。因父亲早逝，自幼由母亲独自抚育，家境极为贫寒。后母亲无奈，改嫁他人。范仲淹少有大志，多年勤勉苦读，终于进士及第。

却说刘太后虽驾崩，老臣吕夷简却威风不减，一是仁宗亲政方三年，需要老成臣子辅佐；二是吕夷简自来圆滑，并无过错，所以，依然以集贤殿大学士拜同中书门下平章事，继续为相。

今年初，景祐三年（1036），开封府尹范仲淹不满吕夷简把持朝政，培植党羽，任用亲随，无所作为，向仁宗进献《百官图》，对吕夷简用人提出尖锐批评，劝说皇上制定良好的用人制度，亲自掌控官吏升迁之事。吕夷简不甘示弱，反讥范仲淹迂腐，诬蔑范仲淹“越职言事，勾结朋党，离间君臣”。范仲淹连上四章，论斥吕夷简狡诈，因言辞激烈，被罢黜，改知饶州。

范吕之争，牵连甚广，秘书丞余靖上书请求修改诏命遭贬；太子中允尹洙上疏自讼与范仲淹是师友关系，愿一起降官贬黜；馆阁校勘欧阳修作书责备高若讷（敏之）身为谏官，对范仲淹被贬之事一言不发，受牵连外放。蔡襄因之作《四贤一不肖》诗，赞范仲淹、余靖、尹洙、欧阳修四人，嘲讽高若讷。

月挂中天。余靖已先行离京，诗中提到的四贤之一尹洙拱手对蔡襄说道：“深谢君谟贤弟。”

欧阳修道：“君谟书大好。惜乎唐末以及五代战乱，法帖多不存，而今法书一道，实是无法可依，萎落无人也。李西台书瘦劲清坚，结字端庄稳健，亦有不尽如人意处。愿君谟往后，承先贤，树已风，启未来。”

这欧阳修口中的李西台，名叫李建中，本朝书家，今已逝去。因其晚年居洛阳，曾官西京留司御史台，所以人称李西台。

蔡襄道：“永叔过奖，弟当勉力前行。是也，而今莫说魏晋，即是唐人法帖亦多不得见。弟自幼专学本朝周清臣（周越，字清臣）。弟以为，清臣乃法书一道承上启下者，其真、草、行、隶均落笔刚劲，婉隽有神，且字字不妄书，切中规矩。其人草书尤佳，学养博厚，最具法度。”

5. 辱公知遇厚，表里曾无嫌

西京留守张士逊哈哈大笑，银白的胡须在秋风中微微颤动："君谟深得余意。是也，为政之道，民为贵，社稷次之；为艺神髓，道为文之本，文为道之用。"

蔡襄频频点头，以倾慕目光，看向眼前古稀老者——今判河南府、又兼西京留守、曾两度为相的大宋名臣张士逊。

景祐三年（1036），七月。

仲夏，蔡襄得朝廷命，离开东京。行色匆匆，在这初秋时节，他顺利到达洛阳，任西京推官，掌治刑狱。

宋，首都东京之外，还设有几座陪都，分别为西京洛阳、北京大名（今河北邯郸大名）和南京应天（今河南商丘）。

蔡襄到达洛阳的时节，正是洛阳清凉天气，牡丹虽谢，草木青青依旧。

这座从前大唐东都，历经唐末、五代战乱，国朝以来，几经重建，愈发风姿绰约。

城中，一座座或青或红的砖、石、木小楼掩映在花树之中，宅第秀雅，园林成趣，人间少有。与江南名邦相较，可说各有千秋。今日聚会，便在城中某富户的园子曲径通幽处。

张士逊道："虽余暑未消，园中花木扶疏，甚是清凉。"

他年逾七旬，却是神采奕奕，笑声爽朗。

西京留守，乃宋官名。唐时，玄宗久住东都洛阳，天宝元年（742）以京师长安为西京，改西都留守为西京留守，掌京师军政要务。肃宗以后，称长安为上都，仍沿用西京（都）留守旧称。宋立国，首都为东京汴梁，以洛阳为西京，亦置留守，并以判河南府兼任。

张士逊字顺之，阴城（今属湖北）人，生七日，其母不幸亡故，由姑姑

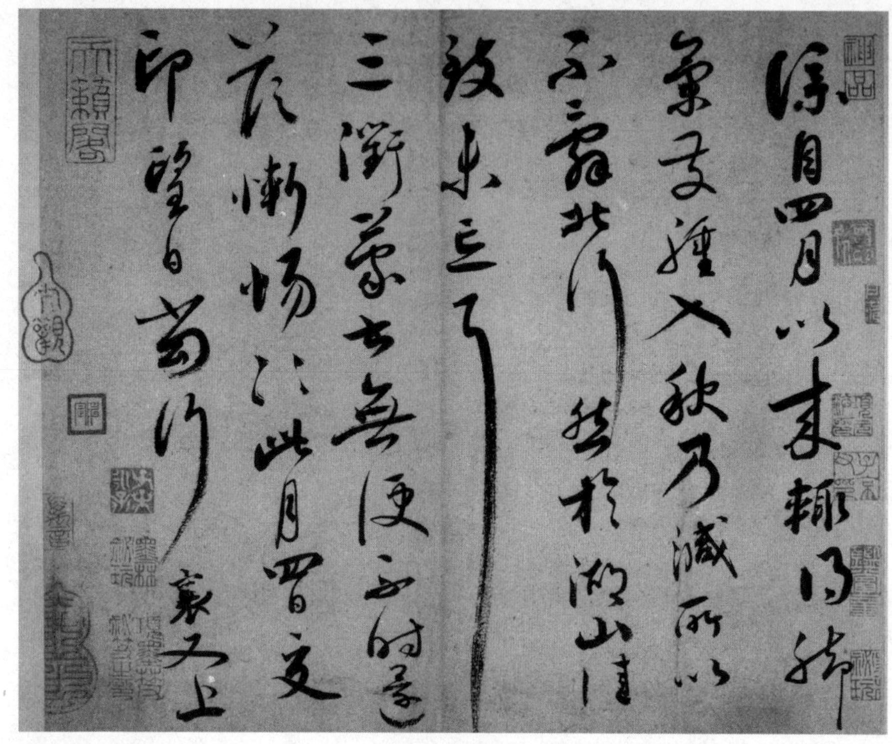

蔡襄：《脚气帖》

养育长大。太宗淳化三年（992），经多年苦读，二十八岁的他进士及第，由地方干起，逐渐升迁。仁宗（赵祯）即位，刘太后垂帘听政，选拔僚佐，张士逊为太子詹士，辅助少年天子。后擢拔为枢密副使（掌管军事）；因才干，曾二度为相。

明道二年（1033）四月，张士逊自刑部尚书、同中书平章事，加门下侍郎、昭文馆大学士、监修国史。是岁，天下大旱，蝗灾肆掠，张士逊请如汉故事自罪册免，皇上不许。及仁宗自损尊号，张士逊又请降官一等，以答天变，仁宗慰勉之。五月，命张士逊撰《谢太庙》及《籍田记》。十月，张士逊与同列过枢密使杨崇勋（宝臣）园饮，日中不至。御史中丞范讽（补之）弹劾张士逊，其遂以尚书左仆射判河南府，并兼西京留守。

见美景清幽，张士逊抹髯，悠然吟道：

峡寺一停桡，新秋暑乍消。
幽怀徒易释，肥遁固难招。
翠拟千峰活，红分数叶凋。
优游虚岁月，何以报清朝。

蔡襄端着香茗，对身旁二人赞道：“大人不但政事有为，诗亦是清新刚健。真不愧国之元老，天子所赖，官之所则，四方所瞻也。”

二人亦点头：“君谟所言甚是。”

今年，是张士逊任西京留守第四年。宋之官职，一般三年为一任，张士逊连任，坐镇西京，可见仁宗、朝廷对其十分倚重。

蔡襄又道：“大人所吟，属下最喜‘翠拟千峰活，红分数叶凋’，既以翠色之夺目，映衬秋来红叶凋落；又以‘千峰’咏苍莽群山扑面而来，‘数叶’写落叶无声静中有动，实是大手笔。‘优游虚岁月’，更是大人过谦之词。属下到洛阳以来，亲见大人日理万机，不时还要抽空指点属下，事无巨细，涉及时局、文案、剖断方方面面，就是日常应对，亦是悉心指导，属下所得甚多。大人心怀天下，日夜操劳，偶有休闲，亦是难得。”

众属下同声道：“君谟所言，真实非虚。”

张士逊道：“老夫平时严厉些，也是对众人殷殷期待，欲促汝辈成才。政事文章，若非历练，怎可轻易得心应手？”

众人又是一番议论。

管弦声起，歌舞彻天。

蔡襄对张士逊拱手道：“诗词歌赋，原非某所长，还望大人不时提点。”

张士逊哈哈大笑：“蔡君谟，男儿当以一己之力报效国家，岂能沉溺歌管楼台？”

蔡襄低首：“属下记着了。”

张士逊扫视座中众人，道：“今春以来，辽人蠢蠢而动，觊觎我东北边地，似有窥探东京之意。据闻，范希文为开封府尹，曾提议圣上迁都至我这西京洛阳，以镇西北，避辽人锋芒。此说，似有可议之处。”

蔡襄听说如此，一向沉稳的他猛然站起，道："大人，属下以为，希文此说，为国也！吕丞相却言希文迂阔，务名无实。可叹希文遭贬谪出京，迁都事便不了了之。"

张士逊点头道："希文，人才也。"

6. 相伴花前去又来

小舟随水飘荡，转眼间，江阴在望。看着河岸两旁熟悉的景致，蔡襄的眼眶湿润了。

昨夜，他又梦到了妻子。江中水波一漾又一漾，好似妻子葛清源那美丽温柔的笑靥。

十六岁的她低首站在梅花丛中，人比梅花更娇艳：

"襄哥，此去霜重，请多保重。哥瞧，一夜之间，屋旁绿萼梅开花了呢。莹白满山，暗香盈袖，正是哥诗中所咏：'迎腊梅花无数开，旋看飞片点青苔。'梅花盛开，春天已不远。"

葛家小姐葛清源以轻柔的江南语音缓缓而言。说罢，抬头看向他，眼神温和明净，笑靥如花，头上的一只荔枝形状金发钗，在冬天清晨的柔光之中，微微颤动，闪耀着金色的光芒。

天圣七年（1029），蔡襄于本年秋天通过开封府试之后，准备参加次年春天举行的礼部试。只是，到了这时候，兄弟二人却发愁了。

回故乡兴化军仙游枫亭么？山高路远，囊中羞涩，经不起折腾；留在京师么？居不易呀，贫寒子弟，并无丝毫底气。

这个时候，救星来了。恩公、曾任仙游县尉、今回京就职的凌景阳对蔡襄说道："到江阴去备考吧。那里，有我家岳翁为恩主之青阳悟空书院，有葛氏一族众多藏书，实是温书备考的好地方。"

凌景阳娶了江阴乡绅葛惟明长女为妻。他心里有句话没对蔡襄说，他预备这次要做一回月老，向岳父推荐，把小姨子葛清源许配给他一向十分欣赏的枫亭少年蔡襄。

蔡襄、蔡高兄弟二人到了江阴，借居于葛家为大施主、葛惟明为教授的悟空寺书院读书。蔡襄不改旧习，每日天刚亮便起床读书；晚间，最后熄灯的，必然是他和弟弟蔡高的小屋。

葛惟明看在眼里，心中暗自喜欢。

这本地乡绅葛惟明，家境颇殷实，年轻时，也曾数次参加科考，却都没有考中。其平生最喜读书，最敬重读书人。科考失败，便退隐乡居，读书课子，设馆授徒，又积书数千卷，告诫子孙以读书为重。

多年来，葛惟明的清静生活十分惬意，不但把几个儿子教导得像样，女儿亦是非读书人不嫁。

是日晚间，蔡襄和蔡高正在烛光中用功读书，葛惟明走进屋来。

蔡襄起身行礼："先生好。"

葛惟明笑眯眯道："今日天气寒冷，内人领着家中女孩儿为二位贤侄做了两身棉袄，刚差人送来。来，二位贤侄，穿上试试，看合适不?"

蔡襄、蔡高赶忙致谢。

葛惟明见书桌上蔡襄为本寺所抄《心经》，道："贤侄此幅小楷颇为严整秀肃。"

蔡襄道："依旧有许多不足。不过学生于书写一道，确实不敢懈怠。"

蔡高插话："先生，家兄学书十分勤勉，从小至今，只要得空，小楷每日几乎要临写上万字呢。"

葛惟明微笑点头。又对蔡襄道："贤侄，请随老夫来，有句要紧话想跟贤侄讲。"

蔡襄随同葛惟明走出寺外。葛惟明道："贤侄，直话直说，老夫因爱你人品出众，常回家念叨，夫人便道，何不许他以我家清源？也是，老夫今欲把幼女清源许配与你，不知贤侄以为如何?"

蔡襄道："先生，学生家贫，恐辱没了清源小姐。"

葛惟明哈哈大笑："君谟贤侄，钱财身外之物，老夫从未把它看在眼里。”

这江阴葛氏家族，读书做官买田，世代累积，成为一方巨富。祖居地因坑得名，名葛坑村，地灵人杰，风水极佳，葛惟明又育得几位好孩儿，村中人人称羡。

是日，读书之暇，几位同学、葛家老大葛宏和蔡襄兄弟在馆中闲话。

蔡襄道：“转眼间，襄及弟来江阴学馆读书已三月余，承蒙先生、师母厚爱，承蒙兄长时常关照与砥砺，我兄弟二人学业日就月将。弟将别去，愿早日再来江阴相会。今有一物赠与清源妹，望兄转交。”

葛宏：“谢弟盛意，是何好物?”

蔡襄笑道：“荔枝一枝也。”

他从袖中取出一枚打制精巧的金荔枝钗：“此是襄家中珍藏，现奉上与清源妹作为信物。”

葛宏接过荔枝钗，道：“余妹最爱荔枝，呵呵。如此看来，弟与清源，实是天作之合。”

蔡襄拱手：“拜托兄。襄已修书禀明父母，此便为家母委托凌长官带来之家传金钗。襄此去若中，即刻便回返江阴迎娶清源小姐。”

他微微笑了，清瘦的脸孔，在秋阳中温和而明媚：

> 日暖香繁已盛开，开时曾绕百千回。
> 春风岂是多情思，相伴花前去又来。

7. 高楼中天月色净

洛阳白马寺，齐云塔前。

登临眺望，壮丽山河尽收眼底；俯首塔前，一男一女两个人儿仿佛小小逗点一般，被大自然神奇的画笔不经意间轻轻点染于寺前。二人正静立闲谈。只听女子娇声问道："郎君，请细细为奴家讲来这白马寺之由来及灵验处。"

男子道："此间洛阳白马寺，相较于娘子从前跟随阿母（莆田等闽地人对母亲之称呼）前去参拜的闽中永春白马寺，年代更久远些，更为有名。"

女子道："奴家留心知晓，永春白马寺修建于唐时，一直以来，香火甚旺，但相较此间洛阳白马寺，确实不如。"

男子点头："此洛阳白马寺建于更早之东汉永平年间，相传汉时明帝刘庄夜寝南宫，梦金神头放白光，飞绕殿庭。次日询众臣，知梦为佛，遂遣使臣蔡愔、秦景等前往西域拜求佛法。呵呵，蔡愔，原为我蔡家人呢。"

男子便是此间西京推官蔡襄。初秋，他刚到洛阳就任不久，州守张士逊体贴下属，命他前往江阴，去接妻室儿女前来洛阳共同生活。

他就在这晚秋初冬，把妻子和女儿接到洛阳来。

天圣八年（1030）春，蔡襄顺利通过礼部试及殿试，回返江阴，迎娶葛家小姐葛清源为妻。

他又带着妻子，回到故乡枫亭拜见父母。初初仕进，作为小小的漳州军事判官，俸禄寥寥，他不可能带妻子前去上任，只好将妻子留在家中侍奉父母。

"襄拖累她了。"作为一名江南富庶之地的大家闺秀，葛清源的家庭虽算不上豪门巨富，但亦是从未短衣少食。她自小娇养于深闺，知书识礼，雍容端庄，而今却毫无怨言，跟随蔡襄到了闽地乡间，侍奉公婆，一粥一饭亲力亲为，怎能不让蔡襄感动呢："襄拖累她了。"

他看着妻子，语调愈发温和："蔡、秦等人在月氏（今阿富汗一带）寻访多时，遇上了在该地游化宣教之天竺（古印度）高僧摄摩腾、竺法兰，于是邀请圣僧到中土宣讲佛法，并用白马驮载佛经、佛像，跋山涉川，于永平十年（67）来到京都洛阳。汉明帝敕令仿天竺样式修建寺院，为铭记白马驮经之功，遂将寺命名为'白马寺'。寺院不仅年代古远，据载，在摄摩腾和竺法兰之后，又有多位西方高僧来到白马寺译经，之后的一百五十多年间，有一百九十二部、合计三百九十五卷佛经在此译出，白马寺成为当之无愧的

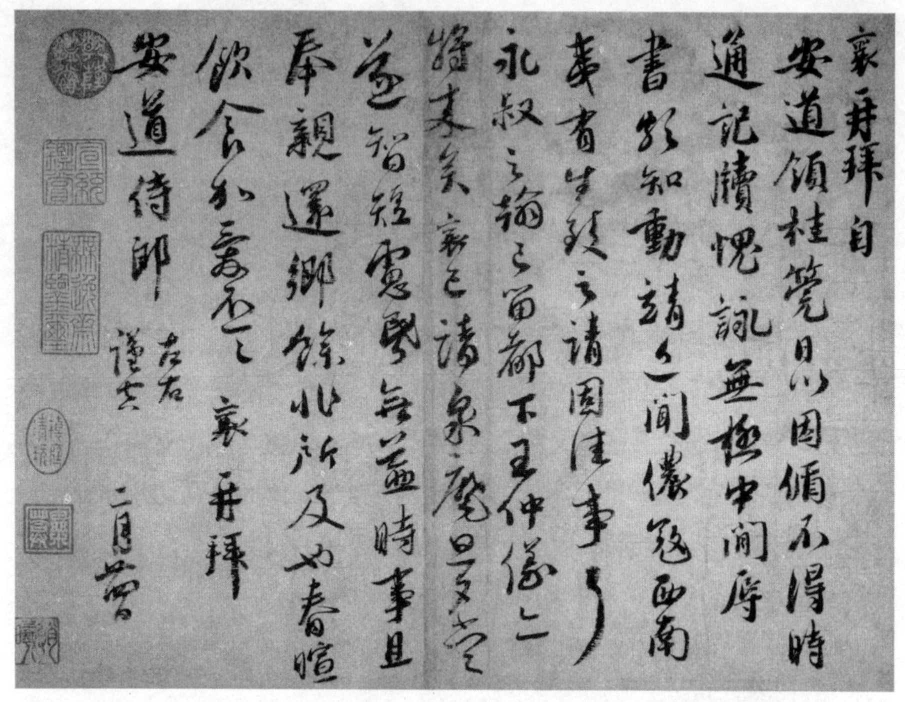

蔡襄:《安道帖》

第一译经道场。”

葛清源道:“啧啧,无怪乎香火如此之甚。郎君瞧瞧,四处皆是善男信女敬香来着。奴家想着,今日我夫妻来这白马寺求祷,必会十分灵验。”

唐末,江南蔡氏蔡用元、蔡用明兄弟为避战难,举家南迁,由浙江钱塘(今杭州)移居福建之同安,因王潮(闽王王审知之兄,字信臣)兄弟率军入闽,为避乱,蔡氏二人又徙居仙邑唐安乡慈孝里赤湖(东宅赤岭)繁衍生息。往后,部分后裔更向东移至仙游枫亭九社卧牛山(俗称牛头山)山麓卜居。此地山峦起伏,举目苍翠,钟灵毓秀,风光旖旎,其间,肇居着一户农家,男主人名叫蔡琇,娶妻卢氏。蔡琇为人笃实憨厚,勤劳俭朴,粗通文墨;其妻卢氏端庄贤淑,性情温柔,知书达理。夫妻二人相敬如宾,男耕女织,琴瑟和鸣,且皆心怀慈悲,好善乐施。

成亲后不久的一日夜里,卢氏得一梦,梦见虔诚供奉的青泽亭泗州文佛对她说道:“望你夫妇多行善举,将来可得三子,必成大器。”卢氏醒后,把梦中所得告知夫君。其夫蔡琇自来虔诚向佛，亦是深信无疑。此后，夫妇二人虽经济并不宽裕，却愈加扶贫济困，名闻乡里。

夕阳向晚，蔡襄夫妇二人携手信步走出寺外。寺前，左右相对站立的两匹青色石马，温和驯良，仿佛正对着他们颔首微微而笑。

蔡襄道："娘子请瞧，此二马即是驮经之马，与当日真马模样相同、一样大小呢。"

葛清源走上前，用手轻轻抚摸马首、马耳，道："嫁与郎君几年，奴家虽诞下一女，却至今尚无男儿。奴家和阿母虔诚向佛，望佛祖保佑，尽快赐予如此二马一般腾跃之可意麟儿，为蔡家开枝散叶。"

蔡襄握住妻子的手："《诗》曰：'有骊有黄，以车彭彭。思无疆，思马斯臧。'定会的，娘子。如此神骏，蔡家当有。"

8. 天与秾华更与香

仁宗景祐四年（1037），洛阳，深春。

无边无际的芳华与秾丽，好似春汛一般，滚滚而至，一日更比一日迅猛，令人沉醉其间，真可以用唐时黄巢那句诗来形容："满城尽带黄金甲。"

谷雨来临，牡丹盛放，姚黄和魏紫更是展露出众姿色，争奇斗艳。蔡襄轻声道："属下孤陋而寡闻，若不是到了洛阳，怎可知牡丹竟如此超凡。唐时刘禹锡诗写'唯有牡丹真国色'，更有李中护诗句'国色朝酣酒，天香夜染衣'，国香牡丹，委实名不虚传。"

稍停，又道："吾友欧阳永叔昨日寄诗来，吟曰'姚黄魏紫开次第，不觉成恨俱零凋'，叹春色短暂，春光易逝。"

张士逊点头："是也，欧阳永叔曾官洛阳，其以姚黄魏紫花开短暂写胸臆，实为伤春好诗。君谟，今日牡丹花开甚好，你我二人不妨也吟它几句，以助廊间香茶，如何？"

蔡襄忙道："恭敬不如从命。只是属下愚钝，并不通诗，万望大人多加指点才是。"张士逊曰："不妨，老夫先得一首了。"随即朗声吟出：

> 金谷花时醉几场，旧游无日不思量。
> 谁知万水千山里，枉被人言过洛阳。

蔡襄沉思许久，方缓缓开口道："属下现得一首，请使君斧正。"

他站起，对着园中锦绣，眯着双眼，悠然吟道：

> 名花百种结春芳，天与秾华更与香。
> 每忆月陂隄下路，便开图画觅姚黄。

张士逊点头道："君谟此首却是十分的好，请以行书替老夫书于扇面。夏日即将来临，老夫带着，想是十分清凉。"

这多人诗中所咏姚黄魏紫，乃是洛阳牡丹中的名种，姚黄指千叶黄花牡丹，出于姚氏民家；魏紫指千叶肉红牡丹，出于名臣魏仁溥（道济）家。如果说牡丹是花中之王，那么，姚黄和魏紫便可称牡丹之"王中王"也。

当日欧阳修在胥偃保举之下，得以进京科考，及第后，胥偃又把女儿嫁给了他。无奈，欧阳修的胥氏夫人新婚后不久便去世了。景祐中，他被贬夷陵后不久，娶了已故宰相薛奎（简肃）的次女。令世人感叹的是，薛奎的大女婿不是别人，就是跟欧阳修一同参加殿试夺得状元的王拱寿。没多久，王拱寿的夫人去世，他便又娶了薛奎的小女儿，继续做薛家的女婿、欧阳修的连襟。为此，欧阳修写诗调侃他道："旧女婿为新女婿，大姨夫作小姨夫。"

世间因缘真真不可思议，如同王拱寿一般，蔡襄和欧阳修亦是缘分甚深。譬如，欧阳修进士及第后不久，天圣九年（1031）三月，便来到了洛阳，担任蔡襄而今的职务——西京推官，由此，他还写下名篇《洛阳牡丹记》呢。

张士逊道："今日虽吟诗尽兴，老夫依旧要重申一句，把弄笔翰，吟咏诗文，终是小技。为官为吏，当以政事、作为为首要。”

蔡襄道：“大人所言甚是。属下幼年入学，少长举进士，为书为文，务求新奇；年岁渐长，特别是来到洛阳，亲近老大人，犹如醍醐灌顶，长进不少。古语云‘满招损，谦受益’，属下而今不忘日三省吾身，懂得守正、务实，为文为人，不再张扬猎奇。”

张士逊微微颔首，笑着看他。

蔡襄又道：“属下平日，公事为主，不敢以文辞妄进于左右，笔墨更未尝轻易卖弄。日常间，与同事交谈，从不争辩文辞是非得当与否。公干之时，亦未尝执书弄翰。”

张士逊答道：“对的，为臣之人，当如白莲一般，中通外直，不蔓不

赵孟頫：《斗茶图》

枝；清芬守正，含蕴内敛，为国尽忠，为民尽力。”

说话间，下人送上刚点好的茶盏来。蔡襄低首，素雅的黝黑天目盏中，漂浮着乳白的雪花。茶香渐渐溢了开来。

他问：“此是丁晋公（丁谓，字谓之，后更字公言）真宗咸平初为福建路转运使时，所供奉之龙团么?”

张士逊道：“是也，正是早些年圣上赐予老臣。圣上爱茶，懂茶，对丁晋公所制龙团称赞有加。君谟对茶，看来十分内行?”

蔡襄恭敬拱手道：“属下出身福建路兴化军仙游农家，幼时尝从外祖父去往山中看茶农采茶、制茶，略知一二。”

真宗朝丁谓任福建路转运使时，造龙凤团茶特供宫廷饮用。其上有螭龙者称龙团或龙茶、龙焙，贴凤者称凤团或凤饼。

蔡襄回到家中，夫人葛清源对他说道：“相公，今晨以来，奴家一直干呕不止，恐是害喜了呢。”

蔡襄听说，笑意漾了开来，道：“襄这就去请大夫来。”

9. 六合万籁息，秋林月正辉

伊河干涸，仿佛一名饱经风霜的老者，以无神的眼睛打量着人世。

洛阳城，深秋天气。

天气转凉，河岸边站立二人，均已穿上了棉袄。其中身材较高之西京留守张士逊舞动着手臂，由东北挥向西北：“契丹之后，党项崛起，我大宋却朝中乏人。今圣上召回老臣，老臣将尽心竭力辅助圣主。”说到此，他收回手臂，肃然端立，拱手向天。

稍停，接着说道：“老夫此番还朝就任，第一要向圣上举荐之人，便是范希文；这另外一人，自然是你，蔡君谟。”

蔡襄拱手道：“深谢大人一直以来的关照与鼓励，属下无论身处何地，无论身在何位，定牢记大人教诲，为国尽忠，为民谋利。”

张士逊转过目光，望向更深更远的地方，暮霭沉沉，看不到边际：“唉，李成谢世范宽死，唯有长安许道宁……”

天福元年（936），后唐河东节度使石敬瑭反唐自立，向契丹求援，耶律德光（辽太宗）与石敬瑭约为父子，契丹出兵扶持，石敬瑭建立后晋。石敬瑭把燕云十六州（即今北京、天津全境，以及河北北部地区、山西北部地区，包括燕、蓟、瀛、莫、涿、檀、顺、云、儒、妫、武、新、蔚、应、寰、朔共十六州）割让给契丹，契丹坐大。次年，契丹将幽州作为南京，改皇都为上京，把原先的南京（辽阳）改为东京，遂以大国的姿态傲然崛起于宋之北方。

古语云：“失岭北则必祸燕云，丢燕云则必祸中原。”自此，中原失去了北边屏障，把光溜溜脊背暴露给北方诸雄，任其蹂躏。

燕云十六州所处地势居高临下，易守难攻。深知其中利害，中原王朝从后周世宗柴荣起，便开始了与辽争夺燕云十六州的战争。

宋立国之后，燕云十六州更是大宋君臣心腹之患。

太宗初，宋辽高粱河之战，宋军惨败，宋太宗险些阵亡。往后，宋军便再也不敢进行这般大纵深的军事突破了——多年以后，宋太宗亦崩于此役之旧伤复发。

澶渊之盟是宋与辽在经过四十余年的战争之后缔结的盟约。

真宗景德元年（1004），辽萧太后与辽圣宗亲率大军南下，深入宋境。有大臣主张避敌南逃，真宗也想南窜，因宰相寇準力劝，才至澶州督战。战罢，双方于是年十二月（1005年1月）订立和约：辽宋约为兄弟之国，开榷场贸易往来，以白沟河为边界；宋每年送给辽岁币银十万两、绢二十万匹。因澶州（河南濮阳）在宋称澶渊郡，故史称此会盟为“澶渊之盟”。

此后宋、辽二国再无大规模的战事，双方礼尚往来，通使殷勤，互使共达三百八十次之多。辽边地发生饥荒，宋会派人在边境赈济。真宗崩逝消息传至辽国，辽圣宗“集蕃汉大臣举哀，后妃以下皆为沾涕”。

宋跟辽国打仗，要掌握主动权，得有精良骑兵，而骑兵所需的马匹，放眼中华大地，只有两个地方出产。一在东北，所谓蓟北之野，即今热察一带。一在西北，即甘凉河套一带。养马必须要在高寒丰饶之地，且不能一匹一匹散养，要养于长山大谷，有美草，有甘泉，有旷地，成群驯养，才能养出良驹。而这两个出产骏马的好地方，在宋开国时，一个已被辽拿去，一个则被党项人占据。

党项人李元昊是羌人拓跋氏之后（本该唤作拓跋元昊），其远祖为拓跋思恭，在唐朝时因功被赐李姓。

真宗咸平六年（1003）五月初五，李元昊出生在灵州（今宁夏灵武）。

其出生的次年，祖父李继迁在同吐蕃六谷部首领潘罗支的作战中，身中流矢，伤重而亡，其父李德明继为夏州（今陕西靖边）定难军留守。继任后，李德明奉行“联辽睦宋”政策，使夏州李氏得到迅速发展。

父亲死后，李元昊继承遗志，在取得河西走廊之后，着手整肃军队，于原有部落的军事基础上，创设正规的军事制度。如军队以步兵、骑兵为主，辅以炮兵、“擒生军”、侍卫亲军等多兵种。仿宋“厢军”制度，将全境划分为左、右两厢，共设十二个监军司，各立军名，规定驻地，设置军事首领都统军、副统军和监军使等职。全境广布兵员，重点护卫兴庆府并加强对宋、辽的防卫。对河西走廊肃州、甘州的吐蕃和回鹘聚居地区，升郡设府，置以重兵，镇抚并用，加强统治。经过短短六年时间，李元昊完成了建国的各项准备工作，一个“东尽黄河，西界玉门，南接萧关，北控大漠，地方万余里”的党项政权已初具规模。

党项李元昊咄咄逼人，仁宗苦于朝中无人，今秋，召张士逊还京就任。此是张士逊以七十四岁高龄，第三次为相。

10. 天际乌云含雨重

“三年而迁，视其地与民置之若遗迹，非志于民者，孰去而思之耶？公方专制羌虏，早设方略，暮云机势，以攻取决胜为事。今乃勤勤洛人之利不忘，可谓志于民者矣。”

须发皆白、威仪赫赫、年近六旬的范雍（伯纯）接过蔡襄所书，仔细看过，满意点头：“君谟过奖，某实愧不敢当也。君谟小字甚好，即依此意，稍作修改，去掉润饰，无需过多褒奖，请君为疏通伊水作记。”

伊水汤汤向东。又是一年秋来时，宝元元年（1038）深秋。

虽是寒冷天气，河中，却见大舟小船穿梭忙碌；岸上，一台大水车“吱吱”欢唱，丝毫不见以往初冬的凋残。几名男子站立岸边，依依相送西京留守范雍。

蔡襄点头：“属下谨遵大人嘱托。风寒霜重，大人此去延州，请多保重。”

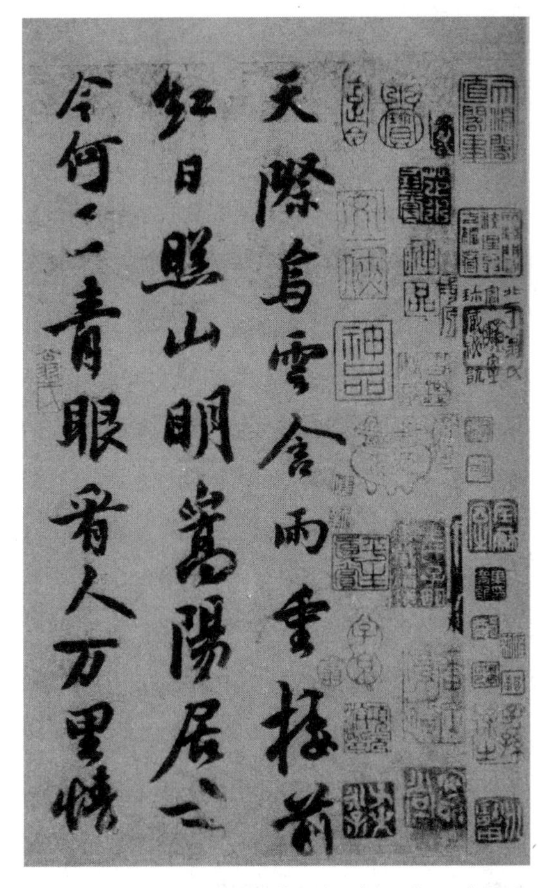

苏轼书蔡襄诗：《天际乌云帖》局部

去年秋，张士逊离开，还朝就任宰相；今年春，来到洛阳接替他出判河南府，兼守西京的是资政殿学士、吏部侍郎范雍。

范雍来到洛阳不到一年，主持疏导壅塞已久的伊水，由蔡襄等辅佐，政绩斐然——不但疏浚河道，改善交通，增加田地灌溉，范雍还主持开发以水车推磨的新功用，洛阳民众交口称赞。近日，因边境生变，朝廷急召其为振武军节度使、知延州。蔡襄等人，来送长官于伊水之上。

走前，范雍命蔡襄起草

《导伊水记》，蔡襄昨夜草拟初稿，今日呈与长官看。范雍到洛阳近一年来的所作所为，蔡襄看在眼中，十分钦佩，他借起草疏导伊水记，称赞长官，顺便说出自己心中憋着的、一直以来想说的话。蔡襄说，大宋以往的这种官员在任三年即调任的做法不可取，只因各地官员，位子没坐热，民情没摸熟，半途而废。官员们往往有若蜻蜓点水，调走后便把曾经在任的地方和人民视为不屑一顾的陈年旧迹，“视其地与民置之若遗迹”也。他恳请范雍到任后，结合边地实际，向朝廷建言，请求延长官员的任期，令其更好地服务于地方与百姓。

蔡襄道：“属下有福，来洛阳两三年间，先是得丞相张老大人耳提面命；今又有幸跟随大人身旁学习，亲自指点一言一行，无论政事或日常，颇觉长进不少。”

伊水出伊阳县西南山北，流至阙塞折东，会于洛阳。多年间，渠废水涸，百姓生活十分不便。这范雍来到，第一件事便是治水。

范雍道：“为官之道，与民做主，建久安之势，成长治之业。百姓生活之首要，无非是衣食住行四字，无论在朝廷或地方，均要心中装着此些与百姓利益攸关之要紧事。”

几人恭敬拱手：“谨遵大人教诲。”

范雍世家出身，仕进以来，治边颇有一套。先是早年，以安抚使治理环、原州羌人扰边，卓见成效，因功加龙图阁直学士。后又拜枢密副使，执掌军事。太后刘娥崩，罢为户部侍郎、知陕州。是岁饥疫，关中尤甚，范雍赈恤百姓，安抚边民，政绩卓著。回朝后，陈安边六事，又请于天雄军聚甲兵以备河北，于永兴军、河中府募兵以备陕西，即泾原、环庆有警，河中援之。颇得仁宗倚重。

今春，范雍接替张士逊之职，改判河南府。他到西京留守位上，这才不到十个月，因边事紧急，仁宗又将其召回，令其守延州。

仁宗急召范雍，是因为近日（宝元元年秋，1038）党项李元昊在各项准备工作就绪之后，悍然称帝，建国号为大夏（史称西夏），定都兴庆府（今宁夏银川），又先后派遣军队攻击并占领瓜州、沙州（甘肃敦煌）、肃州（今甘肃酒泉、嘉峪关一带）三要地。李元昊建国后，西夏与宋的关系全面破裂。

十一月，仁宗改国号景祐为宝元，祈盼吉祥如意，国泰民安。是为景祐五年、宝元元年。

范雍到延州后，上书言："延州最当贼冲，地阔而砦栅疏，近者百里，远者二百里，士兵寡弱，又无宿将为用，而贼出入于此，请益师。"朝廷未来得及回复，李元昊即率兵来犯。

边事愈发紧张，朝廷却无人可用。

之前，春三月，张士逊还朝，奏请仁宗破格提拔沉稳务实之闽人蔡襄为朝奉郎（正六品）、试（候补）大理评事；是月，蔡襄夫人葛清源诞下儿子，取名蔡匀。

今日公事完成，他回到家中，见妻子葛清源抱着九个多月的儿子蔡匀站在门口"咯咯"轻声逗儿子玩耍，等他回家。

儿子见到他，口中"呜啊呜啊"，欢快地跟父亲打招呼。

妻子轻声对他说道："相公，天凉，赶紧进屋歇着，喝口热茶。乌云压城，这就要下雨了。"

11. 落花门户乱红多

葛清源指着墙角一朵红艳艳的牡丹花，对女儿说道："瞧瞧，多美的。来，为娘摘下与孩儿插在头上。"

花朵戴在女儿头上，随着她的头颤巍巍摆动，硕大的花朵，几乎和她的小脸一般大小，衬得她愈发粉妆玉琢。

葛清源怀中的蔡匀挣扎着，想要用手去摸姐姐头上的花。

他已经一岁多，近日想要学走路来着。

蔡襄站在门口，看着妻子儿女，清瘦的脸上露出微笑。他返回书房，提

宋绶:《契丹风俗图》局部

笔给好友欧阳修写信。欧阳修昨日来书，吟有一句:“曾是洛阳花下客，野芳虽晚不须嗟。”洛阳，是欧阳修最喜欢的地方，也是蔡襄今生最为难忘的地方呀。

他看向桌上自己笔墨，已远非昔比。轻轻叹道:“花未全开月未圆，寻花待月思依然。明知花月无情物，若使多情更可怜。”

宝元二年（1039），深春。

范雍走了，来到洛阳接替他的、以礼部尚书出判河南府的西京留守，名叫宋绶。

宋绶，字公垂，年长蔡襄二十一岁。赵州平棘（今河北赵县）人，世家出身。因平棘为汉代常山郡治所，故称常山宋氏。

宋绶其人，于书无所不读，就连上厕所，手中书本亦不曾放下，口中还要朗朗而诵。他读书的声音，清脆响亮，远近都能听见，朝野之间传为美谈。宋绶多年孜孜不倦，终于大成。赐进士出身之后，数次参与修史，“博通经史百家，文章为一时所尚”(《宋史》)。

宋绶不但喜读书，且家富藏书，藏书二万余卷。多才多艺的宋绶，因早年出使契丹，还朝后著有《契丹风俗记》，详细记载其出使行程路线，包括从中京至木叶山（今内蒙古翁牛特旗东部）路途中的各馆驿名称和其间距离，以及途经地方的风俗，是宋人研究辽国交通地理的珍贵文献资料。

宋绶亦为一位出色的书家，笔札精妙，小字正书，整整可观，直是《黄庭经》《乐毅论》一派。他到洛阳就任以来，不时指导蔡襄书法，蔡襄感觉几月间笔墨长进不少。

宋绶书富于法度，清瘦而不弱。时人议论，谓世之作字，于左右布置处或枯或秀，惟宋绶左右皆得笔，自非深造精养未能得也。他的书法因而受到当世许多宦学名流的羡慕和称叹，而今竟然风靡全朝，号称“朝体”。天圣

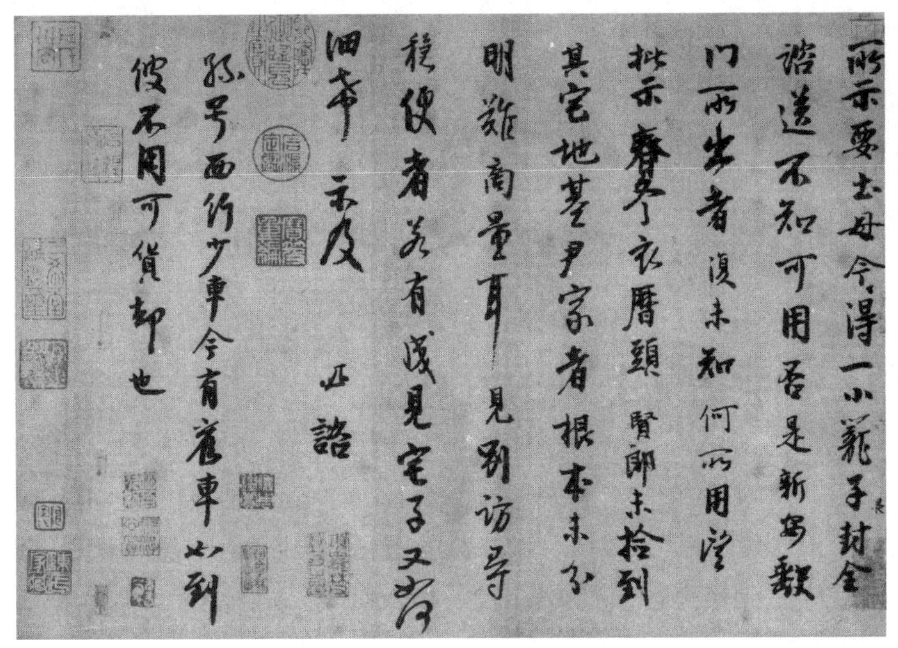

李建中：《土母帖》

五年（1027）夏竦所撰《慈孝寺碑》，仁宗亲自篆额，即为宋绶书丹。

宋绶人生中，还有一件令大宋书家钦羡之事，仁宗幼时，太后刘娥（章献明肃皇后）听说宋绶书法颇负盛名，特命他作真书《千字文》，置于仁宗座旁，以为仁宗书法学习的楷模。

却说这西京洛阳，自隋大业元年（605），隋炀帝命宇文恺修建通济渠以来，经过多年经营，早已成为帆影重重、船只往来不已的繁华胜地。各国遣隋使、遣唐使经大运河到达洛阳，从西域运来的玉器、马匹、琉璃等，从洛阳源源不断地流向东南腹地、东北边塞，甚至远达日本、高丽、南洋；从东方运来的大米、布帛、瓷器和珍珠等，又从洛阳贩往西域。洛阳因此成为一个举世闻名的大邦名都。

隋炀帝大业元年（605），十万民工疏通邗沟，连接淮河长江，构成大运河的下半段；三年后，又开永济渠，通涿郡（今北京）南，构成大运河上半段；两年后，再次疏通江南运河，直抵余杭（杭州），自此，全面凿通大运河。运河开通后，洛阳担负着南粮北运的任务，同时也成为南北贸易的重要

商道。每天来往洛阳运粮的漕船、运货的商船、送乘客的客船，舳舻相继，以至于经常堵塞河道，朝廷不得不专门设置“都水监”进行管理。

写完信，蔡襄走出，他预备到河边去。近日，春江水涨，河上桥梁破败失修，宋绶命募集民工，着手修桥。

由宋绶主持、蔡襄等人辅助，洛阳民众正日夜不停在洛水上修建桥梁。

12. 间复请笔法，指病如投砭

宋绶提起笔来，在蔡襄刚刚写好的小楷书上，轻挑慢点，稍作改动。随后放下笔，对蔡襄说道：“君谟，瞧瞧，如此摆布，是否较为妥当?”

蔡襄看过，拊掌叹道：“是也，大人笔头，似指挥千军万马肆意驰骋疆场呢。如此这般笔墨功夫，属下钦慕不已。嗯，也是，每经大人提点，属下所得便多。”

宋绶微微笑了。方正的脸孔，不怒自威，又带有几分书卷气：“君谟，学书笔法重要，腹中诗书亦重要，识见更必不可少。方寸之间，可窥气局，可见胸襟。唉，可是，此中真味，几人能懂?”他轻轻叹了口气。

蔡襄道：“世间知音实难觅，更何况曲高？大人识见非凡——‘夫子步亦步，夫子趋亦趋’，属下当跟随大人脚步用心体悟学习。属下今想，如若一辈子在枫亭小山乡里，坐井而观天，总觉自个儿写得还不错。这些年来，有幸亲近许多师长、友朋，无论为文为人，书艺政事，所得颇多。属下知晓自身局限，懂得珍视他人长处，愈发用心学习，三省吾身。深谢大人诲人不倦，属下定当学而不厌。”

宋绶道：“君谟，老夫日常里不惮其烦，唠叨甚多，无非是对你寄予厚望也。常言道‘爱之深，责之切’，老夫用心，想必君谟定能体会。”

蔡襄拱手。

宋绶饮下一口热茶，缓缓点头道：“好茶。君谟点茶，总较他人不同

传刘松年：《江浦秋亭图》

些。”

稍顿，又接着说道：“晋唐法帖，今多不存；法书一道，后继乏人；继往开来，还待吾辈。好在还有太宗《淳化阁帖》，可以弥补真迹阙如之缺憾，惜乎民间普通人家不得见。余家中收得一函，往后若有缘，君谟可随我同去观赏。近世几人，李西台一改唐肥，虽说俗气未除，亦是磊落不凡；周越草书难得，龙蛇舞处，略微晋韵唐风。不过，书艺一道，还是得博采众长，正刘向所谓‘勿振以威，母格其言，博采其辞，乃择可观’也。”

蔡襄微笑拱手：“属下记着了。属下回家，就把适才起草《通远桥记》仔细着书来。”

他走出留守府邸，信步往大河边走去。

河中舟楫往来，桥头人声鼎沸，卖货的、杂耍的……各色人等，分别占

据一隅，似乎要把这刚落成几月的新桥掀翻。他走上桥头，驻足观看。

宝元二年（1039）深秋。蔡襄到洛阳，一晃四年多了。

桥上左侧，一群人围成半圆弧状。圈中，一名十五六岁女子，穿着青色补丁布衣，拿着檀板，正婉转唱道：

碧云天，黄叶地。秋色连波，波上寒烟翠。山映斜阳天接水。芳草无情，更在斜阳外。

黯乡魂，追旅思。夜夜除非，好梦留人睡。明月楼高休独倚。酒入愁肠，化作相思泪。

清嫩声音之中，更带有几分苍凉悲壮。蔡襄暗自点头，这范仲淹《苏幕遮》所吟，正是我这西北边地秋色：塞北风沙，北地苦寒，秦国猎场，名为鄜、延。

今年以来，西夏李元昊扰宋愈发猖獗，时时进犯不说，兴庆府周边汉民，尽遭驱逐，无法立足。汉民纷纷迁往内地，说是迁徙，实是逃难。蔡襄站立，听着女孩儿唱，不由想到国事如此，不知皇上可有良策？丞相张士逊老大人该如何处置？

女孩唱罢，身旁老者拿着土陶大碗讨赏。蔡襄在他碗中放入一枚铜子，问：“往兴庆府来的？”

老人点头：“谢过大人，是的。而今西夏党项人天下，我等汉人无有活路，只好到这洛阳城边讨口饭吃。”

桥头角落，几名席地而坐衣衫褴褛的孩童，见蔡襄掏钱，纷纷起身，走上前来，伸出肮脏小手中的破碗：“大人，赏个铜子吧，一天没吃饭了……大人，赏两个吧——”

蔡襄深锁眉头，掏出衣袖中仅有的几枚铜钱，一一放入孩童破碗之中，又轻甩衣袖，表示再无，默然走开。

一名五六岁年纪小童，一直跟在他身后。

蔡襄转头，见小童脸上虽肮脏不堪，却不乏几分清秀。

他问道："小童，因何跟着本官？"

小童牵着他的衣襟："大人——"

眼中含着泪花，几多哀求，几多忧伤，几多绝望："大人，小的父母死于战乱，小的无处可去，见大人面善，想要跟随大人，听从大人使唤，可好？"

蔡襄不忍心接触他的目光。沉思良久，道："且随我来。"

回到家中，妻子迎出："相公，朝中有书信来。"

他把小童交代给妻子，拆信细看。信是丞相张士逊写来，张士逊在信中说道："西北难安，圣心甚忧；朝中乏人，独木难支。老夫今向圣上举荐，圣上首肯，将召回宋绶、范仲淹、欧阳修和蔡襄你几人等，回朝就任。"

13. 送行宾友尽英豪

蔡襄道："各位请回吧。昔人诗写'洛阳亲友如相问，一片冰心在玉壶'，说的正是蔡襄心中所念。"

将近五年了，这里的一草一木，一花一石，让他永生难忘。

在这里，他遇到张士逊，教给他安身立命的根本，为民造福；遇到范雍，与范雍一起治水，以实际作为，践行"亲民"主张；而今他又和宋绶一起回京。——宋绶给他的，有笔墨中的指点，文章中的规矩，政事的斩钉截铁，还有他未曾领略过的世家出身的豪迈与潇洒……够了，他还能再苛求些什么呢？他偷偷擦去眼角泪花，转身登舟。

百战沙场碎铁衣，城南已合数重围。

突营射杀呼延将，独领残兵千骑归。

微风送来一个男子远远的高亢歌声。

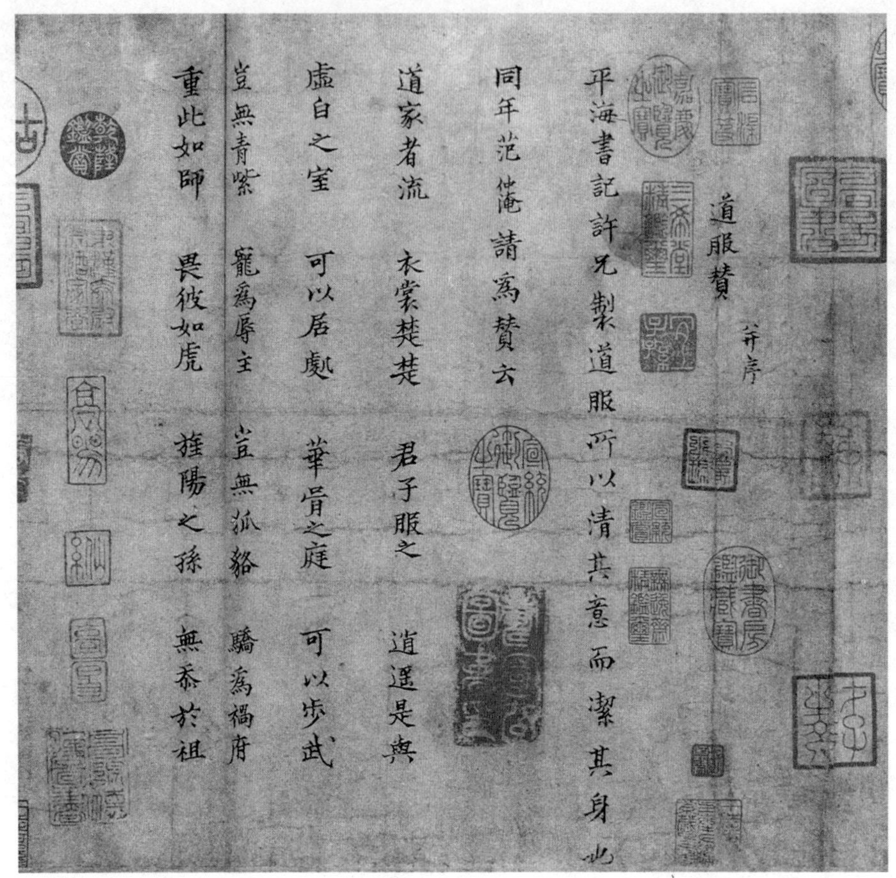

范仲淹:《道服赞》

康定元年（1040），初春。

去年底到今年三月，几月之间，宋夏两军大战三川口，宋军战败，宋方大将刘平、石元孙等兵败被俘，范雍侥幸死守延州，城未破。仁宗亲下手诏向居守在外的诸大臣询求攻守良策，宋绶谋划十件大事上奏仁宗，又得张士逊举荐，今年，康定元年（1040）初，到洛阳未满一年的宋绶，再次被召还朝，任知枢密院事。

因边事吃紧，是月，仁宗以范仲淹众望所归，召其回京，担任天章阁待制、知永兴军；欧阳修被召回京，复任馆阁校勘，编修崇文总目；蔡襄亦将进京，任馆阁校勘。

本年二月，国家改元康定，是为宝元三年、康定元年。

蔡襄两岁多儿子蔡匀在其身旁，以稚嫩的声音问葛清源道："母亲，东京有洛阳这多的牡丹么？外祖父家的园子里，也植有牡丹的吧？听母亲讲过，大舅的书房中，有好多好多的书，比爹爹的书还要多呢。"

葛清源掏出锦帕，为儿子擦去嘴角刚吃完馒头残留的屑渣，抚摸着儿子的头，说道："世间无有一座城池的牡丹可以与洛阳相较。洛阳牡丹国色天香，实是让人难忘。"她抬起头，望向大河两岸，蔡襄亦随之抬头远望。

春阳杲杲，多么湛蓝的天。深冬凋零的树木还未蓊郁，没能阻挡阳光肆意洒下。大片的农田，满目的苍黄夹杂着嫩绿，在金灿灿的阳光照耀之下，安静，从容，和美。新春的洛阳城如同大河中的春水一般温和，波澜不惊。

葛清源又轻声问儿子道："昨晚睡前，为娘教孩儿背诵的唐人王湾诗可曾记得？"

蔡匀挺起小胸脯，用奶声奶气的声音高声吟道：

客路青山外，行舟绿水前。
潮平两岸阔，风正一帆悬。
海日生残夜，江春入旧年。
乡书何处达？归雁洛阳边。

蔡襄和夫人葛清源对望，眼中是满满的欣慰与爱怜。

女儿小句在身旁，问道："父亲，前些日子，女儿问您'河出图，洛出书，圣人则之'何意？您不得闲暇。今日能否为女儿讲解？"

蔡襄道："好好，今日春光正好，为父为孩儿讲来洛阳掌故。"

河、洛悠悠，亦在用心倾听一家人的温馨对话。

蔡襄指点江山，道："伊、洛、瀍、涧四条支流汇于洛河，并穿城而过，形成交汇之水口，又将邙山的脉气关阻在洛阳城中，造就了一方吉地旺土。昔人曰'生在苏杭，葬在北邙'，意思是说，洛阳，自古便为难得的风水宝地。对了，咱大宋东京的官话，本是洛阳口音呢。因而，小句、小匀，你二人在洛阳成长，有福。

“‘河出图，洛出书’乃是后世形容河图、洛书的由来。河图与洛书为八卦之源。《尚书》载：‘伏羲有天下，龙马负图出于河。’这话是说，中华始祖伏羲氏从龙马背上的斑点得到启发，发明了八卦。又传，尧舜时，洪水肆虐，给百姓带来巨大灾难。一日，洛河中浮出一神龟，背驮‘洛书’，献给大禹。大禹依洛书平息了洪水，遂在龙头山设坛祭祀，划天下为九州。大禹又依洛书制定了管理天下的九章大法。

“依此，河图洛书乃是中华凤舞龙兴之大祥瑞。《论语·子罕》中有‘凤鸟不至，河不出图，吾已矣夫’之句，意思是说，凤凰不来，河不出图，天下就会不太平，政治不清明，孔子我就看不到希望……”

女儿小句似懂非懂，圆睁秀眼认真听父亲讲。

儿子蔡匀挣脱母亲的怀抱，跑到船舷边上，指着天空：“父亲、母亲快瞧，一头大鸟呢。”

一只大鹏鸟，扑簌簌振翅，排云而上，飞过万里苍天。

夕阳返山，蔡襄和妻子、孩子一起走入舱内，他口中喃喃道：“别了，我的洛阳；别了，众多好友。”

“洛阳，不知何时，还可与你再次相见?”

二

北苑龙团

14. 嗟余出寒远，家世尝力农

“襄再拜”——他提起笔来，给好友欧阳修写信。

字体是他一贯爱用的行楷，不激不厉，温雅从容。

写好，他封上口，端一杯随侍小童程子直刚奉上的新茶，站立窗前眺望。

那年，于洛阳城，要饭小童跟定他，告诉他原本姓程。蔡襄收养了这名小童，并为小童取名为子直。

建安，北苑，凤凰山中。

一望无际，尽是青青茶树，高低起伏，遍布每一座山头。

两株老松站立简陋木屋外，在山风中“呼啦呼啦”唱歌。

庆历七年（1047），深春初夏。蔡襄为从三品福建路转运使。

宋初，各路转运使全面负责一路的经济、财政、军事和文化等，是当然的大权集于一身的本路最高行政长官，以后，真宗设立提点刑狱司、安抚司等机构削夺转运使的权力。虽其如此，而今在这福建路，蔡襄身上的担子却不轻。

离开故乡两个多月了，尽日里带着属员在山中奔波，他格外思念家中老母以及妻室儿女。

弟弟蔡高离世，已近八年，蔡襄至今，依然未能放下心中伤痛。

恍恍惚惚中，弟弟向他走来，笑容正如窗前盛夏阳光一样灿烂：“兄长请瞧，弟刚书来兄所吟《咏松诗》一首。”

他接过来看，见纸上写着：

谁种青松在塔西，塔高松矮不相齐。
世人莫道青松小，他日松高塔自低。

这是三十年前，兄弟二人同在外祖父课童的伏虎岩山寺读书时，蔡襄吟成的一首小诗呀。

他伸出手去拉弟弟，却抓了个空，手中建盏落下，摔成碎片。

他的心好痛好痛。

蔡襄呆呆站立，一动不动，没有弯腰去收拾碎片。

子直进屋来捡起地上的黝黑碎茶盏，报道："大人，有茶农屋外求见。"

蔡襄道："请进屋说话。"

蔡襄和弟弟蔡高，出身福建路兴化军仙游枫亭清贫农家的两个孩子，自幼聪颖灵秀，父母爱如掌珠。

兄弟二人出生时皆由外祖父卢老秀才取名，哥哥名蔡襄（长兄蔡夔两岁不到即夭，因此，蔡襄居长），字君谟。"谟"：计谋、策略。外祖父希望他学有所成，胸怀文韬武略，将来佐助君王，为国建功。弟弟名蔡高，字君山，自然，老人家意欲孙儿像高山一样巍峨。可惜天不遂人愿，蔡高不幸在二十八岁英年早逝。

蔡高生于真宗大中祥符七年（1014），仅比蔡襄小两岁。长大以后，一直比哥哥高些、壮些，身体要好些。蔡襄认为，弟弟比自己长得要好看许多。

天圣二年（1024），仙游县尉（为县令佐官，掌地方治安捕盗之事）凌景阳春日登山闲游，来到蔡襄外祖父借居课孙之伏虎岩山寺门口，正巧听到蔡高以稚嫩童声念来蔡襄刚写成的《咏松诗》。

他问："小童，何人所作？"

蔡襄于旁拱手答道："大人见笑。学生戏咏，未成气候。"

凌景阳点头道："虽有稚拙之气，不乏高尚之志。"

自此，他对蔡襄兄弟青眼有加，常唤他们前去自家府中，为二人讲授经书。任满后，又把弟兄俩送到塔斗山县学所在之青螺草堂（后更名"会心书院"）继续读书。兄弟二人遂同进县学与郡学。

天圣七年（1029），开封府试，蔡高虽落第，却愈加勤奋苦读。

五年后，仁宗景祐元年（1034），蔡高登进士第，授长溪县尉。这年，他刚满二十一岁。

在县尉任上，蔡高秉公断案，得到当地百姓交口称赞。不久，调任开封府太康县主簿，府尹吴遵路（安道）为人耿直，脾气十分暴躁，部下对他皆十分敬畏，不敢接近。蔡高年纪虽小，却并不怕他，行事从来镇定自若，不卑不亢。吴府尹对他刮目相看，认为蔡高是个难得的人才。

蔡高任太康县主簿时，蔡襄与欧阳修同为馆阁校勘。蔡高因不时去蔡襄寓所，有幸结识欧阳修，三人成为莫逆之交。

康定二年（1041）六月初七，京师发生大疫，蔡高虽身体一向较好，却不幸染疾，卒于任上，年仅二十八岁。

蔡襄闻讯，哭倒在地许多次，亲作《祭弟文》悲悼亡弟。好久好久，他都未能从伤痛中平复。

庆历三年（1043），蔡襄为弟蔡高归葬故乡枫亭请铭，好友欧阳修撰《蔡君山墓志铭》，称赞蔡高“敏于为吏”，廉洁爱民，是“天下奇才”。

茶农走后，蔡襄提笔继续给欧阳修写信，告诉欧阳修今年春茶丰收，他在吸收真宗朝丁谓监造龙凤团茶突出“早、快、新”大龙团茶优良经验基础上，减轻茶饼重量，制成小龙团茶。小龙团茶二十八饼为一斤，“建安三千五百里，京师三月尝新茶”，“不日，将为兄寄上，请兄品尝”。

15. 但类醴泉饮，岂复高梧行

林中一株古树，被雷电劈去顶部，却是不肯低头，披着黯黑地子、深绿圆点的外套倔强站立于风中。树皮青苔之间，一朵朵褐色的木耳与或是洁白、或是微黄的菌子，一边埋头吮吸大树母亲的乳汁，一边抬起头来挤眼偷笑，更从树身缝隙中伸出一双双肥嫩的小手，微风过时，招摇摆动；细雨飘落，点头踢脚，顽皮着呢。

密林深处。队列整齐的一排高瘦竹丛格外得到太阳的青睐，昂头笑眯眯迎接夏末阳光。苍苔、翠竹、老枞，交替绵延，不知生长了多少年岁。

茶叶上，一滴露珠悄然坠落。

蔡襄深深吸入一口建安的清新空气，举起茶盏。

《宫乐图》

三三两两的茶农不时挑着竹篓从身旁经过，偶或悄声细语，与林中清脆的鸟鸣交相唱和。山林愈显幽静。不远处，一名茶农正沿着一棵横躺着的深褐色带皮老树艰难而行，想要通过它穿越深涧，到对面山崖上去采摘一株罕见古树的茶芽。涧底，清流潺潺，五彩的石子，游来游去的细长溪鱼明白可见。

万物生长，大地飞歌，百草萌动。世间静寂圆满。

建安，北苑，林中，建安本地人唤做“凤池”的山泉旁。

一名青壮茶农哈哈大笑，露出洁白的牙齿：“大人，多谢，谢大人夸赞点评。小的这饼山崖上所采到的白茶，确实甚好。”

围绕着蔡襄，席地而坐的多名官员与茶农，正目不转睛瞧着蔡襄用自带的一整套煮茶、点茶用具，与众人分享品鉴今春新制成的茶饼。

他捣茶成末，取出用蜀地东川鹅溪画绢所制之致密茶罗轻筛，然后舀取部分细屑，冲入滚水。再添水注入，环回击拂。

洁白的乳花朵朵盛开于黑瓷建盏之上。

众人点头交口称赞。

一两月间，蔡襄均忙碌于北苑御茶园之各项工作。每日里早早起身，出城东门向北苑而行，视察茶垄、贡亭、焙炉，亲自参与采茶、蒸青、揉捏、压制、烘焙、封存，今日坐在凤池旁与众人一同品鉴，算是今年制茶工作到了尾声，他来做现场工作总结。

一名老年茶农道:“大人品鉴,似是定论,但小的却是稍稍有些不服。”

蔡襄举起的茶盏停在嘴边:“因何?说来听听。”

“大人所知,茶以我这北苑凤凰山中所产为最佳,不过,也得有好水来泡它。前日里,大人在石塔山所饮茶,若说不如今日之茶好,想是少了龙塘、凤池泉水的缘故。小的早些年,也曾带上自己上品茶叶去与仙游凌县尉品尝,却怎么也不如在山中味好,小的就琢磨着想,饮茶,水甚为重要。”

众茶农一起说道:“是的,大人,点茶,水实是十分重要呢。”

蔡襄微微点头。

旁边的凤池水,仿佛听懂了众人的言语,拥挤着争抢着卖劲“汩汩汩汩”冒将出来。

老年茶农接着道:“适才大人品鉴,论为今春第一,小的以为,一为水好。二为此些将上贡朝廷,制时加入龙脑和油膏,欲助其香。只是大人,茶有真香,不入香者,才是世间一等一的好茶。我这建安民间平时制茶皆不入香,恐夺茶真香也。”

蔡襄点头:“老丈所言甚是,下官今日受教了。行行皆是学问,若不是亲来亲制亲尝,怎知其中关窍?”

蔡襄啜吟一口杯中香茶,接着说道:“是也,若烹点之际,又杂珍果香草,其夺茶之真香益甚。正当不用他香。北苑有溪、有山、有鸟唱悠然,正是下官日前所吟‘灵泉出地清,嘉卉得天味’‘溪涨浪花生,山晴鸟声出’也。泉水如此清冽,茶味如此纯正,天然正大之真香至味,直使人忘记尘世喧嚣,忘却边地之不稳、人世之烦扰,福建,北苑,实是人间福地也。”

他再次举杯。

山溪欢唱应答。

几名茶农声音渐远:“蔡大人和蔼,听得进我等小民粗鄙话语。”

“蔡大人昨日还亲自采摘茶芽以制茶呢,并和小的一道揉茶来着。”

“托大人之福。若是蔡大人今年不来,北苑怎可制出此等好茶?”

这大宋北苑御茶园,安坐在福建路建安凤凰山中。唐末五代,此地归闽王所管——其时,种茶大户张延晖、人称张三公者,因建安出产好茶,不堪

宋代饮茶残器

官扰，索性将凤凰山方圆几十里茶山献给了闽王王审知。凤凰山生态环境极好，茶叶优良，故而在宋开国之后不久的太宗太平兴国初（976），朝廷便遣专使到北苑监造团茶，以为贡品。之前唐代，朝廷的贡茶却是由浙江的顾渚山提供。

真宗咸平（998）初，丁谓任福建路转运使，曾到北苑督造茶饼，先制凤团，后又造龙团，产量甚少。团茶十分精良，岁贡大龙凤团茶各二斤，八饼为一斤，一年不过四十饼。丁谓因此还写作《北苑茶录》三卷。

而今，庆历七年（1047）春夏之交，蔡襄任福建路转运使。这一职位，因地利，因人和，如同丁谓一般，首要任务就是到北苑来，亲自督造贡茶并掌控方方面面。

晚间，听着松风，蔡襄命子直磨墨，以小楷记下今日所得："惟北苑凤凰山连属诸焙所产者味佳。隔溪诸山，虽及时加意制作，色味皆重，莫能及也。"

又吟成十首，名曰《北苑十咏》。

16. 稍稍见人烟，川原正苍郁

“大人，大人——”

少年趺趺撞撞，边跑边挥舞手臂，高声呼喊着。今日蔡襄将要离开建安，由这石塔山回返福州，少年陈子安舍不得他走，这不，走出老远，还一直追着他的轿子跑。

盛夏已经来到，蔡襄就要回到福州去主持日常重要工作。

他望向轿外。夏日的青山，一片葱茏，比起春日初来时，多了些深沉的色彩，斑斓的苍郁。

手上，是陈子安母亲今晨天还未亮即起身为他所做的糯米粿，还微微带些温热呢。

他的眼睛红了。茶农，总是那么善良、诚朴：“蔡襄此生，若是不能勤勉为民做些实事，怕是要愧对几十年所读诗书了。”

他这次到建安来，在城中住在官舍，路过石塔山，即住进陈子安家中。

自幼生活清苦，到了这中年，身体便有些不争气。他时常感觉头晕目眩，饭食无味，肚腹胀痛，看上去脸色蜡黄。因先忙于凤凰山茶事，这石塔山采茶制茶要晚半个多月。到石塔山来，每日里忙碌返屋，陈母常对他说：“大人，不可饿着。来，先歇歇，喝碗热粥。”蔡襄笑笑，匆匆喝点粥，便又忙碌开来。

这宋代的制茶以及饮茶，自有自己一套讲究。连年，团茶按照采、拣、榨、研、造、过黄等七道工序有条不紊进行。

采即采来茶叶。捡即挑拣茶芽，上火蒸青，去除青涩。然后榨茶。再就是捣研搓揉，使茶味发散，味厚淳浓。又和以龙脑等真膏，压制。最后上火去焙，再用箬叶包裹收藏。

春茶在初春时节开采。每日里，须赶在天明之前开工，至旭日东升后，便不再采。因为天明之前未受日照，茶芽肥厚润泽，若受日照，则茶芽膏腴将受损，茶汤便无鲜亮色泽。这建安山中，每于寅时末（约早上四五点），天方露白，便击鼓召集众人到茶山上采茶，至辰时初（约早晨七点）鸣金收工。采茶以指尖折断嫩芽，不可用手掌抓捏，免使茶芽受损。

采摘到的茶芽须经挑拣，分为小芽、中芽、紫芽、白合、乌带五种。形如小鹰爪者为“小芽”。再将茶芽浸于水盆中，只挑如细针的小蕊，制茶者称之为“水芽”者。水芽是小芽中之精品，中芽又下，紫芽、白合、乌带则制团茶多不用。精选茶芽，茶之色、香、味必佳。蔡襄此回，为保障贡茶品质，亲力亲为，亲自督造，每一芽茶几乎都过他的双眼。

精选后的茶芽，置于甑中蒸，以杀青（去除草木特有的青涩味）。蒸茶时，蔡襄亦亲自监控，掌握火候，只因蒸青过火，则色黄味淡；不及，则未能去除青涩，茶会略带青草味。

接下来便是榨茶。蒸熟的茶芽谓“茶黄”。茶黄得淋水数次令其冷却，先置小榨床上榨去水分，再放置大榨床上榨去茶叶特有之“油膏”。榨膏前，须把茶芽用布包裹起来，再用竹皮捆绑，然后放在榨床下挤压。至夜半时取出搓揉，再放回榨床，这叫翻榨。如此彻夜反复，必完全干透为止，茶味才能久远，滋味浓厚。

茶筅

研茶的工具，用柯木为杵，以石盆或瓦盆为臼。茶经挤榨，已干透没有水分了，因此研茶时须得再加水研磨，边磨边加，质量愈高者加水愈多，如胜雪、白茶等须加十六次，研磨次数愈多茶质愈细。小龙凤加水研磨四回，大龙凤二回，其他均加十二回，研茶得选择腕力强劲之人来操作，加十二次水以上的团茶，一天只能研一团而已，可见其制作的费时及费工，然其质量的精良也是唐代团茶望尘莫及的。——“自十二水而上日研一团，自六水而下日研三团至七团，每水研之，必至于水干而茶熟而后已。水不干则茶不熟，茶不熟则首面不匀，煎试易沉，故研夫贵于强有手力者也。”（赵当砺：《北苑别录》）

研过的茶，最好用手指戳捻看看，一定要全部研得均匀，揉起来觉得光滑，没有丝毫粗糙，才放入模中定型。入模后，和之以淀粉以及龙脑等真膏，随即平铺竹席上，等“过黄”最后这道手续。

“过黄”，便是干燥的意思，就是烘焙。将团茶悬垂，先用烈火烘焙，再用滚烫的沸水浇掠，如此反复三次。最后再用温火烟焙一次，焙好又过汤出色，随即放于密闭的房中，以扇快速扇动，如此，茶色才能保持光润。做完这个步骤，团茶的制作就算完成，可以包裹存储了。

面对青山，蔡襄高声对陈子安喊道：“回吧，明年春时我再来。”

青山无语，幽幽。

17. 岂独区区交友情

次日晚间，蔡襄一行到达唐时称为延平、今改名剑州，专为区别于蜀之剑州而称为南剑州（今福建南平）之官舍歇息。

此地，因传说为远古时“干将莫邪”之“双剑化龙”处而得名剑州、剑津。

虽是暑热天气，屋前夏木阴阴，鸟雀嘤鸣。蔡襄掀开轿帘，见一清瘦的官员模样年轻男子面带微笑，迎上前来。

来人拱手：“蔡大人，在下浦城（今属南平）主簿陈襄，路经此地，知大人要来，特意停留官舍等候。”

陈襄字述古，侯官（今福州闽侯）人，生于真宗天禧元年（1017），小蔡襄五岁。其自幼与同乡陈烈（季慈）、周希孟（公辟）、郑穆（闳中）交

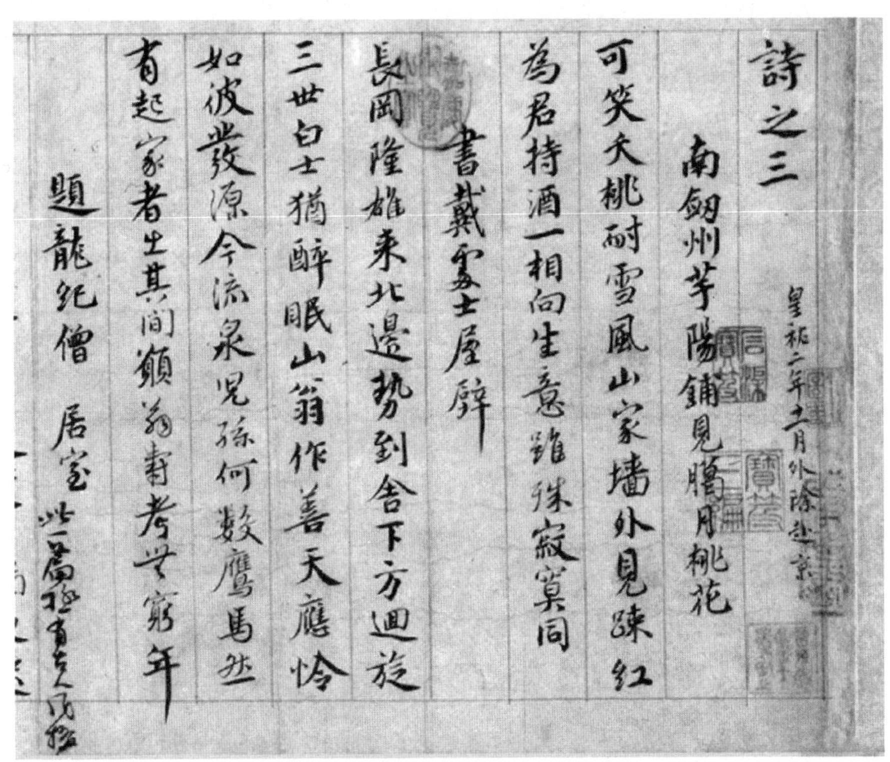

蔡襄：《自书诗卷》局部

好，共同向学，共议时政，共探文章，人称“海滨四先生”。陈襄已于庆历二年（1042）进士及第，其余几人却还未曾仕进。

蔡襄一听大喜：“君便是公辟时常提起的述古兄么？”

陈襄微笑点头：“正是在下。今日来，专为向大人请教。”

却说蔡襄于庆历四年（1044），以右正言知福州，这到任后的第一件事情，便是办学校以开民智。

办学自然得请先生主持，蔡襄所延聘的第一位先生，即为声震乡里之周希孟。

周希孟字公辟，陈襄同乡侯官人，自幼刻苦向学，为人持重谦和，博古通今。

宋的地方建制，由上往下，依次为路、州（府）、军、监，再下则为县。路相当于明清时期的省；州、军、监，则相当于市；个别军、监所辖范围较小，相当于大县。

蔡襄而今主政之地，因境内有福州、建州两州，遂各取其首字，命名为“福建”，总称福建路。

福建路政治、经济、文化中心在福州。全路共置福州、建州、泉州、漳州、汀州、南剑六州及邵武、兴化二军，共计八个同等级别行政单位，因而世人称之为“八闽”。

要说这“闽”之由来，最早见之于上古时百科全书《山海经》记载：“闽在海中，其西北有山；一曰闽中，山在海中。”汉代许慎《说文解字》云：“闽，东南越，蛇种，从虫，门声。”意思是说，“闽”字造字从虫，门声。“虫”字通蛇解，即家门供奉蛇的氏族。闽越人居东南，图腾为蛇。

福建又称“七闽”——即专指周时散居在今福建和浙江南部的七支以蛇为图腾的闽越后裔部落。唐时贾公彦所作《周礼疏》中说：“叔熊居濮如蛮，后子从分为七种，故谓之七闽也。”

陈襄进士及第后，和蔡襄一样，回到福建路为小吏，任浦城县主簿，掌管文书，佐助县令；而今，县令因疾去官，其又代理县令。陈襄为人明察深研，颇有决断。

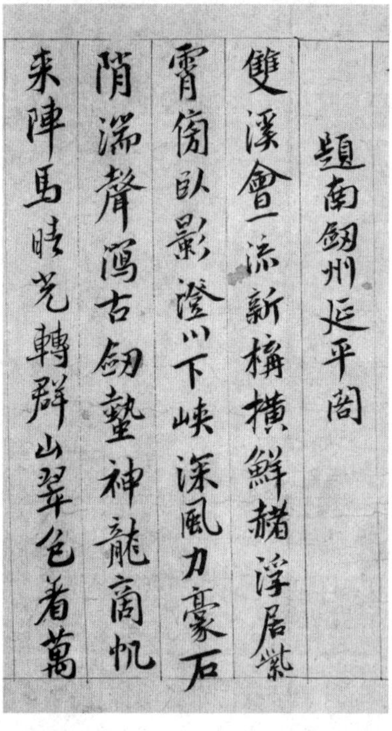

蔡襄：《自书诗卷》局部

坐定，陈襄说道：“公辟与季慈每每对属下提起，蔡大人在福州折节下问，兴学建舍，并亲临执经讲问，为诸生表率，从者甚众。大人造福一方，今属下欲仿效大人，于浦城兴建学舍，请大人指教。”

蔡襄坐下，喝一口热茶，缓缓道来。

蔡襄办学，请周希孟为先生不难，请出陈烈为教授，却颇费周章。

这日，因几请不来，蔡襄和周希孟一道专往陈烈家。

陈烈，字季慈，号季甫，亦为侯官（今闽侯县南通镇陈厝村）人，正如其名，性烈而刚猛。十四岁时，父母相继去世，居丧间，他不饮水浆者五日，哀痛异常。曾对人说："我今日纵得尊荣，父母却再不能相见，何足为乐?"陈烈品行贤良方正，动静皆依古礼，即使对待童仆亦如宾客。乡里人都十分敬重他，每教导子女必以陈烈言行为楷模，凡民间办理婚、冠、丧、祭诸典，都要向他请教。

庆历初（1041），陈烈以贡生身份往东京试进士，不中，遂不再往。

蔡襄等走到路口，一群儿童嚷道："有大官来喽。不知去往哪家？哦，原来是去陈夫子门上，我等且跟着去瞧个热闹。"

两只大狗亦跟随身后"汪汪"直叫。

陈烈正在家读书，见到蔡襄、周希孟，不卑不亢："大人请坐，公辟兄请随意。"

坐定，陈烈拱手问蔡襄："大人，韩退之云'孔子必用墨子，墨子必用孔子，不相用，不足为孔墨'，如何理解？请大人教我。"

蔡襄从容答曰："墨子之书，颇见于时，是尧舜而非桀纣。圣人作焉，绝不可废……"

侃侃而谈，曰尚同，曰兼爱，曰右鬼，曰尚贤……又曰："墨子，愚以为，无异于孔子也；若非是，韩愈为何要肯定而不惧后人非议?"

一群儿童在屋外探头探脑。

走时，陈烈破天荒送出好远。

临别，还牵着蔡襄的手不放呢。

18. 惟余守长乐，幸就禄养丰

"伯父、爹爹，请快些上来哦。"蔡襄次子、六岁多蔡旬坐在山头的石阶上，朝着下面挥手。蔡匀、程子直在他身旁微笑。

蔡襄气喘吁吁，对苏舜元说道："哎，还是孩子腿脚有力，我等显然跟不上喽。”

苏舜元掏出袖中锦帕，用力擦去头上汗水，笑道：“君谟，弟莫非以为自个儿是才进京赶考之十七八年纪么?”

蔡襄亦笑了。二人停下脚步歇息，转头望向山下。

来时路。清晨的露珠还未散去，一滴滴有若珍珠，在太阳的照耀下，闪动晶莹的光泽；林木在山风中“呼啦啦”扭摆腰肢轻歌曼舞。秋光中的福州城，宛如唐王维诗般宁谧静好，沉沉睡于昨夜的梦中，还未曾苏醒呢。

苏舜元高声吟来：

去矣登临兴，巍乎造化功。
凉襟当爽垲，幽意入鸿蒙。
头角峰如揖，丹青树不同。
城郭回迤逦，阁殿失穹隆。
可使孤怀放，胡为万恨终。
何当得壮士，提取出尘笼。

福州，鼓山，庆历七年（1047）深秋。

鼓山位于福州城东，闽江北岸。据传，山中有巨石如鼓，每当风雨大作，簸荡有声，故名。

和蔡襄一同爬山的苏舜元字子翁（一作才翁），蜀中梓州铜山（今四川中江县）人，乃太宗太平兴国五年（980）状元、名相苏易简之孙。苏易简与两孙苏舜元、苏舜钦祖孙三人，因文才超群，被世人誉为“铜山三苏”。苏舜元较蔡襄年长，生于真宗景德三年（1006），为人精悍任气，歌诗豪健。

去年，庆历六年（1046），苏舜元经朝廷任命，出任福建路提点刑狱监司（主管本路司法）。因和蔡襄本为旧识，一向投缘，来了没几日，便常在一处，议论政事，谈论笔墨，同为福州百姓做实事。对了，苏舜元不但人长得帅，还长于草书，前日还指点蔡襄来着——

“君谟，此一笔当如此，弟要去掉周越笔墨影响，运笔更果敢些。”

蔡襄苦笑：“某还是书来规规矩矩楷书较为称手，草字得有兄之胆略胸腑方好。”

苏舜元哈哈大笑：“君谟性情总不免多些拘谨。好吧，书便不说它也。来，请君谟来为众兄点茶。今年君谟所制龙团，甚好，大好。今舜元与诸君有幸喝到，实是难得福气。制茶、点品，君谟若说第二，大宋无人敢称第一也。”

蔡襄清瘦的脸上，笑意渐显。

说话间，已经走到涌泉寺山门东，众多摩崖石刻处。

二人又驻足。

“国师岩”“忘归石”六个红漆擘窠在秋日的阳光中仿佛豹眼圆睁，望向来人。

苏舜元道：“君谟，大字楷书还是得弟来题写方好。”

蔡襄不语拱手。

去年秋，苏舜元初来福州，蔡襄等地方官员多人为其接风，并携手游鼓山。此处“国师岩”大字，乃是日蔡襄应众人所请而题。

蔡襄：《忘归石》

涌泉寺山门东，有一石砌拱门，上书“灵源深处”。傍崖而下，中裂一涧，宽约一丈，深三丈余，有似石洞，故名“灵源洞”。

灵源洞“国师岩”之“国师”指的是五代时高僧神晏禅师。其时，神晏为鼓山涌泉寺方丈。据传一日闽王王审知来访，神晏仍在灵源洞安禅。王审知颇觉神晏无礼，道：“普天之下，莫非王土。”神晏听罢，仍闭目安禅，身体却冉冉升空，意在不享闽王之土。闽王赶忙道歉，拜神晏为闽国“国师”，此地因称“国师岩”。

蔡襄知福州，闲时最爱游鼓山，时常流连忘返。去年，某日，又和本州长官以及苏舜元、陈襄等同来。几人游玩颇为尽兴，暮色深浓，依然在寺中饮茶谈天，忘记了归去的时间。经苏舜元提醒：“君谟，山高雾浓，恐受凉也。”蔡襄这才依依不舍欲下山。

临行，方丈取出笔墨，笑道：“居士今日来，不妨题此石壁曰‘忘归’可好？”

蔡襄欣然点头，挥毫写下笔力遒劲擘窠“忘归石”楷书三字，字径三尺。后方丈命人刻于灵源洞蹴鳌桥东端岩壁之上，又刷以红漆，十分醒目。

二人再次注目：“忘归石”三个大字右上，还有一行小字：“邵去华、苏才翁、郭世济、蔡君谟，庆历丙孟秋八日，游灵源洞。”

邵去华，即去年任福建路转运使的邵饰，字去华；苏才翁便是苏舜元；郭世济名为郭承规，字世济，时为福建路主管军事的武官，供备库副使，同提刑。

几名孩子的笑声在耳畔响起：“兄长，瞧瞧，一只野兔跑草丛中去了。”

“待我几人同去追它。”

19. 行年三十六，几是半生人

庆历八年（1048），元夜。午后。

窗外，绿色不减，几株大松（榕树）在冬日晚霞中伸着长长的手臂；屋内，炭火正旺，线香袅袅，水仙悄悄。

一名官员身旁围绕着多名学子，正看他书来。只见他提笔在案几上，写来一行行小楷书。

官员正是起先的福州知州、今福建路转运使蔡襄。百忙之中，他依旧抽空来到书院指点学生。

他从建安归来，父亲母亲和妻室儿女也都相继往莆田来到福州与他一同生活，家人团聚，他心内十分高兴。

一有闲暇，他便悉心指点两名孩儿读书，并把长子蔡匀送往学堂。

两名儿子均聪慧好学，让他颇感欣慰。

前年春，刚到福州，孩儿蔡匀从他学诗，读到“人间四月芳菲尽，山寺桃花始盛开”，儿子眉头凝成结，问蔡襄道：“父亲，为何福州城满城花都已萎谢，山中的桃花方才‘始盛开’呢?”

蔡襄微笑道：“孩儿自己不妨进山去看。”为了解开谜团，蔡匀约了学馆中几名同学上山实地查看。四月初的鼓山，高处，乍暖还寒，冷风袭人；山坳中，桃之夭夭，轻云浅绯。蔡匀回家对蔡襄叹道：“父亲，原来世间道理，总要亲见，方可明白。孩儿这回知道了，山上确是比山下要冷许多，因此花季才来得比山下晚。古人作诗原有所本，诚不我欺。”

蔡襄微笑点头。

此间闽人，家风熙育，多好学，而专攻诗赋以应科举。自蔡襄两年前来到福建执政，倾力办学，得先生周希孟，全心以经术传授，学风大变。福建路多地前来求学者甚众。蔡襄更广纳学生，亲至学舍，执经讲问，为诸生表率。后又引进布衣陈烈，尊以师礼，对陈襄、郑穆等以德行著称之一时人物，蔡襄皆折节礼遇。

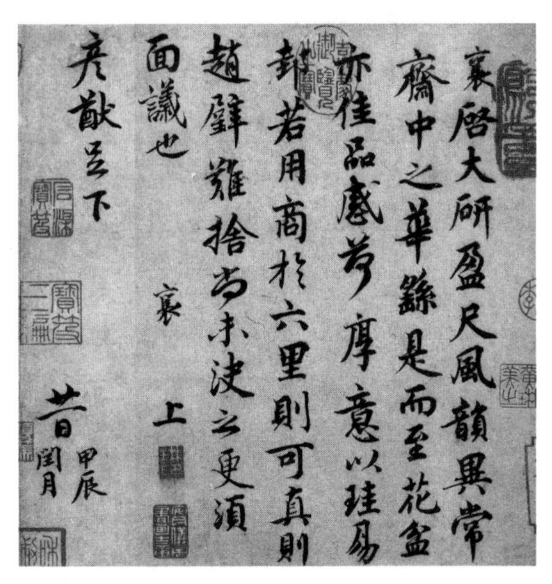

襄啓大研盈尺風韻異常
齋中之華繇是而至花盆
亦佳品感荷厚意以珪易
邽若用商於六里則可真則
趙璧難捨尚未決之更須
面議也 襄上
彥猷足下
甲辰閏月

蔡襄：《大研帖》

几名学生交首议论，一个说：“蔡大人笔墨愈发温雅，今日亲见运笔，学生似乎能够知晓些提按之法。”

一个说：“笔墨余事。兄看蔡大人已写到《策问》第七了，大人此些对诸经经义之讲解，至为重要。从前我等留心于诗赋，对儒家经典，只知死读，未曾用心思考其中道理，策论更是所下功夫不够。今大人笔墨阐述《诗》《书》《易》《礼》《春秋》诸经之经义，发人深省。”

蔡匀在旁，不停点头，轻声念道：“化民莫如善教，修政莫如择官，威戎莫如理兵，强国莫如丰财。”

蔡襄边写，边说道：“今本官以讲问形式书来对诸经经义之个人理解，提出具体问题七种，并未作答，乃是希望各位回家之后，通过自个儿所思所想，给出答案。如此，既激发各位之‘眼耳鼻舌身意’，亦是希冀不同人由不同方位思索，得出不同见解。求学路上，或许所得会多一些。”

稍停，又继续挥毫：“……今吾州总县十二，而编户以万计者二十，而刺史明不能周内外之察，才不能适事物之宜，将如此何?”“诸生为我言之——”写完，收笔敛容。

几名学生拱手道：“谨遵大人教诲，学生回去即诵数以贯之，思索以通之。”

说话间，几名官府中人跑进屋来：“按大人吩咐，诸事均已准备妥当，请指示全城晚间灯烛何时齐举？城南城北如何沟通较为妥当？”蔡襄守福州，上元，为图喜庆与热闹，令每家门前点灯烛七盏。

突然，“哐当”一声，角落里的陈烈拍了下桌子，站起，道：“蔡大人，请随我来。”

陈烈一向如此，虽为教授，本性不改，从不阿谀，亦不屈节。几日前，他和朋友一道来赴蔡襄饭局，因是元日，地方官员及学馆教授齐聚共迎新年，有几名官妓，按例到酒席上来给诸位大人请安。蔡襄便命：“留以佐酒。”

众人行酒令，官妓弹琴唱歌以助酒兴。陈烈忽把酒杯掷于案上，两手掩耳，作皇惧之状，爬墙攀木而逃。

众人大笑，某公当场赋诗一首，以讽陈烈：

七闽山水掌中窥，
乘兴登临对落晖。

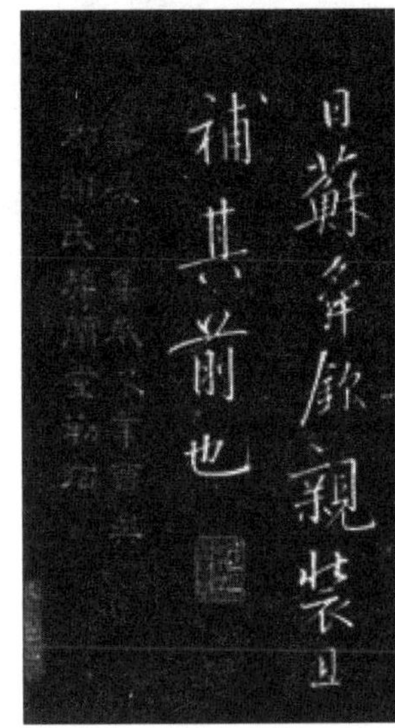

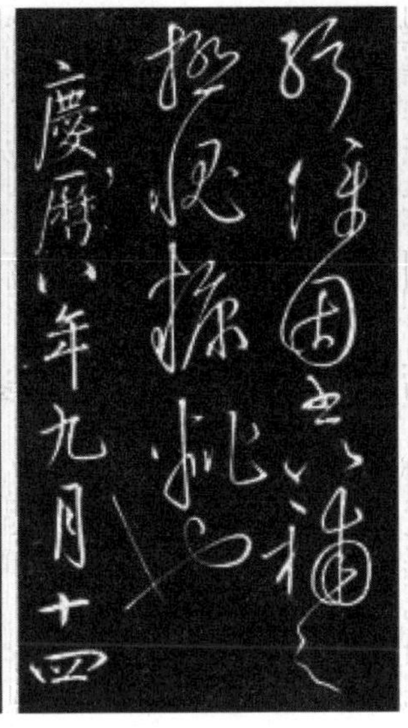

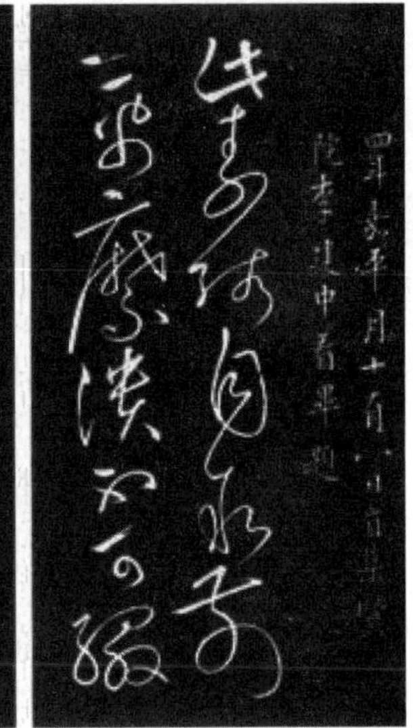

苏舜钦：《草书题李建中》

谁在画楼酤酒处，
几多鸣橹送潮归。
晴来海色依稀见，
醉后乡心积渐微。
山鸟不知红粉乐，
一声檀板便惊飞。

蔡襄领着众人尾随陈烈，来到府前。

只见庭前高挂一巨灯，陈烈曰：“此为某今晨命人所制，方才挂上。”

大灯长丈余，大书其上：

富家一盏灯，
太仓一粒粟；
贫家一盏灯，
父子相对哭。
风流太守知不知，
犹恨笙歌无妙曲。

蔡襄见之，面含羞愧之色，吩咐："都拆了吧。"

福州城，自此便罢了灯。

20. 紫榆春浅未成钱

"天气甚冷，请问老丈在这盐碱地弯腰作甚?"蔡襄问道。

老者站起，鞠躬致意，又举起手中瓦片，道："大人，喏，还不是为了口中一点食盐。"

他的身旁，两名孩童正起劲用瓦片刮着滩涂上白色的盐碱。

本地陪同而来的一名官员从旁搭话："大人，老丈等到此，乃是前来刮些盐碱土回家熬盐。这莆田五塘，自早些年被本地大户陈清等侵占为私产，去水为田，周边仰仗五塘水灌注之土地尽皆焦旱。有些法子之人家纷纷逃离，留下如老丈一般的无有办法的住户只好仰仗天雨，勉强度日，有种无收不说，而今恐怕连口常生计亦是无法维持。"

老者听官员说及如此，拉起破旧衣衫，不停擦眼泪。

官员接着说道："周围人家生计艰难，可官府赋税照常。属下恳请大人为莆田百姓请命，恳求朝廷下令，归还公产，并拨资修复五塘，以使五塘民众衣食有靠。"

官员说罢拱手，面容严肃。

老者拉起二名孩童，对他们说道："青天大老爷来了，赶紧些，来，给大人跪下。"祖孙三人跪下，齐齐叩头。老者道："恳请大人主持修复五塘，救护生灵，请替小的全家老小指条活路……"

蔡襄赶忙扶起老人："请老丈回官衙细说。"又转身对随行官员说道："附近乡绅、里正等亦请十多名来谈话。"

一望无际的盐碱地，在初春太阳照耀下，反射着刺目的白花花的光。

蔡襄抬头，下意识举起手袖，以遮挡强光。

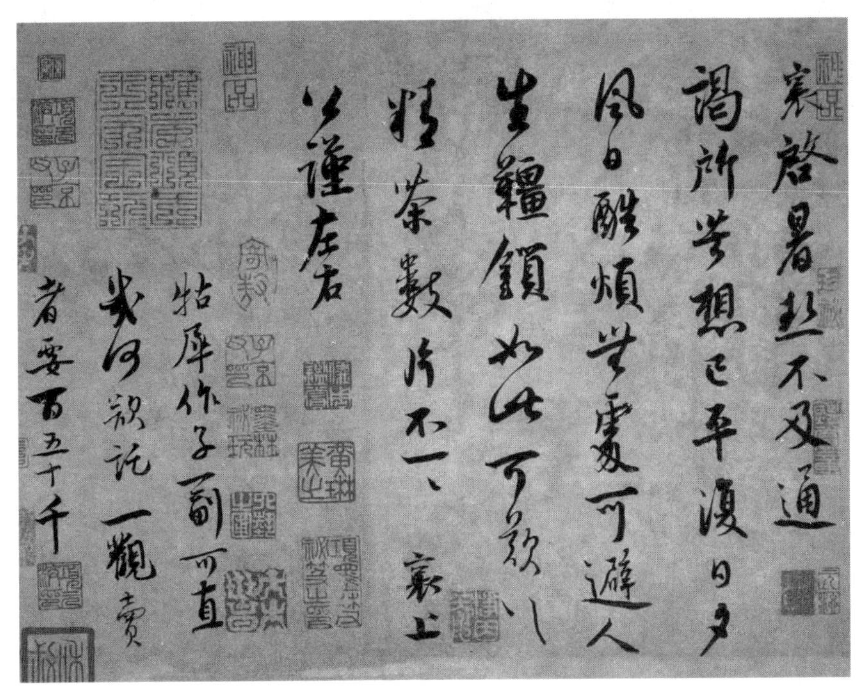

蔡襄：《暑热帖》

二月底，他带着属员几人，离开福州，来到莆田巡查。

莆田也称“兴化”，又称“莆阳”，隶属福建路兴化军。

太平兴国四年（979），太宗诏以莆田、仙游、永福（今永泰）、福清四县之部分属地置兴化县（治所在今仙游县游洋镇），并在其地建太平军。太平兴国五年（980），改太平军为兴化军，划出平海军（今泉州市）的莆田、仙游两县归兴化军管辖。兴化军时属两浙西南路，与建州、福州、泉州、漳州、汀州、南剑州、邵武军合称“八闽”。太平兴国八年，军治迁至莆田县城。太宗雍熙二年（985），闽地从两浙西南路分出，置福建路。兴化军自此，专属福建路。

福建兴化，远离中原，自有一份安宁与别样的静谧。两晋以降，北方士民避乱不断南来，客家人重农桑，兴教化，开民智，文教昌隆，人才辈出，兴化逐渐成为世外桃源般的所在。

近日蔡襄巡视莆田，到了兴化军米仓南北洋附近，发现古五塘已废，周围竟是大片盐碱地。

天色向晚，蔡襄还在与老者以及众多莆田民众说话来着。

一个看似读书人模样的年轻人道：“大人，我这蒲阳，本为鱼米之乡，若是可以恢复五塘旧时光景，小的以为，既可以灌溉千顷良田，塘之周围还可以种上荔枝，吃穿不愁。”

刚才盐碱地上刮盐老者接着说道：“不知大人可知，福建路我这蒲阳荔枝最为有名，陈紫、宋家香、状元红多种，无不甜美多汁。若是可以修复五塘，小的两名孙孙也可以时常吃到美味荔枝了。”

靠在他怀里的小孙子道：“真的么阿公？孙儿可是从未吃过陈紫荔枝呢。”

老者道：“哪里能够吃得着呀？陈家老爷看得紧，挂果时，园门紧闭，看一眼都不能够，莫说吃了。再说，穷家小户，谁舍得？一粒陈紫，便可以换一碗米饭了。”

小孙子吐了吐舌头。

蔡襄道：“各位耆老，诸位乡邻，近日下官到来，听闻此些，一是吃惊，二是受教。《尚书》曰：‘民惟邦本，本固邦宁。’为官之人，百姓衣食寒暖，须时刻记于心上。下官定当尽力，为蒲阳百姓早日促成修复五塘事。”

门前的荔枝已发新绿，在春风中不停摇曳。蔡襄送别民众，看着这些他和妻子最为喜爱的果树，转身返回屋内。

他低首凝眉，奋笔疾书，写来《乞复修五塘札子》：“窃缘旧作陂塘，灌田一千余顷，济活八千余家。及决塘为田以来，收得塘内田一百余顷，丰赡官势户三十余家，又年年雨水不充，放却赋税至多。……”他上书禀明朝廷五塘被废的前因后果以及危害。只利部分人的“决塘为田”的做法不可取，应该恢复五塘“灌田一千余顷，济活八千余家”的有利于大多数百姓、并利于国家赋税营收的旧日光景，希望朝廷早日恩准。

21. 耕锄时节动，歌谣声意通

莆田城南，水亭村，蔡襄新居。

为了纪念逝去的外祖父，蔡襄把前年落成的这所居屋命名为“惠安居”。

惠安居简朴居所，五间双座。宽敞庭院，周围遍植荔枝、柑橘等，红砖白石青瓦，舒适敞亮。

草色青青，正是耕锄时节。农人奔忙，老牛哞哞，荔枝树青枝绿叶白花，在风中“沙沙”歌唱。

外祖父已经逝去多年，不知为何，近来蔡襄格外思念他老人家。要是外祖父还活着，看到孙儿今日为故乡所做的事情，他老人家该是多么高兴呀。他定会笑眯眯从袖中摸出一粒深红滚圆的荔枝，对蔡襄说道：“孙儿，今日作诗作得好，这颗荔枝奖给你吃。”

屋外，一名儿童，奶声奶气的声音歌来：

草人仔，田里插。
惊鸟仔，“账”五谷。
穿破衫，日“物”曝。
戴破笠，雨“物恶”。
有功劳，“兆帐贺”。

他唱的是莆田民间的稻草人歌，歌唱稻草人不怕日晒雨淋，守护五谷功劳大，真是“兆帐贺”——该大大得到称赞呀。

蔡襄父母居住于福州，这回并没有随他到新居来。

故乡枫亭的居所在乡下，生活十分不便，父母老了，已不能再从事田间劳作。再者，而今弟媳居住在那里，一大家子挤着，不妥。蔡襄仕宦多年，手头略微有些结余，便托人用不多钱在莆田城南买了一块地，又于前年回福州任知州时，着手建房。建房事宜全交给了程子直。

子直而今已经长成二十多岁的英俊后生，这些年他跟着蔡襄，读书识字，渐渐成为蔡襄的左膀右臂。

此回，蔡襄在请求修复古五塘呈上朝廷的札子中，专门交代："所有上件田地，虽是臣乡里，即本家及亲戚无有一亩相连。"

是的，五塘在城东，新居在城南，他不能假公济私呀。

蔡襄端坐屋中，以楷书写来《乞减放漳泉州兴化军人户身丁米札子》，曰："南方地狭谷鲜，又浮海通商，钱散不聚。丁男日佣不过四五十文，身丁之直岁率三百，衣食之余，终年不能足之，必僦产。……"

程子直来报："大人让子直所请乡民已候于屋外。"

蔡襄道："快请进屋说话。"

程子直道："却是不肯进来呢，大人请随子直去看。"

蔡襄走出屋外，见一人站立之外，黑压压，地上跪了一群。

众乡民叩头，齐声道："大人哪，若是此回大人能为兴化军请求减免赋税，便是小的再生父母。"

蔡襄道："各位乡邻请起。"

站立之衣着整齐布衣男子，读书人模样，拱手致意。其余多人，陆续站起，看过去，尽是衣衫破旧的男子。

蔡襄请他们回屋说话，一名黑矮汉子却说："大人，小的衣裳肮脏，恐污染大人新居，站屋外说话自在些。"

书生模样男子拱手对蔡襄道："学生乃县学生员邹民善，今听大人命，特来。"

蔡襄道："请各位来，是为欲向朝廷请求减免兴化军身丁税之事……各位执意不肯进屋，这就站着说话。子直，吩咐厨房，熬些粥来。"

他站上屋前石阶，接着说道："下官在西京为推官时，即写信与朝中庞长官，请求大人为我莆田呼吁，减免漳、泉州以及兴化军人户身丁米。随后几年，下官因人微言轻，却是无力管顾。而今为官福建，最为萦心之事，便是关于漳、泉、兴化军丁税以及贫民生计问题。”

一名个头稍高男子道：“大人，小的张三，家里穷，无有房住，宿在大桥洞里。帮工他人，还不是照样要交粮，若是不交或者迟交，便是要抓去大牢里受罪。”

另一名男子道：“大人呀，小的王五，种田为生。唉！何时松活过呢？敢不交，怕是不想活了。”

年轻书生邹民善点头：“是的，大人，这兴化军赋税过重，百姓早已不堪承受，望大人为百姓鼓呼，早日减轻赋税。”

所谓身丁税，就是必须按人头缴纳的赋税。

五代战乱，宋初，国用不足，赋税沉重。真宗时，曾下诏特命减免两浙以及福建等多个州郡的身丁钱。可福建路掌权官员认为，皇上诏书所说的乃是钱，而漳、泉、兴化军三地所缴纳的是粮，所以并未减免，照常纳税。

蔡襄道：“下官定当力请朝廷，尽早减免福建三地身丁税，减轻民众负担，以使安居乐业，长养子孙。圣上仁爱，即便未能全免，必会免除贫民之赋税。”

又幽幽叹道：“先皇至今，四十年矣，本地赋税却依然如故。”

几日之间，实地调查以及上朝廷札子请求重修五塘、减免赋税这两件大事处理完毕，蔡襄准备再进建安北苑，督造贡茶。

22. 阴崖喜先至，新苗渐盈把

又到石塔山。

这是福州到建安凤凰山的必经路途啊。

蔡襄坐在山中，凉风吹衣，茶香盈袖。杜鹃花婷婷袅袅，在山风中轻轻眨着眼睛。

少年陈子安往高处跑近身来：“大人，大人，您真的来了——”

他跑到蔡襄身旁，蹲下喘气。“大人，今晨子安去山中挖笋子了，晚间便可吃笋子炖鸡。母亲亦天天念着大人呢。母亲养了一只大线鸡（阉鸡），舍不得吃，等大人来呢。对了，母鸡上月，还抱了一窝鸡仔……”

蔡襄微笑，不停点头：“好，好。鸡却不必吃它。”

又问：“子安，可曾用心读书认字，晚上，我可是要考校一番的哦。”

陈子安点头。一年不见，他长高了许多，今年已是十二岁了。

周围茶人正在不停忙碌。这熟悉的散入青林的采茶，稍稍见人烟的视察、试茶、修建贡亭等诸多繁复琐碎、却不敢有丝毫怠慢的工作，全都深深镌入蔡襄的生命之中了。

他轻轻叹了口气，目光转向大山。

夕阳渐渐落山，点点金光，散落茶树与草丛之间。清泉叮咚，在脚底说着悄悄话。月亮升起来了，群星闪亮，万阑寂静，唯有虫唱不息。

就着满天星光，蔡襄喝下了一口香茶。

这是去年的茶，他珍藏着舍不得喝。今年的新茶还在山中，等着他去采、去制呢。

宋代饮茶器具

“子安，福州虽好，你却不要随我去福州了，留在山中，照看着这些茶树。茶树生长，就有饭吃，就有春光，就有希望。”蔡襄对半蹲半跪于他膝前的陈子安说道，面色凝重，好像在府衙中训话。

“那么大人，您教子安点茶好不好?”

蔡襄道：“好的，去瓦缸中再打些泉水来。”

墙角，一枝竹管，引入山泉，流到瓦缸中。

蔡襄取出用箬叶包裹着的小半块团茶以及整套点茶工具，有石碾、茶罗、茶盏、汤瓶、茶匙等，命子安：“待再烧些水来点茶。”

他旋转手中茶铃夹着的一小块茶，对子安说道：“首先，得炙茶。此是去年旧茶，香色味皆陈，所以炙茶必不可少；若是新茶，则不用。子安，瞧着，先于干净水盂中以沸水渍茶，刮去表皮膏油，再以茶铃箝之，微火炙干，然后用茶碾碾碎。”

子安道：“大人，子安可以学做么?”

蔡襄道：“好。子安来试试。”

他看子安烤好茶，接过说道：“仔细瞧着。子安，不妨去取笔墨来，把点茶步骤一一记下来。”

“先以净纸密裹茶并捶碎，然后碾。饮时便碾，无须放置。因新碾之茶茶色白，如放置一夜则茶色变昏矣。碾好，接着用茶罗罗（筛）茶，罗细则茶浮，粗则水浮。”

“下一步为候汤。候汤最难。未熟则沫浮，过熟则茶沉，从前所说蟹眼者，过熟之汤也。茶若沉，煮于瓶中则不可辨，故曰候汤最难。”

“再为熁（烤）盏。凡欲点茶，先须熁盏令热。盏冷则茶不浮。”

“最后点茶，此最为关键。茶少汤多，则云脚散；汤少茶多，则粥面聚。子安瞧着，取茶约一钱七，先注汤，调令极匀，又添注入，环回击拂。轻重缓急，击上击下，全看手中掌控。汤只需上盏四分则止，勿要满。汤色鲜白，著盏无水痕为绝佳。我这建安斗试，以水痕先者为负，耐久者为胜。”

“再为子安说说几种点茶器具。一曰茶铃。茶铃屈金铁为之，用以炙茶。二曰茶碾。茶碾以银或铁为之。黄金性柔，铜及喻石皆会生锈斑，不入用。三曰茶罗。茶罗以绝细为佳。罗底用蜀东川鹅溪画绢之至密者，投汤中揉洗以幂之。四曰茶盏。因茶色尚白，宜黑盏，建安所造者色黑，纹如兔毫，其坯微厚，熁之久而热难冷，最为好用。出他处者，或薄或色紫，皆不及也。青白盏，斗试家自不用。五曰茶匙。茶匙要重，击拂有力。黄金为上，普通人家以银铁为之。竹者轻，建茶不取。六曰汤瓶。瓶要小者易候汤，又点茶注汤有准。黄金为上，普通人家以银铁或瓷石为之。”

子安用笔记着蔡襄所讲。子安的父母带着妹妹也悄悄来到蔡襄身旁听讲。

夜深了。

明日起，蔡襄又要开始重复的、辛苦而又让人难以忘怀的长达三个月的工作了。《出东门向北苑路》《北苑》《茶垄》《采茶》《造茶》《试茶》《御井》《龙塘》《凤池》《修贡亭》——

一路行，一路歌。他要再一次把这些走过的日子记录下来，以诗，以歌，以风雅。这些，将会成为他生命中永远的逝水年华吧?

灯下，他提起笔来。

23. 澹淹沐新泽，依微生柔风

石桌上，几盘褐红、深碧、粉桃与莹白的荔枝悄然散发芬芳：一些带壳，一些剥去外皮、留有内膜，一些只余果肉。

蔡襄道：“今日请各位前来，原是为今年新成熟荔枝写生留谱。端午将至，下官欲以此些佳果图，祈愿福州民众百福具臻。”

笔墨纸砚一应俱全。几名福州城画工端坐亭中石桌之旁、石凳之上，拱手言道：“大人吩咐，我等不可不勉力而为。”

前日，蔡襄贡茶事毕，从建安回返福州。这回进山，他如同去年，诸事亲力亲为，并指导茶工对小龙团茶作进一步的改良，使得团茶花色更加丰富，茶品愈发精绝，饼亦由每斤二十八饼改为二十饼，并从此固定下来。

在山中，他每日辛劳不已，和茶、和茶农亲近，茶农夸他：“大人天生为制茶而生，怕是上天专门派来帮我这建安北苑的。经大人的手一采一蒸，一揉一捏，一压一烤，怪了，茶味清了，茶韵浓了，茶香久了。”

春阳中，蔡襄微微笑着的脸，黑了、瘦了；一口细米牙，愈加莹白闪亮。

今春，仁宗饮用蔡襄上贡新茶，大为称赞，欣然为北苑题字，并命建安勒石刻存，曰：“建州东凤凰山，厥植茶惟北苑。太平兴国初，始为御焙。岁贡龙凤，上柬东宫，西幽、湖南、新会、北溪，属之十二焙。……”

陈子安听蔡襄吩咐，没随他到福州读书。临别，蔡襄又再三嘱咐孩子，照管好茶山。

端午将至。今日，福州西湖旁不远处春野亭，蔡襄知福州时为百姓修建的休闲憩息的小亭中，早熟的荔枝摆放桌上，三名画工对着荔枝不停写画。蔡襄格外喜爱这故乡的果品，今日起床，见州守遣人送来几种，是过去未曾见过的，便请来本地画工，让他们把新品荔枝画下来。

夏日已经来临，温风拂面，略微有些热了。眼前西湖莲叶亭亭，微风中有若碧绿的精灵翩翩起舞，荷香满湖，为游人带来许多清凉。

蔡襄看着这祥和安宁的美景，嘴角微微上扬。

东西湖均为晋太康三年（282）郡守严高所凿。其时，严高在福州西北隅挖土筑城，所挖空地蓄纳上游小溪来水成湖，称为西湖；又在城之东北隅开凿人工湖，是为东湖。东西湖以及周边，既为福州百姓日常休闲娱乐之好去处，滨湖附近农田更获灌溉之利。

五代至宋初，战乱频仍，奸民蚕食，东湖湮没，西湖亦微塞，百姓以为病。福建路转运史蔡襄近年屡屡上书朝廷，始议浚复，并已委托苏舜元领头，着手推行本地财政可以负担的简单的清疏工作。而今东湖依旧，西湖却已经渐渐重现昔日风光。

西湖周围，闽王王审知五代时所造亭、台、楼、榭，在微风中亭亭玉立，有若簪花美女；而闽王为便于携后宫游西湖，在王府与西湖之间挖设的一条复道，亦重现光彩，好似长蛇蜿蜒。西湖，这闽王朝的御花园，如今完全成了普通百姓的幸福乐园。

蔡襄知福州开始，一方面上书朝廷请求修浚东西湖；一方面，又在郊野主持修建春野亭、双松亭、东野亭等，以惠百姓；更开放官家园林“春台馆”，方便民众春时踏青。

三名画工工笔细写荔枝图。蔡襄举起手中小童刚奉上黑色建盏，对一同站立观看的苏舜元说道：“才翁，弟以今春新茶代酒，敬兄。兄主持修浚西湖以及为百姓凿井十余口，劳苦而功高。”

苏舜元亦饮茶，道：“君谟无须虚礼。今春新茶确实上佳，若是福建路转运使君谟大人要奖励下属，无须银两，不妨奖茶一饼。他日某回返江南，也可作为夸口之资。哈哈。”

蔡襄道：“自然是要给兄留下两饼的。”

苏舜元自去年来福州，除统辖一路司法、监察等事务外，还尽力佐助蔡襄，担负起劝课农桑、兴修水利、赈救灾民、减免赋税、移风易俗等重要工作。又受蔡襄委托，为方便福州百姓就近取水，组织人力择地挖掘十二口水井，百姓美之曰“苏公井”。

又是一个丰收之年。蔡襄走出春野亭，远眺美景，心中满是欢愉：

太守职民治，诏书劭吾农。
载酒事缅邈，作室当廨中。
况凭轩牖高，中视田野功。
滃浥沐新泽，依微生柔风。
江潮涨新绿，山麓延朝红。
耕锄时节动，歌谣声意通。
惭非共理材，幸遘频年丰。
未厌畎亩乐，驾言谁相从。

24. 霞树珠林暑后新

蔡襄道："襄以为，荔枝品类之最佳，还是我兴化军蒲阳之陈紫。大可径寸，色泽鲜紫，香气清远，壳薄肉厚，膜如桃红，核如丁香。其肉凝如水精，食之消如绛雪……色香味俱具，可称天下第一也。"

苏舜元道："听君谟说及陈紫如此，愚兄亦想去尝尝了。只可惜新鲜荔枝无法贩运，大宋北方或者外夷等若是想要吃着，只能以盐梅渍或者经曝晒制成荔枝干，味道便差了许多。"

蔡襄道："这福州所产江家绿味亦好。"

暑雨初霁，晚日照耀，层林尽染。一株株荔枝树翠叶绛囊，数里之间，焜如星火，非名画可以描绘也。州署之北，越山（屏山）之间。

公余，蔡襄和苏舜元走出官衙闲谈望远。

荔枝林旁，三三两两，尽是休闲消暑之人。

突然，一名老者和一名青年男子领着三名小孩，急匆匆走到蔡、苏二人身旁，齐刷刷跪下。

老者道："二位大人安好。小的以及全家带上新摘下荔枝一筐前来，感谢蔡大人活命之恩。"

苏舜元笑道："哦?！这才说着荔枝，荔枝就到了。"

蔡襄说道："几位乡亲，快请起来说话。"

青年男子叩头道："谢大人。若不是蔡大人设立医学堂免费为乡民看病送药，又在州治前颁行《圣惠选方》救助百姓，小的全家怕是要死于前年瘟疫了。"

蔡襄拱手向天："职责所在，不容推辞。"

又轻声对苏舜元说道："才翁，是前年知福州时事。"

老者等几人站起，青年接着说道："蔡大人知福州，宽和悯民，扶助农

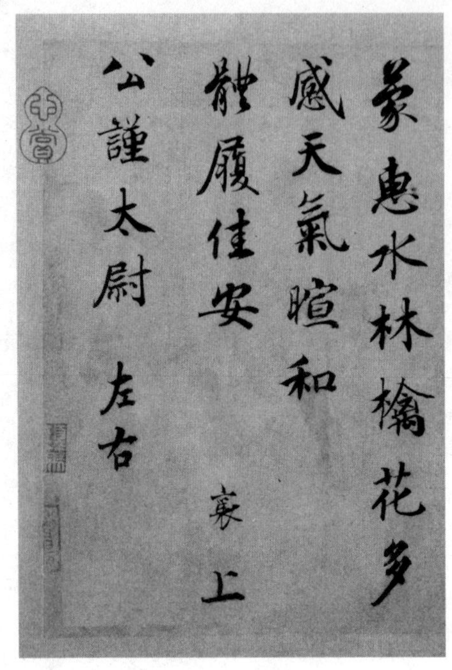
蒙惠水林檎花多
感天氣暄和
體履佳安　襄上
公謹太尉左右

蔡襄:《蒙惠帖》

桑，如同及时雨一般，颁布太宗《太平圣惠方》，更命人教给我等小民日常医药必备良多，以防巫医害人。”

老者插话道：“是呢，大人还将何医师所选药方制板刊刻，以便我等去抄录治病。蔡大人可是小民的大恩人哪。”

青年道：“大人见小的识得些字，令小的到医学堂帮忙，又让何医师教小的以医药，小的而今已经能为乡邻看些日常头痛脑热了。”

《太平圣惠方》为医药方书，简称为《圣惠方》，成书于太宗淳化三年（992）。是书成，太宗先赐宰相李昉，以及朝廷重臣贾黄中、吕端、温仲舒等，后颁行天下，共一百卷。此些药方能成书，皆因太宗赵光义平素留心医药，收得要方千余篇；太平兴国三年（978），更诏翰林医官院征集各家应效药方，几年间，合为万余道。太宗令尚药奉御王怀隐（初为道士，精通医药。太平兴国初诏令还俗，为尚药奉御，后升任翰林医官使）领王祐、郑彦、陈昭四人校勘编类。

蔡襄知福州，见本地百姓缺医少药，遂印行《太平圣惠方》百卷，并委托“何医师”——即福州本地医师何希彭节选《太平圣惠方》精要编成《圣惠选方》六十卷，载方六千九十六首，公布于衙门左右，供大众抄录。

蔡襄道：“不如我等一同前去医学堂瞧瞧?”

众人便尾随蔡襄前往。

这医学堂为福建路有史以来的第一座医学堂，乃是前年蔡襄到福州时主持设立，位于虎节门西总门之东，与蔡襄所书《圣惠选方后序》石碑相对。

何希彭为福州本地闽县人，行医民间，精内经服食之秘，通方伎之学。

而今经蔡襄请出，主持医学堂事，并教导学生，坐诊问疾。

医学堂宇清屋明，药香满堂，虽是暑热天气，病人却是不少。

见蔡襄等来到，病人纷纷让道。

男子道：“蔡大人来也。”

老婆婆说：“菩萨保佑，蔡大人青天大老爷也。”

妇人言：“若不是有这医学堂，我等生了病，还不是照常使钱请巫；无钱请，便只好在家等死……”

闽人旧习俗左医右巫，迷信巫师，诸事问鬼神，有病更是求神弄鬼，不肯轻易看医生。一旦生病，求医问药之人不过十分之二三，医药传承日渐寥落。

蔡襄来到，移风易俗，引领一时，百姓受惠良多。

他站立堂中，声调依旧是往昔的不疾不徐，对何希彭等人说道：“各位医师辛苦，暑来，想必中暑、风热、痢下之人日渐增多，小儿更是容易生病，赶紧吩咐多熬些汤药，以供有疾之人随时取服。”

众人唱喏。

何希彭停下问疾，拱手站立道：“大人不耻下问，关心民瘼，正是我等楷模。”

25. 太守职民治，诏书劭吾农

天空飞过一只小鸟。

蔡襄掀帘下轿，抬头，刚好看见这只顽皮的鸟儿，他微微展颜。蓝湛湛的天空万里无云，太阳犹如赤精条条的汉子，袒露结实的胸腹，俾倪世间一切。倬彼云汉，昭回于天，盛夏骄阳肆虐大地——“故乡，我又回到你的怀抱了。”蔡襄心中默默念叨。

空气中依然带有香甜的荔枝味。乡间晚熟的荔枝，挂在枝头唇红齿白，一直到这七月初还有。

他站在五塘堤上。晚春植下的一棵棵榕树，已然生发浅浅深深的绿色柔嫩枝条，再过两年，就会长成大榕树了吧?

今春，经上报，朝廷同意复修古五塘。莆田民众齐心协力，日日苦干不息，几个月内，五塘迅速恢复旧貌。塘水清且涟漪，养护着周边八千余户农人，在这盛夏，更是为乡民带来许多清凉。蔡襄今日回来，便是专为主持庆贺典礼。

路上，一位位乡民笑逐颜开，见到蔡襄，皆行礼致意:“大人。”

当日盐碱地上遇到的老汉，带着两名孙子，亦在人群之中。

他高声喊道:“大人，蔡大人，您老瞧瞧，这五塘水，多清的呢。明年，老汉的小孙孙便有荔枝吃了。”

眉眼中皆是笑。

一个老婆婆合十道:“天老菩萨，若是蔡大人可以一直在我这福建路、在莆阳为官，那才叫好呢。而今水也有了，盐也有了，明年，稻谷和荔枝也都会有，老身便可吃到香喷喷的白米饭了。谁能想到，几十年了，老身还能再看到五塘这清清流水呢。”

一名小孩子问道:“阿嬷，到明年，这五塘中会不会有鱼呀?”

老婆婆答道:“自然会有的。鱼呀，虾呀，莲藕呀，菱角呀，都会有的呢。”

一名中年男子喊道:“蔡大人，您真是我莆田百姓的救命恩人哪。我等预备在此为大人立下生祠……”

蔡襄赶忙说道:“使不得，万万使不得。如此巨功大德，皆是百姓自己造就，蔡襄怎敢当?再说，下官分内之事，何足挂齿?”

几名孩童在旁对着人群，拍手歌道:“天乌乌，物(要)落雨，阿公举锄头，田边去掘芋。掘啊掘，掘啊掘，掘着一尾田雀古(泥鳅)。阿公物煮咸，阿嬷物煮淡，两个厮拍弄破鼎，弄破鼎……”

他们唱的乃是莆田本地民谣:天黑黑的要下雨了，老阿公拿着锄头去田边掘芋，没想到竟然挖到一只泥鳅。回到家，老阿公要(把泥鳅)煮成咸的，老阿婆要煮成淡的，两个人争执，把鼎（煮菜锅）给打破了。

蔡襄点头微微笑了。他还是老样子，清瘦的面容，一双眼睛不大而有神；不轻易说话，一旦说话，却是一言九鼎。

五塘周围，一棵老榕树，伸出长长的胡须，临水一边，垂到了水中。蔡襄站到岸边榕树下，阴凉之处，他那黑又亮的美髯，在新秋的阳光中微微颤动："各位乡邻，今日有幸来此主持五塘复兴典礼，幸甚至哉。百姓安居乐业，长养子孙，是下官一向心愿。万望各位乡邻勤俭持家，和睦相处，孝友耕读，家运隆昌……"

周围孩子的喧闹声愈发响亮。

老婆婆看看天，于旁念叨："阿弥陀佛，菩萨保佑。幸好有这棵大'松树'，不会晒着我这蔡大人，不然这日头可是真真毒。"

蔡襄知福州，下令所属各县——福州下辖十二县：闽县、侯官、怀安、连江、长溪、长乐、福清、古田、永福、闽清、宁德、罗源，遍种"松树"。

此种"松树"不是人们寻常所说的"松"，在兴化军当地，"榕树"被叫作"松树"，所以口口相传流播到东京以及北方诸地，就成了"松树"。就连今上仁宗，亦知道蔡君谟在福州广植"松树"呢。

福州地处宋之南方，夏天炎热难耐，百姓盼望能有遮蔽阳光的荫凉之物。榕树栽种容易，插枝即能存活，树冠大，枝干粗，树叶茂密，因此蔡襄将这故乡特有的树种推而广之，令福州各县广泛种植。

福州，自从蔡襄开始种树，没过几年，榕树满城，往后，便被称作"榕城"了。

今年，转运使蔡襄又令整个福建路，即由福州大义渡口，经莆田、泉州，直到漳州，七百里官道两旁遍植榕树。

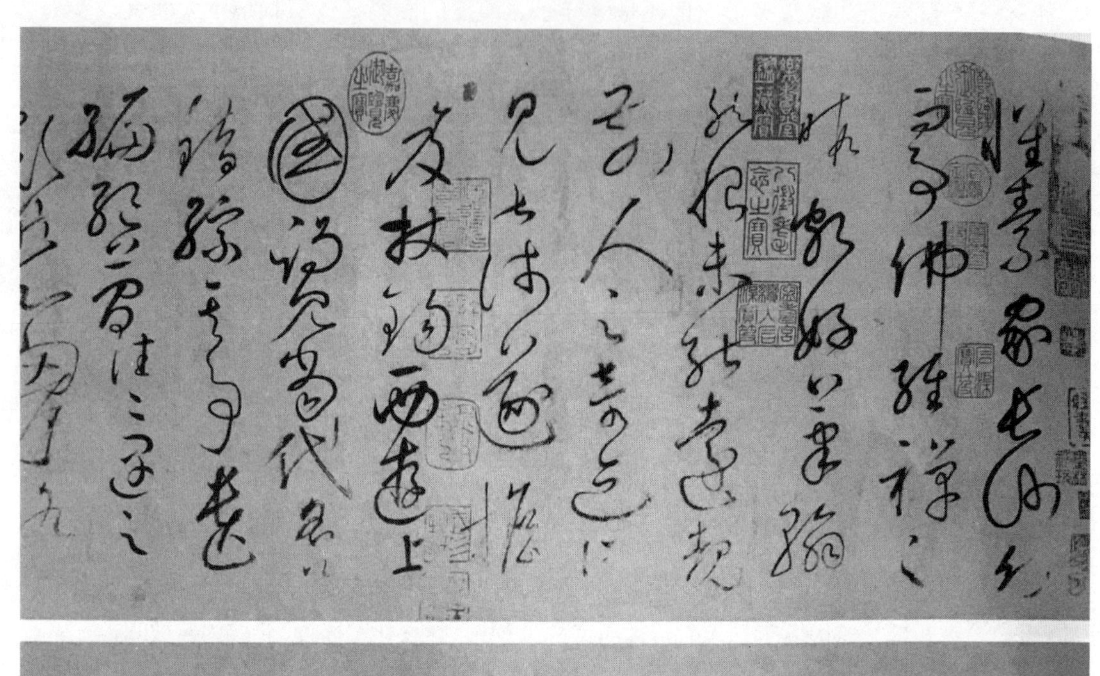

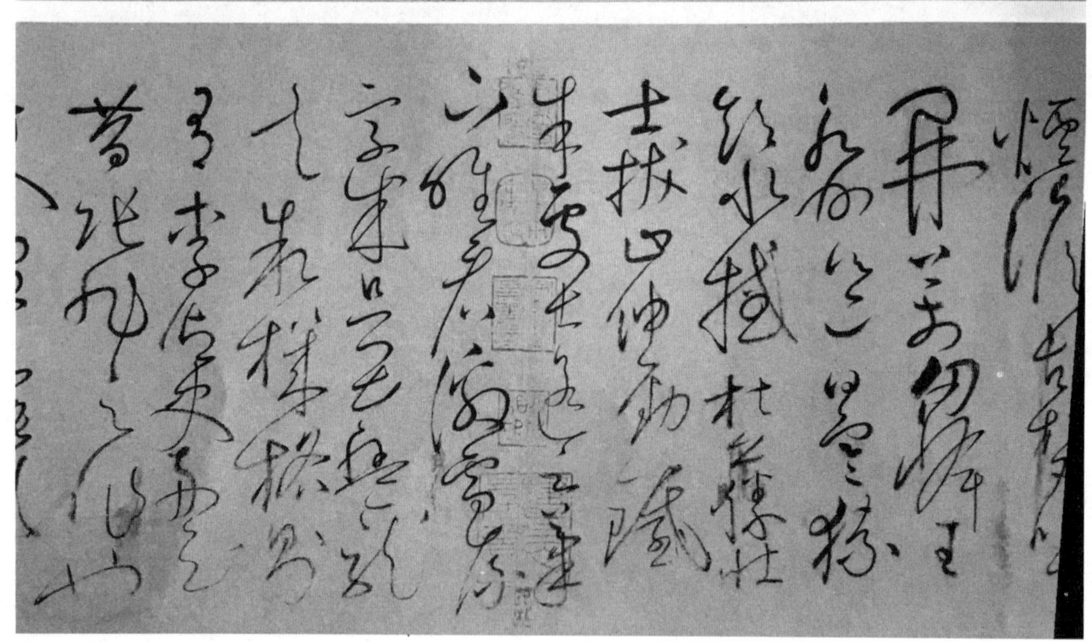

怀素:《自叙帖》局部（传苏舜钦补首六行）

26. 别意起中夕，出门风吹衣

蔡襄提起笔来，好似对着私底下那个悄无人时的自己，一笔一画，书写着虔诚、自律、恭谨，以及内心深处，始终存在着的他人难以觉察的深深寂寞。

陈烈点头："如此甚好。"和往常一样，他的脸上是喜怒不形于色的许多严肃。

陈烈以布衣受聘到福州为教授，从没感恩戴德地把蔡襄当成大官捧着抬着吹着；蔡襄也没把陈烈的书呆子气十足的放肆以及世人眼中实在过分的言行当成忤逆，而是自始至终恭敬地把陈烈当成"友直友谅友多闻"的一面镜子，照鉴自己，照见前行的道路。暑天里，陈烈经闽江往侯官来福州学馆，路上，听船家议论蔡襄主政福建路"政颇严苛"，他便不走了，命船家把船停靠于码头，在亭子题诗一首转头离去。诗写的是：

溪山龙虎蟠，
溪水鼓角喧。
中宵乡梦破，
六月夜衾寒。
风雨生残木，
蛟螭喜怒澜。
殷勤祝舟子，
移棹过前滩。

蔡君谟，你这福州不是人呆的呀，居然"六月夜衾寒"。我的小船，过了前滩再停靠吧。

马上有人把诗抄给蔡襄看，蔡襄看后，默然良久，说道："陈君教我矣。"

他命人前去追回陈烈。陈烈来到福州，见了蔡襄，面色不改，道："子曰，'不愤不启，不悱不发'。"

从此，蔡襄更加警醒自己，为政以宽，待己以严。

蔡襄一一书来，陈烈不住点头："君谟今日笔墨却好。"

写完学馆所需的训告，蔡襄这回写的是楷书七言诗："虚堂永昼来风长，石枕竹簟生清光。文园肺渴厌烦热，更要夫君在侧傍。"不乏戏谑之意，乃是为好友、扬州知州欧阳修所写。欧阳修虽和自己一样，不在朝廷，未曾得意，去年其薛氏夫人却又为他添了个大胖儿子。

蔡襄写完，仔细端详，起笔处，以小尖锋入笔，逆锋虚抢。点画是他一贯的认真，横竖撇捺勾提，力求笔笔到位。笔墨中，流畅自然稍逊，多了几分紧涩。蔡襄摇头："积习难改，蔡某始终是一名拘谨之人。"

陈烈道："笔墨一道，愚以为君谟已是国朝难得人物。书学寥落，君谟楷书却能独从颜书中寻求到自个儿的眉目主张。瞧瞧，这'光'字最后一笔便可明白见着颜书味道。才翁草书佳，君谟楷书可称笔有师法，当仁不让。"

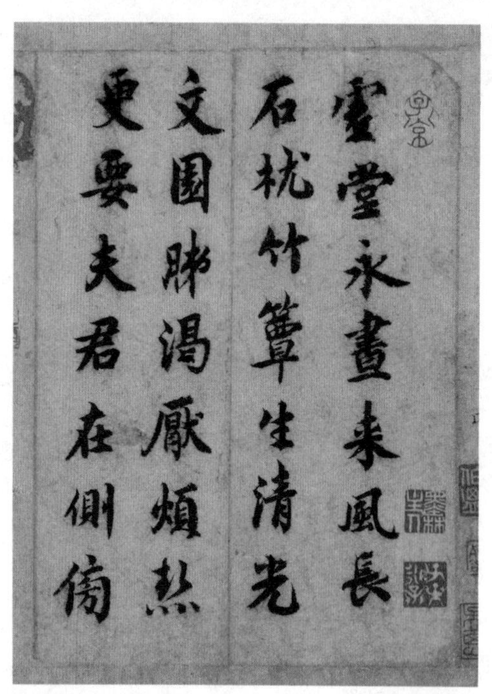

蔡襄：《虚堂诗帖》

蔡襄微笑不言。

他从庆历四年（1044）秋以右正言知福州开始，到前年改福建路转运使，至今整整四年了。刚到福州的那个月，福州城便迎他以大旱，粮食歉收，百姓生活陷入困顿，蔡襄深为忧虑。他深入里巷，深入田间地头，认真调研，发现要解决福州旱涝问题，首先得解决东西湖淤塞。以东湖而言，主要承接东北诸山溪的水流，由于长期拥堵失修，未能发挥排水和储水的作用。这样，一旦雨季，溪流无所归依，田园被淹成泽国。遇到旱季，农田则又因无水灌溉而干涸，庄稼颗粒无收。针对这种情况，蔡襄一面写札子上报朝廷请求政策、资金的支持，一面发动官员及百姓集思广益，群策群力，并自筹资金，努力改善东西湖状况。

州署旁的官家花园“春台馆”，过去是严格禁止普通民众入内的。蔡襄到任后，不但在其中及周边修亭建阁，还在旧日基础上全面加以维修，每到二月，蔡襄便命开放春台馆，让百姓入内游览赏玩。他还作《开州园纵民游乐》诗两首，其中一首云：“风物朝来好，园林雨后清。鱼游知水乐，蝶戏觉春晴。草软迷行迹，花深隐笑声。观民聊身适，不用管弦迎。”

每逢春节、上元、端午、中秋等佳节，蔡襄都会到西湖、鼓山等地，与民同乐。今年四月初八佛诞日，他带母亲、妻子、儿女前往西湖，吟来《四月八日西湖观民放生》诗：“盈舟载鱼虾，投泻清波际”，记录这难忘的福州时光。

眼前，西湖波光粼粼，和周围亭子连成一片，犹如图画；远处，东湖淤塞问题正慢慢解决。

“为政一方，造福于民”，他是这么想的，也是这么做的。此时，蔡襄面对身旁的陈烈、周希孟等，对着福州大好山川，感觉十分欣慰。他想起了极为喜爱他书法的今上，想起了张士逊、宋绶、范仲淹，以及好友欧阳修等，这些生命中不可或缺的良师益友，默默对自己说道：“各位，想来蔡襄并没有辜负你们的期望。”

27. 穷冬过梨岭，山蹊出幽榛

山岭无言，以慈爱的目光抚慰着他，又好似父亲温暖的大手牵着他。

庆历八年（1048），隆冬。

十余日前，子直来报，父亲在莆田家中去世。蔡襄立即向朝廷请辞回家奔丧，并按例，将庐墓守孝三年。

他这就离开福州上路。

妻子葛清源往轿中伸头探望：“相公，翻过这座山岭，这就到五塘了。”

蔡襄答道：“唔。”

他望向山岭深处。

离开福州前，江南传来消息，他的好友、苏舜元之弟苏舜钦于苏州沧浪亭郁郁而终，享年仅四十一岁。

正在送别蔡襄的苏舜元闻讯，当即吐血，晕倒在地。

“沧浪之水清兮，可以濯吾缨；沧浪之水浊兮，可以濯吾足。……”山林深处，蔡襄的幽幽叹息回荡好久好久。

家世显赫，相貌堂堂，才华过人；不借祖荫，自己发愤考中进士，却终身不遇。“独坐对月心悠悠，故人不见使我愁”，蔡襄想着这位和自己一样有着漂亮胡子的美髯公，心难安，意难平。

苏舜钦、苏舜元与祖父苏易简一道，被世人称为“三苏”。家学深养，弟兄二人皆是满腹经纶：苏舜元长于草书，苏舜钦长于诗文，不过，苏舜钦的行与草，也是世间一等一的。在大宋，苏舜钦较其兄苏舜元更有名，只因祖父苏易简是状元、太宗名臣；父亲苏耆是前工部侍郎；更厉害的，他的岳父，是当朝宰相杜衍。

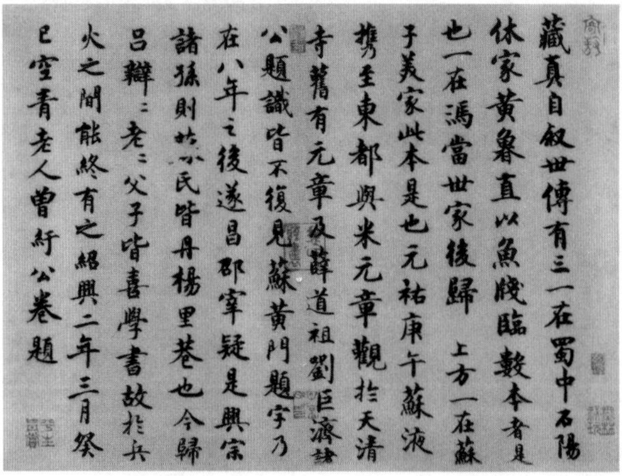
藏真自叙世傳有三一在蜀中石陽休家黄魯直以魚牋臨數本者是也一在馮當世家後歸 上方一在蘇子美家此本是也元祐庚午蘇液携至東都與米元章觀於天清寺舊有元章及薛道祖劉巨濟諸公題識皆不復見蘇黄門題字乃在八年之後遂昌邵宰疑是興宗諸孫則於蘇氏皆丹楊里巷也今歸吕辯々老々父子皆喜學書故於兵火之間能終有之紹興二年三月癸巳空青老人曾紆公卷題

曾纡：《跋怀素自叙帖》

苏舜钦生于大中祥符元年（1008），字子美，较其兄小两岁，大蔡襄四岁。进士及第后，曾任县令、大理评事、集贤殿校理，监进奏院（负责传达朝廷诏令、文牒，以及来往公文的整理归档）等职位，世人称之为“苏集贤”。因支持范仲淹庆历革新，为守旧派所嫉，御史中丞王拱辰让其属员李定劾奏苏舜钦，劾其在进奏院祭神时，用卖废纸之钱宴请宾客。遂罢职闲居苏州。今秋，复起为湖州长史，但未上任便病故。

“沧浪亭”为五代吴军节度使孙承祐的池馆，苏舜钦落魄苏州，以四万贯钱买下废园，修复旧居，傍水造亭。因感于“沧浪之水清兮，可以濯吾缨；沧浪之水浊兮，可以濯吾足”，题名“沧浪亭”，自号沧浪翁，并作《沧浪亭记》。欧阳修应邀作《沧浪亭》长诗，以“清风明月本无价，可惜只卖四万钱”题咏此事。自此，“沧浪亭”名声大振。

叹息好友一生悲凉如斯，伫立寒冬，蔡襄吟咏苏舜钦《水调歌头》再三：

> ……丈夫志，当景盛，耻疏闲。壮年何事憔悴，华发改朱颜。拟借寒潭垂钓，又恐鸥鸟相猜，不肯傍青纶。刺棹穿芦荻，无语看波澜。

“又恐鸥鸟相猜，不肯傍青纶”——把苏舜钦抛到深渊的庆历中“进奏院狱”，前因后果是这样的：庆历四年（1044），刚刚进任馆阁之职没多久的苏舜钦，与他一班同僚和诗友们利用祠神的机会，在进奏院用“鬻故纸公钱”召妓饮酒“公款私用”，受到严厉查处。因“进奏院狱”正处在范仲淹庆历革新的紧要关头，苏舜钦又与所谓“革新派”有着千丝万缕的关系，因此这一看似借肃贪之名整治吏风的案件在当时和往后，均被注入甚深的政治解读。

以宋之法律而言，进奏院狱并不是一件冤案。案子的定性非常清楚：这是一件涉及公款私用，或者公款使用不当的经济犯罪。案子的处理结果也并没有突破“法之常科”：“四五十索”的涉案金额虽然不大，但如果坐实为“监守自盗”的话，根据大宋律例，是可以杀头的。苏舜钦得到“减死一等科断，使除名为民”的判决算是重罪轻判，网开一面。因案子的特殊性，同情苏舜钦的人很难为他辩解，岳父宰相杜衍爱莫能助、三缄其口；好友蔡襄因自知之明隐忍沉默；欧阳修更是借口不在言职而置身事外；只有韩琦仗义上言，但他也只能承认苏舜钦“醉饱之过”，有意无意提醒圣上“何至如是”。

最终，反对党以苏舜钦为突破口，实现了使“三四大臣（范仲淹、富弼、欧阳修、蔡襄等）续罢去”的目的；参与聚会馆阁中十余人，亦全部被逐出朝廷，流放他乡。可以说，这顿酒，成了压垮庆历新政的最后一根稻草。

“须臾霁止，而四顾百里，山川草木，开发萌芽。子于文章，雄豪放肆，有如此者，吁可怪邪!”

这是好友欧阳修的《祭苏子美文》。蔡襄此时念起，为了纪念文采挥洒苏舜钦，也是念给自己的父亲，用他深长的枫亭口音：

> 一世之短，万世之长，其间得失，不待较量。哀哀子美，来举予觞。尚飨!

28. 物无大小贵适用

他把手中的一束野花，高高低低插于弟弟的坟头。最高处，一朵白色小花，在春天的微风中，轻轻颤动。

蔡高的妻子程氏及其身旁八到十一岁的三名孩儿不停啜泣，更为这初春的田园增添几分凄凉。树上两片青叶，被几只叽叽喳喳的小鸟啄破，掉了一些下来，落在程氏的脸颊，她用手轻轻拂去。程氏依然青春姣好的脸庞，带有几分昨夜没睡好的蜡黄。

蔡匀、蔡旬和母亲葛清源以及祖母卢氏跪在旁边一座新坟前。蔡旬道：“阿公，荔枝将要开花了，待春深，孙儿会带些荔枝蜜来，请阿公品尝。”

蔡襄听到儿子的话，停下手中，拿着一枝红花看了好久。

父亲顺利入葬，葬在弟弟的身旁。父亲陪着他心爱的儿子长眠于地下了。

庆历三年（1043）深冬，蔡襄千里迢迢接回弟弟蔡高的灵柩，把弟弟安葬于故乡枫亭住家旁的这座小山包上。

蔡高于康定二年（1041）二十八岁时不幸染疾早逝，留下两个女儿，一个一岁多，一个不到三岁；弟媳程氏当时又怀有身孕。弟媳才二十岁哪。蔡襄在枫亭家中，哀哭号叫，惊迷失次，在弟媳面前，怎能不强打起精神？程氏在太康一无所依，亲友募捐二百两白银欲为蔡高办理丧事，程氏却哭着拒绝了："吾家素来廉洁，不可以此玷污吾夫。"

"这才是我蔡家的好媳妇呀。"蔡襄心中，对弟媳的敬重又增添了许多。

是年，蔡襄接回弟弟的灵柩以及弟媳和几名孩子，为了不让父母日日面对弟弟的孤坟伤心，他着手于兴化军军治所在地莆田，为父母买地建房。弟媳则留在老家枫亭，带着三名孩子，为弟弟守墓。

也正因为这个原因，蔡襄安葬父亲之后，便带着母亲、妻子等居住于莆田。

去年底，听说蔡襄在莆田守丧，陈烈率福州学馆多名学生前来吊唁。进入莆田地界，他对随从他而来的学生说道："《诗·谷风》云，'凡民有丧，匍匐救之'，今将与二三子行此礼。"

于是，一群人仿佛叩长头一般，沿官道匍匐而行二十余里，引得全城人驻足。整整走了一天，这才到达蔡家门口。众人更以手据地膝行，号恸而依次进入孝堂。蔡襄家中帮忙的众乡邻以及妇孺老幼，皆惊得目瞪口呆。

蔡襄虽是哭笑不得，心中却十分感动，同样叩头受领。

回到屋中，程氏道："兄长，请受奴家一拜。"

蔡襄道："弟妹无须大礼，这些年，弟妹受累了。"

程氏道："兄长莫说这些，奴家应该的。受累的是兄长，若不是兄长关照，奴家母子几人，真不知该如何是好。"

蔡母卢氏在旁擦泪道："儿媳哪，真真苦了你了。只可惜我那孩儿君山没福……"

蔡襄道："阿母，莫说这些，以免过度伤感。请和弟妹一起回内屋歇息吧。"

葛清源拉起卢氏道:"阿母,儿媳来搀扶着您。"

又对程氏说道:"弟妹,莫要太伤心了,几个孩儿十分乖巧,弟妹将来必有厚福。永春白马寺,香火甚旺,又极灵验,待开春阿母及我几人一同前去祈福上香,超度亡人,可好?"

几人回内屋去,蔡襄转头问侄子蔡均:"可曾跟从先生学诗?这回,伯公将接你同去莆田,随伯公读书。侄儿,伯公为你带来一方青州红丝砚呢。物无大小贵适用,望侄儿用心向学,跟你逝去的父亲一样,学得一身好本领。"

蔡均懂事点头,一双眼睛含着泪花。

比蔡均稍大一些的蔡旬道:"父亲偏心,事事总想着堂弟,这方砚石年前孩儿向您讨要,父亲却是不肯给孩儿。"

蔡匀道:"弟弟勿要这样说。譬如,为兄心中,弟弟一向比自个儿还要重要些。"

蔡襄看着长子,没有说话,用眼神表示赞许。

蔡均是蔡高的遗腹子,生于其父去世那年的深秋。庆历三年(1043)岁末,蔡襄向朝廷请假回家省亲,前往太康接回弟弟灵柩,又去江南弟媳娘家接回程氏母子。他见到两岁多的侄子,悲喜交集,愈加怀念弟弟。因侄子一直未正式取名,此回,从弟媳所请,蔡襄为侄儿取名蔡均——蔡均、蔡匀,均匀。《礼记·礼运》曰:"大道之行也,天下为公。"他希望侄儿和儿子蔡匀一起,成为对国家、社会有用的贤才。

29. 满眼风花是旧游

时间走得飞快,转眼已是皇祐元年(1049)深春。

"自执丧野外,疏绝人事。承君侯还乡,以礼不及往诣。不期眷记,远访敝庐,虽幽忧之抱,暂尔慰遣。然村舍寂寥,曾无以为具菲薄之礼,理应情恕。”

蔡襄提笔，给陈君写信，感谢老友前来穷巷看望。只是，自己独居乡间，疏绝人事，村舍寂寥，并无菲薄之礼相赠，敬请原谅。

他回到故乡，不再过问世事。更不像好多人一样，伸长脖子，热切打探着，高声或低声议论着，谁谁又升官了，谁谁又被圣上夸奖了；圣上又专宠哪位妃嫔了，前后两位皇后均不得圣心了……他只是安心读书、饮茶、课子、种树，侍奉老母，偶尔给朋友写封书信问安。

今上赵祯因生母李宸妃之故，虽说在刘太后身后，对老太后并没有太多不满，但如鲠在喉，心中始终不舒服。回想当年，到了该大婚的年纪，赵祯自己却作不了主。他最初看上了姿色冠世、并非官宦之家却饶富资财的王蒙正的女儿，有意无意地向刘太后提起此事，刘太后却以为王女出身不高，不能统摄中宫；又言王女相貌“妖艳太甚，恐不利少主”，将她许配给了刘美（龚美）长子刘从德。这一下，深深伤了赵祯的心。

王蒙正与刘太后家联姻，其父极不赞成，阻拦不了，竟然大骂：王家世代为民，从不与外戚通婚，往后必定要遭天谴！十年后，王蒙正与父婢私通，生下孩子，担心其分走家财，不肯承认，被婢女告到官府。经核查，证据确凿，王蒙正被发配岭南。赵祯特地下诏，禁止王女以国戚身份进入皇宫，其子孙永不许与皇族联姻。

王女被许配给刘从德后，由太后主持，多名出身高贵的少女进宫备选，其中最具实力的为已故中书令郭崇的孙女郭氏，已故骁骑卫上将军张美的曾孙女张氏。赵祯一眼看中了张氏，但刘太后却认为张氏不如郭氏端庄持重，最终，太后做主，以张氏为才人，册立郭氏为皇后。少年天子虽“积极从命”，从此更“消极怠工”，长时间对正宫郭皇后不闻不问。

郭皇后出身豪门，自幼骄横自恣，又有刘太后做靠山，不懂得谦和礼让、宽厚待人，太后在世时还好，太后谢世，她依然旧习不改，作威作福。当时，后宫中最受赵祯宠爱的两名美人为尚氏和杨氏。尚美人父亲封官受赐，恩宠倾动京城，引起郭后的嫉恨，她几番与尚美人发生冲突。尚美人自然少不了在赵祯面前诋毁皇后，以牙还牙。某次，尚美人当着赵祯的面讥讽

钱选：《八花图卷》

郭后，郭后怒不可遏，上前欲抽尚美人耳光，赵祯跑过来劝架，郭后一巴掌打在了赵祯的脖颈上。赵祯大怒，令宦官阎文应传来宰相吕夷简，让其“验视”伤痕，目的是为废后寻求舆论支持。随后，赵祯下诏，称皇后无子，愿意做道姑，特封净妃、玉京冲妙仙师，易名净悟，别居长宁宫。此诏一出，天下震动。

郭后被废，赵祯让参知政事宋绶草拟废后诏书，其中有“当求德门，以正内治”的言语，意思是往后应从有教养的家庭中选取秀女。新选秀女入宫，其中陈氏颇得圣上欢心，赵祯欲立她为后。陈氏乃寿州茶商之女，其父靠捐钱谋得小官，不具高贵的门第。宋绶问赵祯曰：“陛下若以贱者正位中宫，不就与当日诏书所言背道而驰了么?”宰相吕夷简等人亦纷纷劝说，负责给赵祯供药的太监阎士良颇得皇上信任，力劝赵祯不能立陈氏。在众人的反复劝说下，赵祯不得不另立中宫，勉强将宋初名将曹彬的孙女选为皇后，是为曹皇后。

因其如此，赵祯对曹皇后也并不感冒。现下，赵祯最宠张美人。张美人为洛阳人，其先为吴人，吴越归宋，张氏一族举家迁往河南府定居。其父张尧封举进士后不久便去世了，迫于生计，其母到太宗女齐国大长公主府上为歌舞女，将女儿带于身边。大长公主见张女聪慧美丽，便召入宫中作乐女，那时她才八岁，由宫人贾氏代养。一日，宫中宴饮，被赵祯看中，纳入后宫，从此得宠。去年底，庆历八年（1048）十月十七，张氏荣升贵妃。短短几年内，张氏就由才人直升至贵妃，可知赵祯对她特别宠爱。

前日里，蔡襄好友颍州守欧阳修写信来问好，提到此事，附上一阕。因说及洛阳，蔡襄读信，亦是不胜感叹：

把酒祝东风，且共从容。垂杨紫陌洛城东。总是当时携手处，游遍芳丛。

聚散苦匆匆，此恨无穷。今年花胜去年红。可惜明年花更好，知与谁同？

30. 十年歌笑惊前世

是年，皇祐二年（1050）十一月，蔡襄守丧期满，得朝廷令，命他来年回京复职。

七十六岁的蔡襄母亲卢氏老夫人，经儿子、儿媳反复劝说，终于同意随儿子进京生活。蔡襄松了一大口气，他这就带上老母、妻室儿女，以及侄子蔡均，一同上路。

虽是寒冬天气，一家子却并未感觉十分寒冷；舟车劳顿，也不觉辛苦。一路行进，一路探亲访友，不知不觉中，便到了葛夫人娘家江阴，并在那里迎接新春到来。

一再流连，这就过去半年，转眼间，皇祐三年（1051）盛夏已去。好在朝廷并未催促，允准蔡襄今年年底前到任，所以他也并不着急。

去年，皇祐二年（1050），蔡襄挚友欧阳修已得旨先行回朝，以吏部郎中改知应天府，兼南京留守司事。

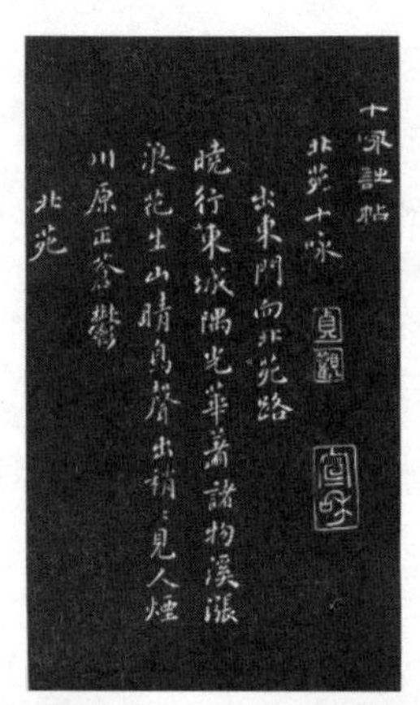

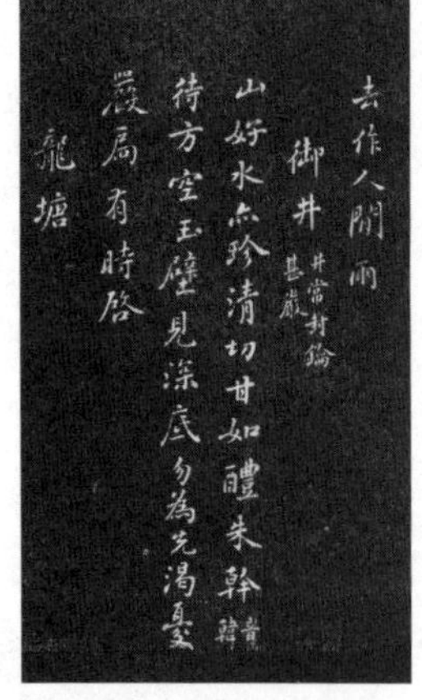

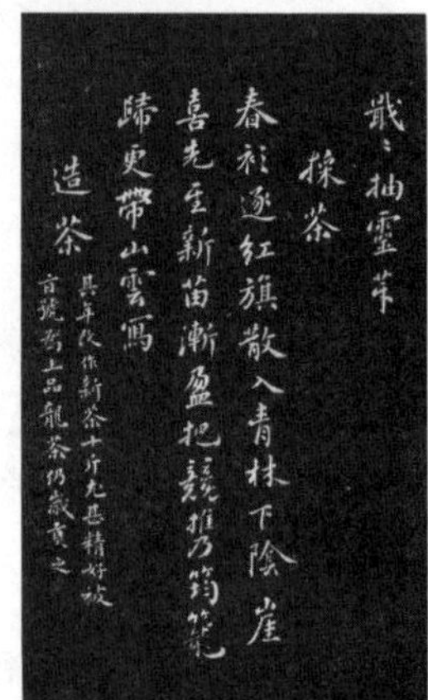

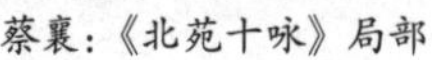

蔡襄：《北苑十咏》局部

欧阳修主政滁州时，写下《醉翁亭记》，名动一时，蔡襄更是对其文采风流大加赞赏。自此之后，虽欧阳修还不到五十岁，宋之上下，人人便都称他为“醉翁”了。

“醉翁，呵呵。”想到好友，蔡襄眉头微微上扬。

今日官舍休整，明日便要进京，窗前新桂青枝摇曳，屋内暗香欲薰，几个孩子围绕蔡襄膝前。适才，蔡襄长子蔡匀央求他为众孩儿讲茶来着。喝下一口香茶，蔡襄接着讲道：

“制茶和饮茶，有如个人之成长，保持本真最好。茶芽采来，首先，需洗尽浮华，褪去山野青涩。轻揉慢火，只为锤炼身骨，蕴藏一缕清香。茶于阳光雨露下滋长，风里雨里历练，手中甑中蜕变，制茶走过的历程，便是茶人自我修炼之心路历程。孩儿切记，人生世间，万事相通，做人如同制茶，亦正如作文‘百锻为字，千炼为句’，千难万苦之后，才能成为精彩文，才能成为出挑茶，也才能成为有用人。他人每每称道为父懂茶、善制茶，其实为父哪里懂得？为父不过是刚好遇到了懂得自个儿的那片茶叶。”

“譬如，现下，为父饮一盏茶、作一首诗，其实并非仅仅为饮茶而饮茶，为作诗而作诗，为父也并非仅仅委身于书房，而是端坐记忆中央，回望在建州山中的点点滴滴。为父屡屡书来《北苑十咏》，有时笔致活泼，有时沉着凝重，有时格调轻松，有时不免局促。运笔之际，记忆牵着引着为父回到珍贵难忘的山中——北苑御茶园春日繁盛景象。是也，唐诗人王维曾赋诗曰：‘山中习静观朝槿，松下清斋折露葵。’山中甚好，虽你几人不能亲历，但希望孩儿能于为父为你几人所书卷册《北苑十咏》中，真实地鲜活地看到，读懂，并留存下来。”想起往昔，他不停讲着，许久，才停住话语。

几名孩子似懂非懂，静静看他。

沉默一会，他又说道：“孩儿，将到东京，不说北苑。冬日东京城甚美，为父昨夜咏成一首《好事近》——”

瑞雪满京都，宫殿尽成银阙。常对素光遥望，是江梅时节。

如今江上见寒梅，幽香自清绝。重看落英残艳，想飘零如雪。

吟罢，他陷入沉思，不再说话。

蔡旬道：“‘重看落英残艳，想飘零如雪’，听父亲吟来，仿佛孩儿昔日亲见呢。父亲，您第一次到东京做官是什么时候？那时孩儿还未出生吧？”

蔡襄答道：“是也，孩儿还未曾出生，匀儿刚满三周岁。十年前，康定元年（1040）的春天，那是为父第一次见到皇上……”

蔡匀、蔡旬、蔡均急忙说道：“父亲，请为孩儿讲讲东京和皇上吧。”蔡均因父亲蔡高去世，为方便教养，程氏做主，经卢氏老夫人同意，请大伯蔡襄代为抚养，因此，他也改口把蔡襄称作父亲。

蔡襄缓缓而言：“圣上他稍长为父两岁，仁慈宽厚，身为九五至尊，对自个儿的要求却十分严格。圣上日常衣食，均极为简朴。记得宫中曾盛传一事，某次，圣上散步，不时便要回首看看，随从均不知圣上此是为何。圣上回宫后，着急地对贵妃娘娘说道：‘快，快，朕渴坏了，快倒水来。’贵妃娘娘觉得很是奇怪，便问圣上：‘陛下因何在外时不让随从伺候茶水，而要忍着口渴呢。’圣上答曰：‘朕屡屡回头，均未看见随侍准备水杯，朕要是询问，免不了有侍卫要遭受处罚，所以就忍着口渴回来再喝水。’”

蔡匀拊掌叹道：“圣上真是古今少有之仁厚明君也。”

蔡均亦道：“皇上真真了不起。”

蔡襄讲了许多，几个孩子意犹未尽，央求他道：“父亲，请再讲讲嘛。”

蔡襄喝了一口香茶，接着缓缓道来——

三

四谏经邦

31. 十年出吏选，校书逢閤中

仁宗坐在大殿之上，听蔡襄侃侃而谈。

一个是刚过而立之年的君上，一个乃与今上年纪相差无几的青壮臣子。

康定元年（1040），深秋。

开春，今年二十九岁、进士及第以来在地方辗转十年、一直担任小官的蔡襄到京，进入朝廷，担任秘书省著作佐郎、馆阁校勘。

上任几个月，日日在馆阁中校书修史，让他颇感惬意。这最后在洛阳的一年里，经宋绶提点，蔡襄书艺大进。

居东京以来，竟然时常有人到家中索书呢。蔡襄却每每以书艺不精推却："谢兄台高看，襄实是不能。"

仁宗不时听刚拜兵部尚书兼参知政事的宋绶说起蔡襄楷书可观，又亲见蔡襄书法颇为不俗，今日得闲，便下诏召见，命蔡襄楷书《尚书·无逸篇》来看。

蔡襄刚才写完，仁宗向前退后，左看右看，只觉阁屏之上，书风温雅秀逸，是他喜欢的类型。他点头表示十分满意："此周公辅佐成文言语，朕将日日观看。"

王羲之：《快雪时晴帖》

蔡襄赶忙谢恩。

又听蔡襄略带闽地口音的官话缓缓道来，曰忠，曰孝，曰诚笃，曰敏于行讷于言。仁宗再次点头微笑。金色阳光透过窗棂，照进大殿，照在蔡襄五寸长的青色胡须之上，让他的一脸胡子看起来仿佛有光。仁宗暗自赞道：“好一个美髯公！”

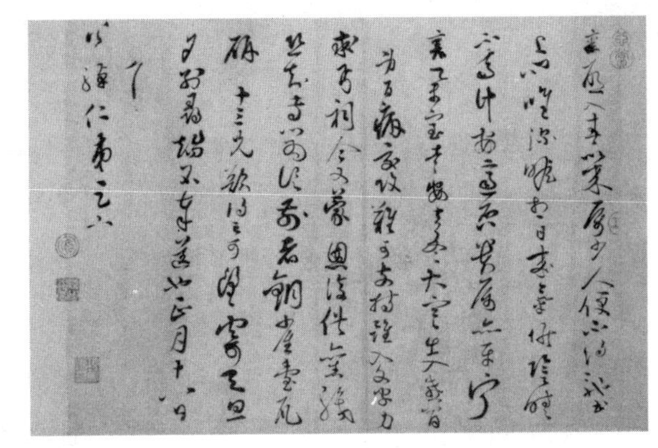

蔡襄：《入春帖》

君臣二人讲了许久许久，蔡襄这才离宫回家。

他刚回到居所，门人来报：“欧阳永叔来访。”

话音未落，欧阳修笑眯眯走进屋来。

天圣八年（1030）殿试，虽然没中状元，欧阳修也取得了第十四名的好成绩，被授以将仕郎，试秘书省校书郎，后又充任西京留守推官。金榜题名的同时，他也迎来了洞房花烛。宋有“榜下择婿”的风俗，朝中高官均争先恐后在新科进士中挑选乘龙快婿。欧阳修刚中进士，就被恩师胥偃选为自家女婿。

天圣九年（1031）三月，欧阳修抵达洛阳，与梅尧臣、尹洙结为至交，相互切磋诗文。同年，迎娶新娘胥氏。

在西京洛阳，欧阳修的顶头上司为吴越忠懿王钱俶之子、章献明肃皇后刘娥之兄刘美的妻舅——西京留守钱惟演（希圣）。

世家子弟钱惟演性格疏放不羁，十分欣赏欧阳修等青年才俊，对这群人好到简直要把他们供起来。不但日常工作分派随意，很少令其承担琐碎繁杂的行政事务，还公然支持这群人吃喝玩乐。某次，欧阳修和几位年轻同僚到嵩山游玩，傍晚，天上飘起雪花。忽然，钱惟演的使者赶到，带来最好的厨子和歌妓，并传钱惟演的话说：“府里没什么事，你们不用急着赶回来，好好呆在嵩山赏雪吧。”

自然，这些雅士文人，赏花饮酒之余，免不了要吟诗酬唱。特别梅尧臣，更是灵感不断，佳作迭出，令人称羡。其时，文坛雅好骈文，文风华丽，时常要说大话、套话，欧阳修等便是以这样的文章去参加科举考试的。而今，修成正果，得天时地利人和，终于可以毫无压力地抒发内心的情感了。他们当然不满足于死气沉沉的文风，而是凭借自己的学识、修养，力图打破陈腐的文风，效法先秦两汉的文章传统，推行“古文”。

年初，欧阳修被召回京，复任馆阁校勘，编修崇文总目。

欧阳修道：“君谟，近日可有书得甚好的?”

蔡襄道：“也无甚太好的，只是日前为梅圣俞小楷书来其所吟《牵牛》。”

欧阳修拿起桌上字纸来看，见其上书有一首梅尧臣新作：

楚女雾露中，篱上摘牵牛。
花蔓相连延，星宿光未收。
采之一何早，日出颜色休。
持置梅卤间，染姜奉盘馐。
烂如珊瑚枝，恼翁牙齿柔。
齿柔不能食，粱肉坐为雠。

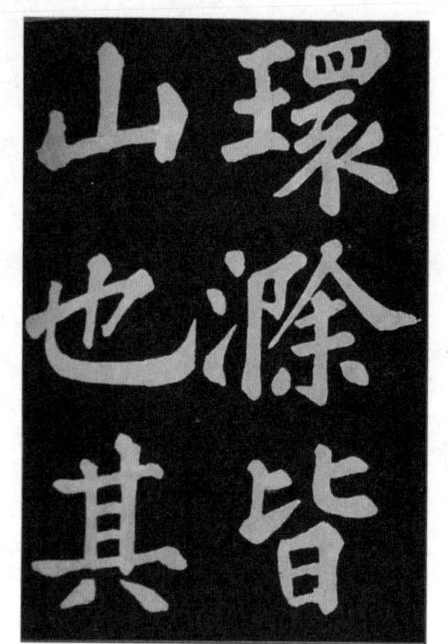

苏轼：楷书本《醉翁亭记》局部

赞道：“书和诗相得益彰。”

又道：“西北边事依然令人担忧，不知范希文一切可好? 其近日又自请守延州，希文真乃其自道‘宁鸣而死，不默而生’也。”

此次范仲淹还朝后，因才华，被仁宗任命为天章阁待制、知永兴军。去了没多久，七月，升为龙图阁直学士，与韩琦并为陕西经略安抚副使，担任安抚使夏竦的副手。就在这八月间，他又自请到最前线服务，任延州知州。

之前，范仲淹仕途不顺，因谏被贬，好友梅尧臣作赋力劝范仲淹少说话、少管闲事、自己逍遥就好。范仲淹回了一篇《灵乌赋》，表明心志：“宁鸣而死，不默而生。”

梅尧臣，字圣俞，生于江南世家，宣州宣城（今属安徽）人。宣城古称宛陵，故世人称其为宛陵先生。初试不第，以荫补桐城主簿。后一直在地方为小官，并不得志。其长于诗，为人平和老成，和欧阳修关系一向亲密。

欧阳修多次和蔡襄提起他，蔡襄便开始和他书信往来，逐渐成为好友。

32. 今日复看千里白

雪花静静飘落，落于大河，落于宫墙，落于青瓦，又轻轻落在路旁站立的几人身上。

一片雪花，悄然落于其中馆阁校勘蔡襄的眉头，他用手轻轻擦去，有意无意地看了看手中水珠。接着刚才话题，他对张士逊拱手道："敬请老大人多多保重。"

张士逊颔首。两点轻盈的雪花，顽皮地留在他银白的胡须上，随着他的头微微颤动，他转身登轿而去。蔡襄站立雪中，好久好久。

其他人都走了。宋绶拉了拉他的衣袖："君谟，回吧。"他这才回过神来。

康定元年（1040），冬至。

边事吃紧，朝廷上下，皆是剑拔弩张。秋来，陕西经略安抚副史韩琦上疏弹劾老相张士逊不作为；张士逊亦自觉无建树，不自安，遂告老请辞。仁宗无奈，召回前相吕夷简。

临别，仁宗褒奖，张士逊拜太傅，封邓国公。其遂以七十七岁高龄光荣致仕，为一生事业画上圆满句号。

今日，张士逊来辞仁宗。朝堂上，仁宗又亲书飞白大字"千岁"二字以赠，张士逊感恩涕零。君臣相对，谈起往事，以及仙去的先皇、刘太后、仁宗生母李宸妃等，均不胜唏嘘。

张士逊明日将启程返回故乡，前往武当山修道去也。蔡襄等昔日属下多人，候于宫门前来相送。

宋绶曰："圣上而今愈发用功于书法，大字飞白，蔡邕之后，世间第一也。"

蔡襄道："能得君上赐书，此是多少臣子寤寐以求之事呀，老丞相有福。"

仁宗赐张士逊所用的这飞白书，相传为东汉灵帝时书家蔡邕所创。某日蔡邕到宫中，见修鸿都门的工匠正用帚子蘸白粉刷墙，受其启发，便将此技法用于毛笔书写，命曰"飞白书"——若发丝所露谓之白，势若飞举者谓之飞也。这"飞白书"笔触干枯，笔画中丝丝露白，实是前所未有。

蔡襄拱手向天："圣上日理万机，还时常用心于笔墨书画，可谓文事武功，均无偏废，实乃千古圣君，万民之福。"

宋绶点头："是也。阁屏之上，君谟所书《尚书·无逸篇》圣上日日研读，不仅看笔法，还对臣下念叨：'君王当勤政爱民，不可贪图安逸，不可荒淫轻佻。'而今边疆不宁，圣心甚忧，好在韩稚圭、范希文二人尽心辅佐夏子乔，令人稍感安慰。"

这宋绶口中夏子乔即夏竦，字子乔，大梁人。景德元年（1004）以父夏承皓忠于国家，战死沙场，录官润州（今江苏镇江）丹阳县主簿，后历官多

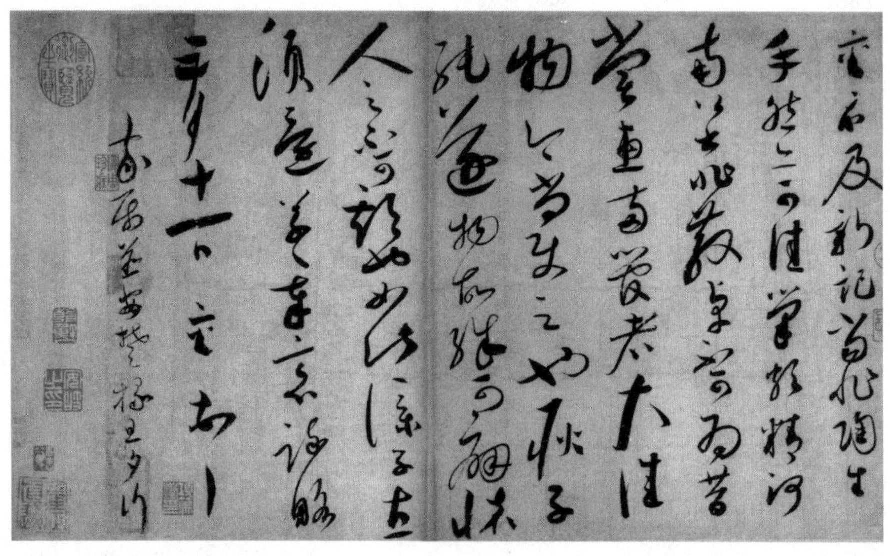

蔡襄：《陶生帖》

地。而今坐镇西北，为陕西四路经略、安抚、招讨使，判永兴军（今陕西西安一带）。

明拓《石鼓文》局部

韩稚圭即韩琦，表字稚圭，相州安阳（今河南安阳）人，进士出身。仕进以来，历任将作监丞、开封府推官、右司谏等职。为官益州路时，曾奉命救济两川饥民，为人刚强干练，颇有建树，为难得的能吏。

宋绶又道："近来君谟小楷愈发清俊秀雅，小行书亦颇为可观。"

蔡襄道："得大人指点，襄之大幸也。只是襄出身寒微，性情拘谨，草书飞舞开张，实非襄之所能，故而草书一道，并无丝毫长进。"

宋绶说："尺有所短，寸有所长，物有所不足，万事原不可强求。"

蔡襄道："国朝书道寥落，今人更求成心切，未能沉下心来，仿效古人，仔细琢磨。学几日楷书，便自我炫耀充分领略大王、索靖之规矩；草书写上几笔，便得意扬言全面掌控张旭、怀素之雄逸，以为天资稍近，易入其门户也。殊不知，世间人，逸思天纵的少，勤勉坚忍才是正道。好比梅花生长于这隆冬天气，若无一番苦寒来，怎得日后扑鼻香？"

宋绶点头。二人日日相处，依然有说不完的话。正要迈入翰林院院子，宋绶突然一下子倒在了雪地之中。

蔡襄急了，赶紧把宋绶抱起来，让其平躺于屋檐的台阶上，又唤人去取热参汤来灌下。

忙到晚上，安顿好宋绶，他这才回到家中。抬头，却见女儿小句依依站在门首等他。

小句道："爹爹终于回来了，女儿正欲差人前去请爹爹呢。"

又微微笑道："爹爹，娘为句儿又添了一个弟弟，正等爹爹回来取名呢。"

33. 拟买芳华赠年少

蔡匀摇着蔡高手臂，道：“叔父，请接着讲接着讲嘛——”

他伏在蔡高膝上，一双聪慧的眼睛，盯着叔叔蔡高，目不转睛。眼睛像极了妈妈葛清源，双眼皮眼线清晰。

康定二年（1041），初春阳光照进蔡襄的京郊小屋，斜斜照在窗前坐着的蔡高英俊的脸上。他颧骨稍高，鼻梁挺直，眼睛较哥哥大些，使得二十七八青春年纪的他看上去十分精神。他正为侄子蔡匀讲来蔡襄为仁宗书阁屏的故事：

“好呢，匀儿。待叔父喝口水，接着说——却说匀儿爹爹到京第三月，圣上听闻其书艺不俗，便命他书来此段《尚书·无逸篇》故事。故事说的什么呢？说的乃是周公训诫年幼成王‘君子所其无逸’。不可贪图安逸，应‘知稼穑之艰难’，更不可荒废学业，不可流于荒淫……匀儿，你亦要如同爹爹小时那样，勤勉苦读，坚持不辍，方可成才。”

蔡匀起劲点头。

蔡高接着讲道：“周公旦，因姓姬，又称姬旦，乃周文王第四子、周武王同母亲弟。武王平定殷商之后，不幸四十多岁年纪即英年崩逝。据《礼记·曲礼下》载：‘天子死曰崩，诸侯曰薨，大夫曰卒，士曰不禄，庶人曰死。’匀儿可是要记住的哦。”

蔡匀答道：“侄儿记着了，叔父。”

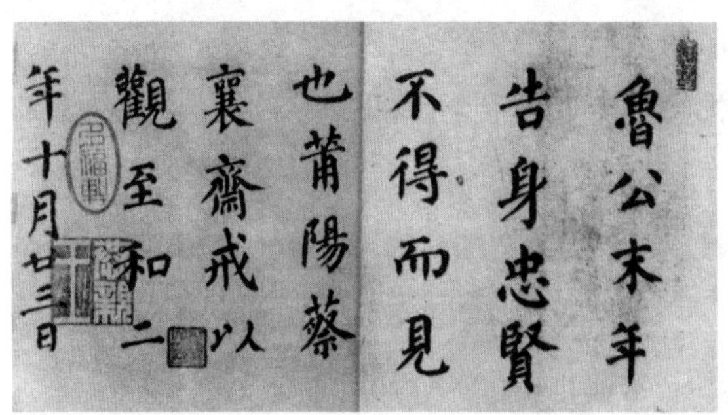

蔡襄：跋颜真卿《自书告身》

蔡高又接着说：“武王子成王此时尚年幼，武王临终托孤，由周公摄政当国。周公毕生，辅助武王翦灭殷商，东征叛国，平定三监，分封诸国，营建洛邑，制礼作乐，实是功勋卓著。故而昨日叔父教匀儿背诵之《诗》中，借《棠棣之华》颂周公与武王兄弟情深，又歌《甘棠》赞周、召之遗惠于民。自然，武王选择周公托孤，一是周公之能，二是手足情深。周公旦摄政近六年，待成王长大时，他便还政于成王。”

蔡匀拍手：“大好。周公旦实在了不起。”

蔡高放侄子站立地上，对他说道：“小匀，乖，且去看幼弟小旬吧。”

去年冬天，蔡襄次子出生于东京，蔡襄为纪念自己来到东京城为官十二载，遂为次子取名为蔡旬。

蔡匀跑入内室，看弟弟去了。蔡高站起身来，走入旁边哥哥书房，只听蔡襄正与欧阳修说话来着。

欧阳修道：“某自仕进以来，留心金石碑版，而今收得不少。今在馆阁，更有许多机会接触并深研，因是兴趣所在，倒也应了前人那句：‘我自乐此，不为疲也。’今带来几张拓片以及跋记与君谟、君山赏玩。”

蔡高笑眯眯凑上前，探头去看。

字书新丽，以尖笔干墨作方阔之字。小楷书不算精彩，但瘦劲有神，正如其人。

这纸上题的，乃《石鼓文》源流及辨析：

> 右《石鼓文》。岐阳石鼓初不见称于前世，至唐人始盛称之，而韦应物以为周文王之鼓、宣王刻诗；韩退之直以为宣王之鼓。在今凤翔孔子庙中，鼓有十，先时散弃于野，郑余庆置于庙而亡其一。……其字古而有法，其言与《雅》《颂》同文，而《诗》《书》所传之外，三代文章真迹在者，惟此而已。

欧阳修仔细书来几段碑拓之勒铭辞原文，再附释文于后，并简述该器之出土、收藏情况，所属年代及其遗闻轶事等。

题跋《石鼓文》这段，虽断定其为三代文字，但表示暂存三处疑问。

欧阳修题写拓片所言石鼓乃十个圆形大石，其状如鼓，上有文字，故名《石鼓》《石鼓文》，相传为周宣王时期文字。唐时出土之后，几经战乱，而今终又收齐，置于凤翔学府。

蔡襄道："金石考据，永叔乃方家。"

欧阳修道："还只是开始，希望以已所学，稍稍启发后人。"

蔡襄曰："永叔，何不在笔墨上多下功夫？并把所见所闻整理成册，以惠他人？唉，往昔在洛阳，弟也曾去龙门石窟看墓志。洛阳，实是令人难忘，不知何日再能与永叔把臂同游?"

蔡高于旁，看过碑拓题跋，满眼崇拜，望向哥哥的知交欧阳修。

他在长溪三年任满，经朝廷选派，到京郊太康县担任主簿。因住得近，得暇常来哥哥处。

欧阳修道："今日，我还为君山弟带来颜真卿《麻姑仙坛记》大字拓片。鲁公忠义之节，皎如日月，其为人尊严刚劲，类其笔墨。我与君谟皆尚颜楷。人物书法，颜鲁公当为楷模。"

蔡高接过："深谢永叔兄。"

蔡襄近日跟朝廷请求："为官六年，下官从未回乡看望父母，实是短少为人子的起码孝心……"

仁宗刚巧到馆阁，见到蔡襄所请，想起自个儿娘亲李宸妃，掉下眼泪。故而御笔亲批，准允蔡襄回故乡省亲。蔡襄不日，即将返乡探望父母。

34. 幽兰受新霜，孤雁叫落月

卢氏夫人剥掉荔枝深红色的外皮，又细心撕掉肉色内膜，去掉果核，把一粒粒莹白的果肉放入桌上青釉小碟之中。荔枝晶莹剔透，水汪汪、白生生，十分诱人。

蔡匀伸手，取了一粒送入口中，汁液顺着他的嘴角流了下来。他边吃边点头说道："真好吃，十分香甜。阿嬷，孙儿长这么大，还未曾吃过这荔枝的呢。"

剥好七八粒荔枝，蔡襄母亲卢氏夫人擦干净双手，轻轻抚摸着孙儿的头，微笑说道："自然。就我这福建枫亭左近，以及蜀中、南粤等地才有，北方不得见呢。孙儿，可不要吃多了，小心上火。来，吃完，喝上一口蜂糖水。"

又道："孙儿喜欢吃，等阿嬷明日曝晒后，用坛子渍些，封好，让你爹爹带着去东京。如此，冬来，孙儿便有香甜荔枝可吃。"

蔡匀拍手："好呀，好呀。"

小坡上，一株株荔枝树，在风中"哗哗哗哗"扭动腰肢。枝头，大大小小深红浅褐碧绿的果子，推推攘攘，拥挤着，招摇着，好似在争吵。几只蝉儿正于树梢卖力高声鸣唱。屋前石凳上，蔡襄惬意坐着，手中拿着一本书帖。

他回到家，这是第六日。

夏日草碧，暖阳花开，青山家园，翠叶翳天。

时光犹如织锦缎，"哗"地抖开，便是六年。

他终于又回到故乡了。六年来，梦也不知道梦过多少回、念也不知道念过多少次的小山乡哪。回到这里，睡觉格外香甜，天地格外美好，土屋格外温馨，父母格外亲和，薄粥、清茶、菜根，亦是那么的可口。

他微微笑了，端起石桌上黝黑建盏中自己方才点好的香茶，喝下一口。茶是新春刚制成，来自建州深山中的饼茶，上月他过福州，福州知州送给他品尝的。茶花乳白，茶味香浓，故乡的一切，都让人感觉是那么的亲切、舒适。

前几日，他带着儿子，千里奔波回到家中，正在屋外田地中忙碌的母亲见到他，手中簸箕落地，双手蒙面，放声大哭。

蔡襄上前拉住母亲的衣襟，亦是泣不成声。

身旁儿子蔡匀吓到了，跟着大哭不已。

春上，蔡襄得朝廷允准，带着儿子蔡匀离开东京，踏上返乡之路。走的那天，弟弟蔡高专程来送。蔡高笑道："兄长，真好，可以赶回家吃荔枝了。弟恐怕要明年任满才能回去探望父母呢。”

蔡襄、蔡匀父子二人六月初到达福州，在这六月末，回到了故乡枫亭。这次回来，他预备接父母到东京一同生活；妻子葛清源刚生完孩子不久，随其长兄去江阴休养。饭桌上，说到去东京，父亲却摇头连连：“故土难离。何况家中的鸡鸭、山里的荔枝、屋外的田地，都要人打理。儿哪，爷娘实是无法离开哪。”

蔡襄听了，不知该说什么好，埋头默默扒饭。

蔡琇吃好，放下碗筷，笑眯眯对蔡匀说道：“你爹爹一向聪颖，如孙儿这么大时，某天吃饭，阿公对他说：‘为父出谜语让孩儿猜如何?’”

蔡匀赶紧咽下口中饭食，摇着祖父的手问道：“请阿公说与孙儿听。”

蔡琇摇晃着脑袋，以乡音唱道：“两支竹子长溜溜，赶着白马走泉州。泉州孩童很派头，白马一去不回头。哎哎哎，白马一去不回头。”

蔡匀自小，父亲蔡襄便教会他不少枫亭方言，所以他听得懂祖父母的话。他想了好久好久，答道：“阿公，孙儿感觉，就如同今日，在用这竹筷吃白米饭呢。”

蔡琇笑道：“孙儿和你爹爹一样聪明。”

蔡匀又追问：“阿公，请再说一段谜语与孙儿猜。”

蔡琇道：“听好了，孙儿。——有根无土栽，有叶无花开。有的挑去卖，无人买去栽。”

蔡匀想了好久，摇头道：“阿公，这回，孙儿却是想不出。”

蔡襄微笑：“孩儿，此正是今日桌上阿嬷所煮豆芽菜呢。”

蔡襄的十五六岁幼弟蔡奭在旁边偷笑。

吃过晚饭，天还没有黑，蔡襄在屋外乘凉，跟母亲闲话。母亲双手不停，编着竹篮子。突然，园子门口，跟随弟弟多年的仆从蔡大跌跌撞撞，跑了进来，哭倒在地：“老爷、夫人，京都大疫，君山少爷……君山少爷……他……他没了。”

蔡襄听说，眼一黑，“扑通”一声，倒在地上。

35. 欲将清吹助南薰

“呜呼！……今年夏四月，吾谒告归觐。别汝于国门之外，谁谓此别，为生死之别，呜呼哀哉！疾不临药，死不亲敛，殡不拊棺，吾恨如何！”

傍晚时分，金明池畔。青衣男子低首敛容念毕，用打火石点燃手中字纸，旋即松开双手，任字纸飘落。

晚风吹拂，空气中已有了深深的寒意。

纸灰，一点一点，悄无声息落于水面，又随波浪渐渐消失了踪影。

水波微微，弟弟的笑容，亦随着清波漾远，再也无法相见于世间……

男子低头，以手掩面，无声啜泣。

此人正是馆阁校勘蔡襄。

他回到京师复职近一月，无法平复心中伤痛。今日，他来到水边，作诔文祭祀亡弟蔡高。

庆历元年（1041），初冬，东京。

近日，仁宗下诏，于本月，即康定二年（1041）十一月，改元庆历。

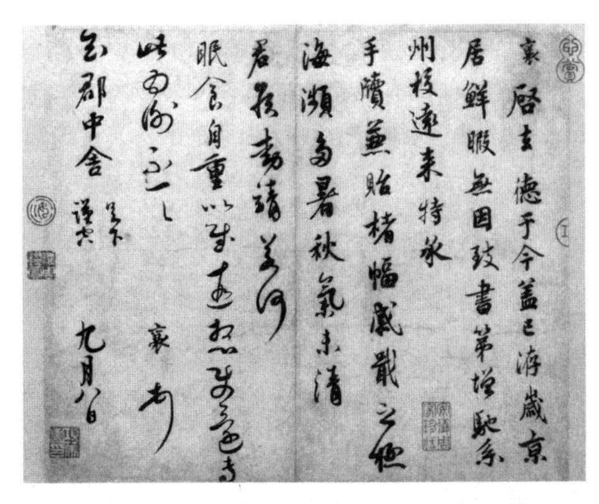

蔡襄：《京居帖》

而今国家，夏竦、范仲淹和韩琦西北并肩作战，坚壁清野，宋方渐渐稳住阵脚；八月，李元昊陷丰州（今陕西府谷西北），西夏愈发得寸进尺；十月，宋修河北诸城凡二十二州，以备契丹，辽亦在侧，虎视眈眈。

宋、夏、辽三国，互不相让，渐成鼎足之势。

光阴犹如过客，来匆匆去匆匆，蔡襄昔日恩公，老相张士逊已致仕归隐山中，不问世事；宋绶年初因病离世，永别人间；而今，和蔡襄来往最多的，只余好友欧阳修。

“永叔自景祐初，着手所修之五代史记，而今进行得如何?”

稍晚，蔡襄回到家中，欧阳修正坐在屋内等他。无需过多寒暄，蔡襄一见欧阳修，便开门见山，问起他一直以来醉心之修史之事。

宋初，左仆射、昭文馆大学士薛居正（子平）等领旨官修五代史记，书成，流布至今，欧阳修仔细研读，却是十分不满意。天圣末，自与蔡襄相识，就告知蔡襄自己欲重修五代史记。回想起来，这是好多年前的事了。

那日，二人静坐室中，欧阳修道：“虽难，却是如此宏大、令人十分向往的一件事呢。若能完成，欧阳修不枉此生矣。”他微微笑了，清瘦而特别的让人过目难忘的面孔，不改昔日的温雅，神色却渐渐庄重。

蔡襄听说，却是吐舌：“这该是多么巨大而万分辛劳之壮举！弟是想也不敢想。”

欧阳修听闻此说，忽地站起身来。他轻扬眉梢，一双眼睛不大，却咄咄逼人：“男儿，当立高远志，树万丈心，惟愿欧阳修今生今世，勉力作为，能够达成所愿。”

蔡襄道：“依弟性情，未肯轻易为友鼓与呼，此回却要破例。治史者，见识、学养、文采，短少任何一项不可。以永叔之文采出众，识见超拔，满腹诗书，弟相信，定能的。”

说罢，他亦站起，紧紧握住欧阳修的双手。

欧阳修轻轻抽回，背手向后，看着屋外，不再说话。双眸清清亮亮，辉映着天上一轮十五的明月。自此，他开始了个人史学之路的艰难跋涉。

这时，欧阳修喝下一口香茶，对蔡襄说道：“我今日来，是写到一段，自觉不俗，拿来与君谟瞧瞧。”

蔡襄看过，曰：“如此为伶官作传，读之齿颊留香。永叔所作，不同以往官修史书之刻板，采以太史公刻画人物之细腻传神，叙事之波澜跌宕，议论之恰切精彩，既补充旧五代史中所无之史实，又以区别于前人之议论，创造而出蓝，笔调轻灵，引人入胜，干练浑茫中时露诙谐幽默，精彩、精要、精到，将来修成，不妨命之曰《新五代史》?”

欧阳修点头：“谢君谟。余自撰《五代史记》，勉力做到法严词约，多取孔子《春秋》遗旨以出新。”

昔者孔子讀詩至高山仰止景行行止曰詩之好仁如此蓋高山景行人自不能不仰之行之耳蔡公君謨文翰有名一代此其自書所為詩辭氣類陶彭澤韋蘇州書法得晉人筆意當時歐陽文忠已偁其極有古人風格龜山楊文靖公亦贊其左方夫以蔡公之才賢自足為二公所景仰況二公文章道德尤為古今所崇望觀此卷者安得不起高山景行之思眷末題識尤多名士余同僚雲間管侯得之珍重特甚非好仁之君子惡能然壬午冬十二月甲子會稽胡粹中拜觀敬書

胡粹中：跋《蔡襄自书诗卷》

他放下手中茶盏，走出，立于廊间，望向暗夜深处："呜呼，五代之乱极矣！当此之时，臣弑其君，子弑其父，而缙绅之士安其禄而立其朝，充然无复廉耻之色者皆是也。"

唐祚不永，国家内乱，在中原地区，相继出现了后梁、后唐、后晋、后汉、后周几个朝代，统称为五代，全是些短命而混乱不堪的王朝，共五十余年国祚。其中，后汉最为短命，享国不到四年。赵匡胤的父亲，被追尊为武昭皇帝、庙号宣祖的赵弘殷就在这些个走马灯般更迭的王朝里，靠着长枪短棒，拳脚功夫，在死人堆里，讨一碗饭吃。——其初事赵王王镕，有功于后唐庄宗，留典禁军。后汉时任护圣都指挥使。入后周，以功累迁至检校司徒，封天水县开国男（所以，宋朝又称"天水一朝"），与子赵匡胤分典禁兵。而后，赵匡胤继承父志，勃郁奋起，陈桥兵变，于后周幼主柴氏手中取得天下，定都汴梁，建立宋朝。

"君谟，我预备专以一两卷记载契丹因何而兴，以警示后人，前事不忘，后事之师，不可轻视边地。"欧阳修又轻轻说道。

蔡襄道："最是应该。范希文等在前线亲力亲为抗击西夏；永叔以笔作枪，警醒后人，文治武功，不可偏废。"

36. 原头游骑四边来

前年，康定元年（1040）岁末，夏兵进攻延州，于三川口重挫宋军。大将刘平、石元孙被俘，宋三千重甲骑兵全被歼灭，李元昊意气洋洋。

去年初以来，即宋康定二年、庆历元年（1041），契丹重熙十年，夏天授礼法延祚四年，西夏不断挑衅，时而使诈请和，时而骚扰进犯，新知延州范仲淹识破敌人奸计，不肯妥协，更不愿与李元昊讲和。

今年二月，宋方主帅夏竦令陕西经略副使韩琦指挥，对西夏发起攻击，宋夏好水川之战爆发，不料西夏诱敌深入，宋军中计。

是役，宋方大将任福被西夏军队砍断喉咙而亡，宋军几乎全军覆没。

此战之后，宋军好久喘不过气来。

没过多久，丰州又沦陷。

三战皆败，宋方主帅夏竦坐立难安，仁宗忧心如焚。随即，宋军指挥调防，环庆路由范仲淹指挥，秦凤路归韩琦负责，其余三路分别由张亢、庞籍、王沿坐镇。

范仲淹等明白李元昊非等闲之辈，西夏兵兵种齐全，铁骑重甲十分厉害，还有"铁鹞子"日行千里——《宋史·兵志》四："有平夏骑兵，谓之'铁鹞子'者，百里而走，千里而期，最能倏往忽来，若电击云飞。每于平原驰骋之处遇敌，则多用铁鹞子。"

宋军原先所建小城寨，局促简陋，容易在短时间内被李元昊攻陷，宋军再多，亦来不及救援。因而，范仲淹主张在原有小要寨基础上扩建为城，平时可容纳更多军民，战时利于坚壁清野之死守。在范仲淹主持下，局势渐安。

看到这种情况，辽坐不住了。今年，庆历二年（1042）初，辽兴宗遣萧特末（汉名萧英）、刘六符使宋，索取从前被柴世宗攻取的辽国晋阳及瓦桥以南十县地，且问宋兴师伐夏及沿边疏浚水泽、增益戍兵之故。

仁宗决定派富弼以枢密直学士使辽。

富弼长蔡襄八岁，字彦国，洛阳人。蔡襄进士及第那年，天圣八年（1030），富弼亦举茂才异等，历授将作监丞、直集贤院、知谏院等职。

此回，朝廷欲选聘使者使辽，众臣都认为情势不稳，未来无法预测，不敢前行。宰相吕夷简推荐富弼，富弼好友欧阳修上书，引用唐颜真卿出使晓谕淮宁节度使李希烈未能归还之故事（颜真卿被宰相卢杞排挤出使，为李希烈扣押，最终遇害），请将富弼留于京师，文书却被吕夷简扣押下来未上报。富弼乃入朝进对，叩头对仁宗说道："君上忧虑国家，臣下不敢爱惜生命贪生怕死。"仁宗为此深受感动，先让富弼接待辽国使者。

萧英等进入宋境，富弼作为中使迎接慰劳，萧英声称有病未起身答谢。富弼厉声道："我从前出使北方，病卧车中，听到号角声便起来拜谢。如今中使到你却失礼，这是为什么？”

萧英慌忙拜谢。富弼敞开胸怀侃侃而谈，萧英感动，不再隐瞒实情，将辽兴宗所要求的赔地等条款暗中告诉富弼：“能顺从，便请顺从；若不能，请以和亲、赔款等事搪塞便是。”富弼将细节全部汇报给仁宗。仁宗只答应增加岁币，并安排和亲事宜。

仁宗任富弼为枢密直学士，富弼辞谢再三：“国家有难，臣下应不辞烦劳，君上不必以官爵等授臣下。”于是担任使者前往契丹。到契丹后，刘六符于别馆设宴。富弼见辽兴宗问安，辽兴宗高昂其头，摆手说道：“宋违背盟约，堵塞雁门，增加塘水，修治城隍，让百姓人人皆兵，此是为什么？大辽群臣再三请求兴兵南下，朕对臣下说不如派遣使者前往索要土地，索求若没得到，再兴兵也不为晚。”

富弼答曰：“许是陛下忘记我大宋章圣皇帝（宋真宗）的大恩大德了罢？澶渊战役，章圣皇帝如果听从大宋将领的建议，乘胜逐北，辽之兵将一个也不能脱逃。辽国与中原互通友好，最是利益百姓，作为人君好处亦多多，臣下好处却未必有。如若发起战争，臣下可能有些战功与好处，百姓遭殃不说，人君却要承担无尽祸患。因此，劝君上发动战争之臣子，未必不是出于自身利益考量。”

最终，富弼坚持不割地，以增岁币银十万两，绢十万匹，与契丹议和。仁宗赐书辽使刘六符：“南北两朝，永通和好。”

宋与西夏，连年争战，双方皆感觉力竭。李元昊以国中困疲，故有和意。知延州庞籍与夏使李文贵正暗商议和呢。

此时朝廷，吕夷简以年老多病，欲请罢相。

是日，蔡襄走出馆阁，迎面遇到了刚下朝的枢密使晏殊。

37. 沈忧何由平，永夕不可彻

欧阳修笑眯眯地对蔡襄说道："且让我来绍介，此为铜山苏子美，此为宣城梅圣俞。"

蔡襄大喜过望："通信这久，今日有幸得见二位兄长。"

苏舜钦扬了扬眉："我二人在外为小吏，身不由己的多。"

梅尧臣亦不紧不慢道："是也，东京，居不易哦。"

蔡襄仔细端详眼前人，苏舜钦高大挺拔，英俊过人，目如点漆，神采奕奕，一把胡子，更为其增添几分仙气。蔡襄不禁暗暗赞道："好个威风汉子。"

梅尧臣魁伟身材，四十开外年纪，略壮，一双眸子透着精光，灵秀慧黠。

苏舜钦道："可惜范希文大人依旧前线忙碌，未能来与我等饮茶谈天，少了许多滋味。"

确实，范仲淹而今正在前线忙碌呢。

九月，李元昊听从谋士张元建议，认为宋军的精锐分散于契丹和西夏漫长的边界上，关中兵力十分空虚，加之西夏对宋三战连续获胜，宋军士气必已低落。只要派小股骑兵，多相滋扰，牵制各路宋军，李元昊本人则率主力专攻泾原一路，攻破渭州，关中必手到擒来。

李元昊立即开始行动。此行，其又投入了一个新军种——"擒生军"。党项人历来就有掠夺其他民族之人当奴隶的传统，此次"擒生军"组成为：党项、羌人两万，吐蕃汉人杂胡人三万。加之以西夏原有精锐部队，可谓倾国而出，规模空前。十万大军，分两路袭宋，一路出鼓阳城，一路出刘璠堡，假装围攻固原，吸引宋军来救。李元昊本人则带主力，直奔渭州。

一战而后，吃掉泾源路许多宋军，李元昊大喜，称："朕欲亲临渭水，直据长安！"可是，到了渭州城下，李元昊却傻眼了。之前范仲淹建议加固的多重城防起到关键作用，不但渭州城池固若金汤，四面还搭盖了八角楼，弓箭毫无用武之地。

宋军守将王沿，闻定川大败，坚壁死守，据渭州而不出战。接着，李元昊的主力暴露无遗，其他各路宋将亦纷纷派兵来救。

范仲淹则直接把最精锐的部队拉到潘原，欲截断李元昊的退路。

李元昊的大军面对渭州城无可奈何，攻城三天无果，只好撤退。

宋军更进一步加强关中驻防，李元昊逐鹿中原梦碎，加上连年交战，边贸关闭，族人抱怨，只得求和。经过此战，李元昊终于发现范仲淹虽只是一名文弱书生，但在他主持的积极防御战略之下，西夏再也无法占到便宜。况且这个对手，先天下之忧，不贪财不怕死，几乎没有什么弱点。

庆历二年（1042），深冬，东京，蔡襄居所。几人正饮茶，议论时事。

上月，老相吕夷简因病力请致仕，晏殊官拜宰相，以枢密使加同中书门下平章事。

宋太祖建国后，偃武修文，不断加强皇权，分化、削弱相权。因而，宰相实际上变成了一个领导群体，是一人之下、万人之上的国家最高领导层。

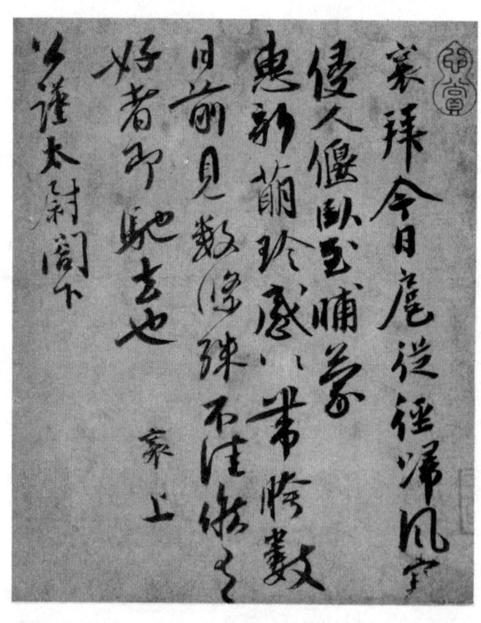
襄拜今日扈從徑歸風寒侵人偃卧至晡蒙惠新萌珍感珍感带胯數日前見數段殊不佳候有好者即馳去也 襄上 公謹太尉閣下

蔡襄：《扈从贴》

宋初实行“二府三司制”，宰相职权被一分为三。中央虽设三省，但三省及六部长官未经特许不得管理本司事务，形同虚设，实际权力归属“中书门下”这一机构，又称政事堂、都堂等。中书门下管理国家行政事务，以同平章事为长官，多由中书、门下两省侍郎担任，无定员。此外，以参知政事为副相，分割行政权。枢密院为中央最高军事机构，长官为枢密使，与政事堂合称东、西“二府”。“三司”（户部、盐铁、度支）主管财政，号称“计省”，长官为“三司使”，号称“计相”，地位略低于“二府”。二府三司各自独立，互不统属，直接对皇帝负责，构成最高辅政机关。

晏殊，字同叔，抚州临川人，乃富弼的岳父。

晏殊生于宋太宗淳化二年（991），十四岁以神童入试，真宗赐其同进士出身，命为秘书省正字，之后仕途颇顺。天圣五年（1027），以刑部侍郎知宣州，后改知应天府。在此期间，他重视书院建设，大力扶持应天府睢阳书院，力邀门生范仲淹到书院讲学，为国家和地方培养了许多人才。睢阳书院与白鹿洞、石鼓、岳麓合称“宋初四大书院”。

明道元年（1032），晏殊升任参知政事加尚书左丞。次年因谏阻太后“服衮冕以谒太庙”，贬知亳州、陈州。五年后，召任刑部尚书兼御史中丞，复为三司使，又欲命为枢密副使掌管军事。晏殊回朝，全面分析宋夏形势，奏请仁宗恩准，办了四件加强军备的大事：撤销内臣监军，使军队统帅有权决定军中大事；招募、训练弓箭手，以备作战之用；清理宫中长期积压的财物，资助边关军饷；追回被各司侵占的物资，充实国库。由此，宋军主帅决策权得到强化，军队战斗力加强。

范仲淹不但欣赏富弼，将其推荐给晏殊为婿；亦甚为欣赏苏舜钦文才，是苏舜钦的老师。

38. 无端醉语落尘土

在官场久了，虽是同学，彼此渐渐亦分出了亲疏，分出了各自的江湖门派。

比如蔡襄、欧阳修的同榜进士状元王拱辰，而今就和吕夷简亲近。也是，谁能没两个朋友呢？何况官场上，没有后台往往死得很惨。

按道理，三人都该是晏殊的门生，因为仁宗天圣八年（1030）庚午科主考官便是晏殊——是年，朝廷以资政殿学士晏殊权知礼部贡举。

可晏殊于王拱辰而言，并无知遇之恩，因此二人走得不近；王拱辰倒成了吕夷简的心腹。蔡襄农家出身，天性淡泊，多年以来，只是地方小官，跟中央大员搭不上关系。欧阳修从前和晏殊走得近，前年底一场酒，喝得怕是要从此一拍两散。

其时，天大雪，晏殊置酒于西园，欧阳修等前往拜望老师。因西北边患未除，欧阳修即席赋《西园贺雪歌》，最后两句曰：“主人与国共休戚，不惟喜悦将丰登。须怜铁甲冷彻骨，四十余万屯边兵。”意思是说，作为朝廷重臣的晏殊你不能一味欣赏雪景呀，更应胸怀天下，想着边关戍卒的冷暖才是。这就大大得罪了晏殊。席后，晏殊对人说道：“昔日韩愈亦能作诗词，每赴裴度会，但云‘园林穷胜事，钟鼓乐清时’，却不曾如此作闹。”

是呀，于漫天飞雪中、良辰美景时饮酒赋诗，本是一件难得的赏心乐事，但欧阳修你吟诗却暗含讽谏，这让老师晏殊老脸往哪里搁？

十多年宦海风云，已经把王拱辰从当年那个被皇上钦点状元而觉得自己不配、只不过是运气好的羞涩的十九岁青年，历练成一个中年油腻男。

对了，王拱辰其实原来并不叫工拱辰，原名王拱寿，是年状元及第，深

苏轼：欧阳修《丰乐亭记》局部

得仁宗赏识，遂赐名拱辰。

“陛下，微臣不配当选为状元，请您把状元判给别人吧。”

“陛下，微臣亦是十年寒窗苦读，做梦都想中状元。可是此次考试的题目，不久前微臣恰好做过，所以被选上状元乃为侥幸。如若微臣默不作声当上状元，便是不诚实之人。从小到大，微臣从未说过谎话，不想为了当状元，就败坏自个儿的节操。”

仁宗听说，道：“此前做过考题，是因为王生好学深思，况且从文章中可以看出，所议所论不凡，理应为状元。再说，敢于说真话，能够诚信做人，这才是我大宋堂堂状元该有的品质，学子的诚实比学子的才华更为可贵。因此，朕今日钦点王拱寿为状元，并赐名王拱辰。子曰：‘为政以德，譬如北辰，居其所，而众星拱之。’望王拱辰往后，以己所学，拱卫君王，归附四裔。无须再要推辞了。”

就这样，王拱辰一考成名，成为大宋人人皆知的诚信状元。

快要过年了，今日，蔡襄到其府上拜访，御史中丞王拱辰正在指挥仆人准备礼物。见蔡襄来到，赶紧打住。

蔡襄道：“月前吕丞相晕眩倒地，身子好些没?”

王拱辰道：“却是不见好。”

蔡襄道：“那就请大人安心养病，不要再为国事过于操劳也。”

王拱辰停住手中茶盏，说：“哦?”

蔡襄道：“时下，总是有些议论。”

吕夷简虽生病，仁宗念其劳苦功高，保留待遇，还未正式宣布让其退休。可这日日去其府中请安的人确是不少，就连两府之人，亦是常去汇报工作。

蔡襄道：“君贶为御史中丞，往日，数论事，颇强直。曾论夏竦不宜官枢密院，圣上未来得及表态，君贶却至前拉住圣上的衣襟，竦遂罢。君贶敢为天下先，可谓君子人也。”

王拱辰笑了，一张胖脸喜气洋洋。

这回人事调整，枢密使一职最先仁宗欲任命夏竦，但遭到王拱辰为首的台谏官强烈论劾，说夏竦为人“邪倾险陂”，在对夏战争中“畏懦苟且”。仁宗遂将其改判亳州，夏竦只好黯然前往。

庆历三年（1043），春三月。

仁宗亲点欧阳修、余靖、王素三人为谏官，随后不久，在几人推荐下，又增补蔡襄，时称“四谏”。

四月，吕夷简罢相。此前，仁宗调整了宰执班子，原枢密使兼同平章事章得象（希言）和晏殊同为宰相。宋夏议和，边境安宁，仁宗召回范仲淹使其担重任——拜范仲淹为枢密副使，并欲任命其为参知政事，范仲淹表示不敢当。早在仁宗亲政初，范仲淹就因直言敢谏而被吕夷简指为朋党的核心人物，而今他回朝，身边更围绕着一大群人。范仲淹在西北边境屡建奇功，识见超凡，因而大宋的台谏与馆阁中聚集了如此之多的追随者，他那“先天下之忧而忧”的忧国忧民的担当精神，使他逐渐成为众望所归的政治领袖。

举国上下，欣欣向荣。

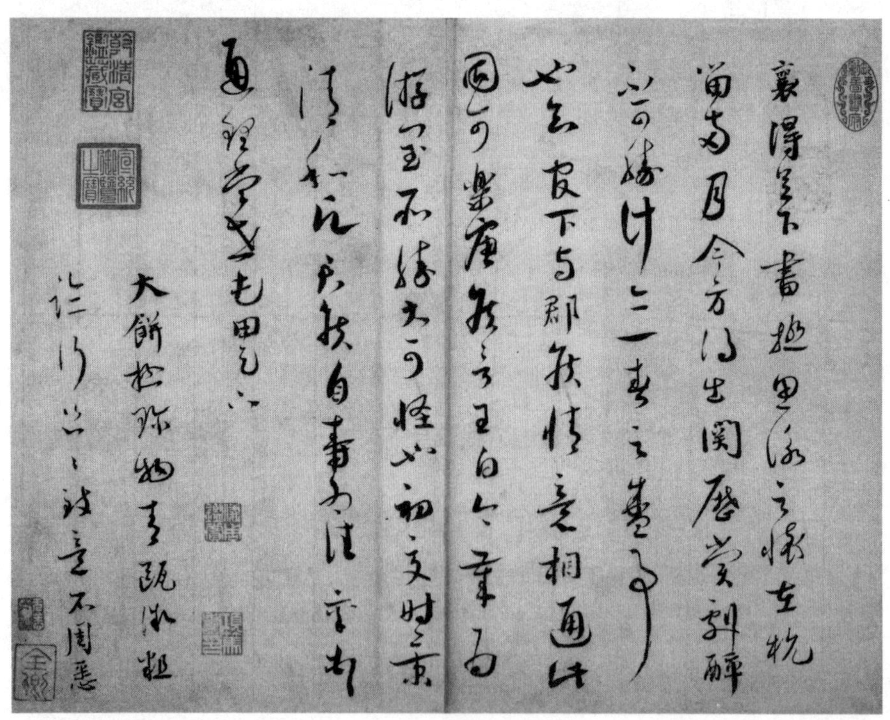

蔡襄：《思咏帖》

39. 天子设采拔，谓有谏诤风

“爹爹，圣上因何要设立谏官呢？请您为孩儿讲来。”

今日蔡襄得暇，蔡匀早起学书之后，守在蔡襄身旁，请他答疑解难。

蔡襄扬眉道：“孩儿，自古以来，凡是开明君王，总欲有所作为，因而广开言路，闻过纳谏。如同我等普通人一样，皇上也会犯错，有时难免把持不住，需要一些官员在朝廷时时提醒；再者，圣上无论如何英明，也有些事情无法决断，这些时候往往需要与人协商，需要请教专门人才。缘此，两汉唐宋，国家便给这些敢于直言的臣子以名分，谓谏官。”

蔡匀道：“哦，经爹爹一说，孩儿略知。爹爹，那谏官权力一定很大，连圣上过失也真敢直言不讳么？”

蔡襄欣慰地看着儿子灵秀的面容，前些日子才给他讲淝水之战，这就学会了“直言不讳”一词。

蔡襄道：“是的，圣上若犯错，谏官隐匿，便是不负责任。爹爹不欲尸位素餐。”

蔡匀点头说道：“对呀，爹爹昨日为孩儿说《诗》，讲到‘彼君子兮，不素餐兮’。”

妻子葛清源抱着两岁多蔡旬走进书房，她又有了身孕，身形略见臃肿。她轻声对蔡襄道：“郎君，行李均已准备妥当，看等天气好些，便可带着匀儿离京。”

蔡襄道：“唔。”

庆历三年（1043），十月。

蔡襄以父母年老，请求调动到离家较近的州郡就职，朝廷不许，只让他请假回家接父母到京生活。

“爹爹，这谏官看来是很大的官呀，在圣上面前都敢直谏。”蔡匀又问。

王蒙:《春山读书图》

蔡襄道:“孩儿,官位不在大小。在其位,就得勉力做事,不负国家。宋以前,谏官虽有名,并无正式归属。真宗天禧元年(1017),朝廷设谏官六人,含左右谏议大夫、左右司谏、左右正言几种官职,合称‘言官’。只是,此些官员时满时缺。今春,圣上更独立设‘谏院’,与同样负责监察的御史台合称‘台谏’,谏院由知谏院执掌,下分为左右司谏、左右正言等。前日来家中的欧阳伯父便是正言。”

“哦,那欧阳伯父的官较爹爹大哦。”

蔡襄道:“一样的,皆为五品。不过,欧阳伯父才华,为父望尘莫及。还有,改天聚会,为父带上匀儿,去领略一番范希文大人风采。那范希文大人,才是天地间一等一的人物。为父今年以来,数次上书举荐,希望圣上能用范希文为参知政事,以更利于国家。八月,圣上罢免前参知政事王举正,拜范希文大人为参知政事。”

蔡匀拍手:“真好真好,爹爹。”

“谏官的职责有二,一是监督圣上的言行,并对国家大政提出建议;二是监察各部官员日常,特别是以宰相为首的两府人员有无违法犯纪。”蔡襄喝下一口茶,摸着儿子的头,缓缓而言。

去年底以来,仁宗不但调整两府三司的主要官员,台谏官亦有较大的调整。御史中丞为王拱辰,他在反对夏竦入主枢密院时旗帜鲜明,令朝廷上下瞩目。名相王旦的儿子王素与欧阳修、余靖被任命为谏官,几位谏官都是三十来岁意气风发的年龄。仁宗的宰执班子,首相章得象与枢密使杜衍六十开外,另一宰相晏殊与参知政事范仲淹五十出头。进入谏院以来,蔡襄不遗余力举荐范仲淹。范仲淹几经推辞,今年八月,终于履新为参知政事。其他几位新还朝担任要职的韩琦、富弼等都在三四十岁之间。

九月,皇上更“赐知谏院王素三品服,余靖、欧阳修、蔡襄五品服。面

谕曰：‘卿等皆朕所自择，数论事无所避，故有是赐。’”（清·毕沅：《续资治通鉴》）

蔡襄接着讲道：“谏官虽地位不高，官不大，但职责重要。每月最少得完成一次重大的奏事，称为‘月课’；如果百日之内无弹奏，便要受到处罚，或是罢官，或是罚钱。谏官由官员举荐德才兼具的人担任，但不能由宰相、参知政事或枢密使举荐，更不能由其亲属担任。”

“今年，为父还在朝廷上弹劾前相吕坦夫大人呢。”

蔡匀道：“父亲请讲，孩儿要听，要听。”

蔡襄说：“吕坦夫明明已经病退，却退而不休，贪恋权位，惯用权术，每每在家中私下接待两府臣子。因而为父上疏弹劾他说：前宰臣吕夷简被病以来，两府大臣三次诣夷简家议事，有损国体。”

蔡夫人葛清源道：“小匀，莫要缠着父亲，去找仆从要些荔枝干来与为娘炖汤。”

蔡匀道：“好呢好呢。”

40. 案前香气与星浮

晏殊微微一笑，饮下一口香茶：“君谟点茶，确乎与众不同。”随即吟道：

> 燕子来时新社，梨花落后清明。池上碧苔三四点，叶底黄鹂一两声。日长飞絮轻。
>
> 巧笑东邻女伴，采桑径里逢迎。疑怪昨宵春梦好，元是今朝斗草赢。笑从双脸生。

范仲淹拊掌叹曰：“丞相此首《破阵子》写尽春情无限，春景无边，让我等无法再张口。宋夏议和，边患已平，大宋久安长治。大人所咏，文采风流，如此良辰美景，赏心乐事，必会长存心间。”

王拱辰道：“丞相一首，老当益壮，华发青云。”

晏殊大笑拱手道：“老夫岂敢当。”

众人齐声曰：“大人所领，正是我大宋之雅人深致。”

春来，万象更新，宰执晏殊邀请两府三司以及馆阁中人，到其府中饮酒赏花斗茶。

蔡襄对苏舜钦说道：“子美，不妨书之以草，纪录今日诸位所咏?”

苏舜钦饮一口酒，高声道：“取纸笔来——”又问，“君谟，弟亦以行书书来如何?”

蔡襄摇头：“罢了，兄来到，襄哪里还敢提笔?”

晏殊静观苏舜钦书，面带骄矜之色；其女婿富弼，亦在旁微微笑着。

晏殊口中所吟，时人称之为“诗余”，又叫作“词”，是继唐诗之后兴起的一种新歌行体，以长短不齐的句式，表达内心的丰富情感。要说依声填词，而今大宋文人雅士推崇备至、引领时风之翘楚，便是这宰相晏殊了。

晏殊扬眉道：“希文一首《苏幕遮》亦好。”

蔡襄插话曰：“是也，希文大人‘碧云天，黄叶地，秋色连波，波上寒烟翠’，写景言情，皆是风流。读来，每每令人动容，想见乡愁万里。”

庆历四年（1044），初春。

蔡襄回枫亭去接双亲，父母却道：故土难离，爹娘年纪都还不大，可以应付田间劳作。况且幼弟蔡奭今年十七岁，正在会心书院用心读书，准备乡试，不宜远行。孩儿，二弟安葬了，你再无须牵挂，尽管去奔你的前程吧。

蔡襄只好返京。他联络故乡好友帮忙，预备去莆田买块地，为父母修建房屋。

去年九月，仁宗颁布手诏，钦点新提拔的范仲淹、韩琦和富弼条陈奏闻可以施行的“当世急务”。数日之后，范仲淹呈上《答手诏条陈十事》，拉开了庆历新政的大幕。范仲淹所条陈的十件事，一曰明黜陟，二曰抑侥幸，三曰精贡举，四曰择官长，五曰均公田，六曰厚农桑，七曰修武备，八曰减徭役，九曰覃恩信，十曰重命令。内容大致可以归纳为整顿吏治、发展经济和加强军备三个方面。可见这是一场以吏治整顿为中心的牵涉国家方方面面的全面革新，范仲淹《条陈》成为改革的纲领性文献。

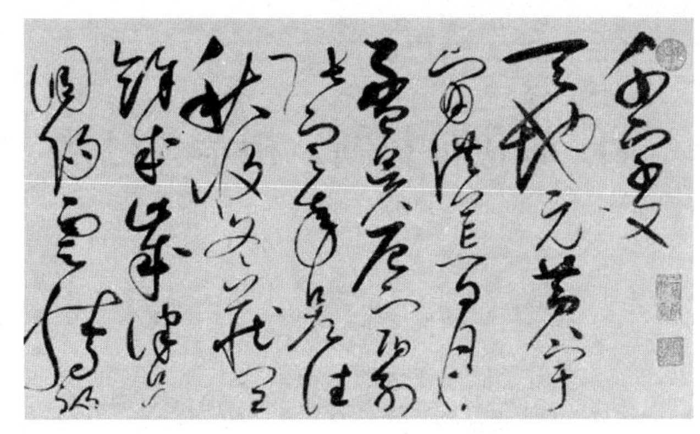

宋徽宗：《草书千字文》局部

文件好拟，推行却难。围绕着《条陈》，赞成的，反对的，光朝廷上，就分为水火不相容的两派。加上夏竦等在外围扇阴风点鬼火，情势渐渐复杂。

晏殊虽与范仲淹同属五十多岁朝廷中坚，但他以神童入仕，出名颇早，天圣时已做到枢密副使，加之范仲淹、韩琦和富弼都经他一手提拔并推荐进用，德高望重，难免自矜，不肯轻易站队，政治上亦比较持重保守。

比晏殊大十来岁的枢密使杜衍较为开通，从善如流。他是新春刚入馆阁的苏舜钦的泰山。范仲淹一向欣赏苏舜钦文采书法，因此向朝廷举荐。年初，苏舜钦入馆阁，任集贤殿校理，监进奏院。其岳父杜衍老成持重，虽对范仲淹、富弼、蔡襄等十分欣赏，但对范仲淹周围年轻追随者，例如石介、欧阳修的某些过激言论并不以为然。

章得象为人"浑厚有容"，他看到仁宗进用范仲淹、韩琦和富弼等，令他们经谋当世急务，并不轻易随人臧否，只是私下劝解忧心忡忡的知交说："无须忧虑，譬如你我二人，常见小孩蹦跳游戏，总禁止不得，一直要到碰墙才会停止。当其举步时，势难阻遏。"

没过多久，蔡襄见晏殊久而生骄，久而生矜贵之气，言行举止失据，决定上疏弹劾他。

41. 颜色日益新，根本久已播

臣闻朋党之说，自古有之，惟幸人君辨其君子小人而已。大凡君子与君子以同道为朋，小人与小人以同利为朋，此自然之理也。

然臣谓小人无朋，惟君子则有之。其故何哉？小人所好者，禄利也；所贪者，财货也。当其同利之时，暂相党引以为朋者，伪也。及其见利而争先，或利尽而交疏，则反相贼害，虽其兄弟亲戚，不能自保。故臣谓小人无朋，其暂为朋者，伪也。君子则不然。所守者道义，所行者忠信，所惜者名节。以之修身，则同道而相益，以之事国，则同心而共济，终始如一，此君子之朋也。故为人君者，但当退小人之伪朋，用君子之真朋，则天下治矣。……

嗟呼！兴亡治乱之迹，为人君者，可以鉴矣。

欧阳修在朝堂上侃侃而谈，蔡襄站在其身后，不住点头。

庆历三年（1043）春，蔡襄初入谏院，上《黼扆箴并状》——黼：礼服上的花纹。扆；屏风。箴：语言简练的劝谏文。黼扆：后用来指代帝王。黼扆箴：顾名思义，蔡襄作为谏官，诚恳写下劝谏文字，希望苦口婆心，能够襄助皇上，时时警醒皇上。

因是箴言，为不长的四言，中有句曰：“好问益广，去邪勿迟。利急思困，兵连虑危。法今必信，恩赏无私。威福是守，听断不疑。太平可致，决所施为。”又在《别疏》中，对箴中每一句进行注解，诚恳规劝仁宗居安思危，广开言路，任贤去邪，公正守信，励精图治。

接下来的几个月，谏官蔡襄义无反顾，先后四次向仁宗举荐范仲淹、韩琦。四月，仁宗授范仲淹、韩琦并为枢密副使。朝中有人不满，千方百计阻挠，范仲淹、韩琦亦以西北边患未平相辞。蔡襄旋即上《论范仲淹韩琦辞让状》，说明利害：有用的人才，圣上不必顾忌臣下怎么看，怎么想，只要有利国家，便是栋梁。唯有将人才放在更高的、更合适的位置，安排于重要的国家军事中枢，令其杀伐决断，才能发挥更大的作用。

五月，蔡襄不厌其烦，再次上《乞用韩琦范仲淹》书，愿皇上能“拔贤才，收众策，不惮改作，以成大功。天下幸甚，幸甚！臣昧死再拜，谨上”。

接着，范仲淹入朝为枢密副使，蔡襄又一次冒天下之大不韪，不怕招来骂名，不惧得罪他人，上书举荐范仲淹担任更重要的职务——参知政事。他在《乞罢王举正用范仲淹》的奏折中说：枢密副使范仲淹，才名德望著于人，乞授予参知政事，恳请皇上动用君权，做出圣断：“退举正，用仲淹，以答天下之望。”

范仲淹却以“执政可由谏官而得乎”为由，坚辞不受。两个月后，是年八月，范仲淹终于接受任命，着手改革，施行庆历新政：以其《答手诏条陈十事》为主要，蔡襄《黼扆箴并状》为辅助，二疏相表里，全面推行吏治改革。不想，此政一出，触动了许多人的利益，到今年（庆历四年，1044年）初，便出了幺蛾子。

举国上下，最不服范仲淹的人，自然便是被赶出朝廷的他的前上司夏竦。

夏竦和朝中内侍抱成一团，摇唇鼓舌，散布朋党论，打击“范党”。因而，今日范仲淹的“急先锋”欧阳修上书以辩，奏明皇上，曰：“以之修身，则同道而相益；以之事国，则同心而共济，终始如一，此君子之朋也。”

作为君王，最忌恨臣子拉帮结派，以权谋私，架空朝廷，架空自己。当年，范仲淹和余靖等人，不就是因为攻击吕夷简，而被指斥为朋党遭贬的么？宝元元年（1038），仁宗还下“戒朋党”的诏书警醒这些臣子呢。

42. 问君别后愁多少

范仲淹带着一阵暖风，走进屋来。

蔡襄双手奉上茶盏："希文大人，请饮下这杯属下为您亲点的茶吧。"

范仲淹接过茶盏，一饮而尽："甚好，君谟。"

雪白乳花点点，有一些依然留在杯底，久久不去。

"诸君，仲淹这就将离开京城，前往西北。感谢诸君近年来的扶持与帮助，仲淹即将北去，依然一句送与诸君，'先天下之忧而忧，后天下之乐而乐'。无论在朝在野，望诸君杜绝私心，排除杂念，为民做事，为国奉献。"

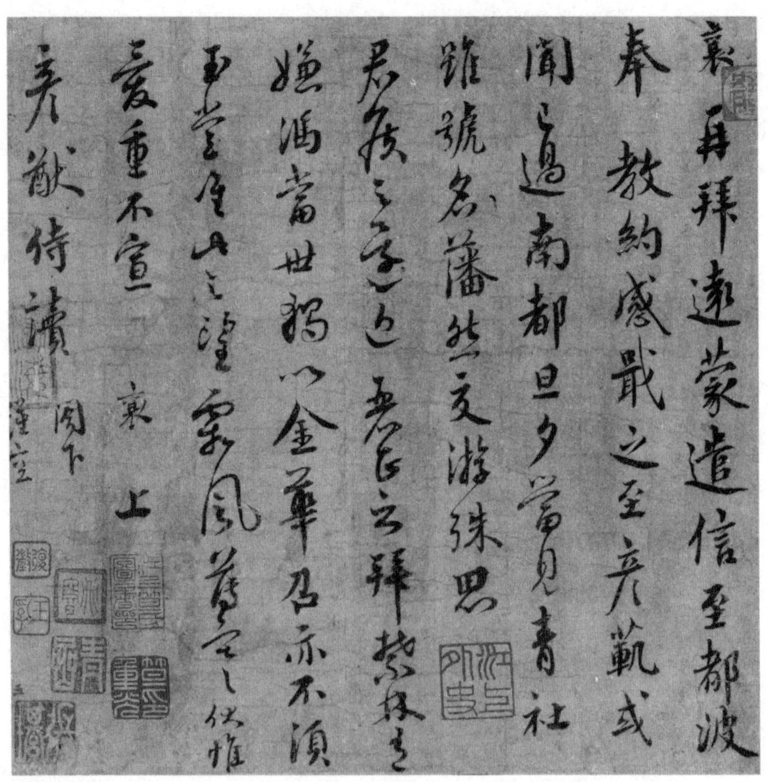

蔡襄:《远蒙帖》

蔡襄一改往日文弱，朗声应道："苟利国家，岂顾后患哉?!"

范仲淹深深看了他一眼，没有再说什么。

蔡襄身旁，一名中年男子不住点头，他是刚进京半年的包拯（希仁）。

庆历三年（1043），端州（今广东肇庆）知府包拯入京任殿中丞。后经御史中丞王拱辰举荐，是年十一月，改任监察御史。

今年，庆历四年（1044）自春至夏，全国各地，旱灾、日食、地震、火灾、蝗害连续不断，朝野人心惶惶。

以余靖为首的四名谏官联名上《言灾异》四疏，曰："臣闻天地之气与人相通，阴阳不和，本自人召。今若不修人事，则无以回天意而召至和。"

他们建言皇上"修省"，以"恩泽及于民"，又上疏谏阻迎舍利与修建寺庙等劳民伤财之事。劝仁宗，修人事，救时弊，加强边防，恤民苦难，以求至治。百姓受灾流离，生活贫苦无依，蔡襄看在眼里，忧心如焚，他一再呼吁，为官者要悯惜百姓，关怀苍生。

不料，此些上疏，石沉大海："数日颙（颙：神兽，即翘首以盼）然，德音未降。"这群谏官等呀等，伸长脖子，始终等不来圣谕。

唉，事已至此，还能说些什么呢？范仲淹想到一年来新政无法推行的种种阻力与无奈，深深低下了头。

殿前，蔡襄拱手："大人，请上轿吧。"

欧阳修亦言："此去霜重，大人珍重珍重。"

范仲淹上轿走了。轿子越走越远，消失在长路尽头。

一群人静静站立，未肯散去。蔡襄心中五味杂陈，呆立好久好久。

回到家，蔡襄对长子蔡匀说道："孩儿，取出笔墨，为父教你书来一首。"

蔡匀欢快答道："好呢。"展纸研墨。今年，庆历四年（1044）晚夏初秋，他已经是将近八岁的少年，在父亲的悉心指导下，他读了不少的书，日日临帖学写字。

只见纸上，蔡襄一改平日所书端正楷模，以行草书来一首，虽是小行草，亦有激情迸发：

塞下秋来风景异，衡阳雁去无留意。四面边声连角起。千嶂里，长烟落日孤城闭。

浊酒一杯家万里，燕然未勒归无计，羌管悠悠霜满地。人不寐，将军白发征夫泪。

所书正是范仲淹所咏《渔家傲》。

当日，为去夏竦，台谏官光奏折就上了十八本。事成之后，国子监直讲石介（守道）十分兴奋，又见到范仲淹《答手诏条陈十事》更是欣喜若狂，精神抖擞。他认为大展宏图、报效国家的时候到了，曰：“此盛事也，歌颂吾职，其可已乎！”遂赋《庆历圣德颂》，赞革新派，贬保守派，指斥反对革新的夏竦等人为大奸大恶。石介的行为使夏竦等人衔恨在心，自此成为不共戴天死敌。《庆历圣德颂》刚脱稿，朝中就有人对石介说道：“子祸始于此矣！”

今年三月，石介得韩琦推荐进入集贤院。夏竦为解切齿之恨，便从石介开刀，打击革新派。他命家中女仆摹仿石介笔迹，伪造了一封石介写给富弼的信，内容为革新派欲图废掉仁宗另立新君。

仁宗虽不信，下诏贬斥夏竦等。但范仲淹等感觉山雨欲来，心中难安，遂请求外放：“帝虽不信，而仲淹、弼始恐惧，不敢自安于朝，皆请出按西北边，未许。”六月，边事再起，“适有边奏，仲淹固请行，乃使宣抚陕西、河东。”（毕沅：《续资治通鉴》）

43. 当年得从谏官列

蔡襄拱手而奏：“圣上，微臣以为，身为丞相，‘相天子而率百僚’，当尽力辅佐君王，率领百官，做好以下几方面工作：开直言，旌说论；奖懿行，厉廉节；善则称君，过则称已；进贤而退不肖；富国恤民；怀忠诛逆；

畅国威，制邻敌……”即广开言路，彰扬直言；奖励善行，提倡廉洁；功劳归君上及他人，错误则自己多担当；推荐贤良，退斥宵小；使国家富强，救济抚恤百姓；满怀忠心，诛灭奸贼；扬国威，制邻敌。

仁宗点头称是。

蔡襄接着奏道："因之，去岁微臣弹劾前相吕夷简七宗罪，曰失体、失方、失行、失职、失事、失略、失谋，斥其为相二十年，言行作为，浮华时多，建树实少；庸浊时多，清明实少；制敌无术，为害日深。曩者西师败北，辽国契丹趁势而动，大兵压境，凌我中华。辽又遣使入朝，妄请关南之地，胁迫朝廷签下条约，索取岁币陡增二十万两。唉，臣以为，此乃丞相失职，乃为臣之大耻与大过也。……"

说到吕夷简为相多年，治国无方，致使国家羸弱，受尽异族凌辱，蔡襄数度哽咽；宝座之上，仁宗的眼中，亦闪着泪光。

蔡襄接着说道："今斯人已逝，圣上念其劳苦功高，赠太师、中书令，谥文靖，对其一生二十余年为相生涯全面总结。微臣以为，斯人已矣，盖棺事乃了，不说也罢。今微臣上疏，请求罢免现丞相晏殊之职，此为《乞罢晏殊宰相》疏，圣上请观。"仁宗深深看了他一眼，道："呈上来。"

庆历四年（1044），九月。日前，吕夷简去世，享年六十六岁。仁宗因"仁"，无论吕夷简生前如何，还是给了这位三朝老臣很高的评价。"夷简当国柄最久，虽数为言者所诋，帝眷倚不衰。"（《毕沅：《续资治通鉴》）

待臣宽厚，待己却严，赵祯向来颇为自律、节俭。初秋，官员献上蛤蜊。

赵祯问："由哪里来的?"

臣下答："从远道运来。"

又问："需多少钱?"

答："共二十八枚，每枚钱一千。"

赵祯怒叱："朕常常告诫你等需节俭，现区区几枚蛤蜊就得花费二万八千钱！朕实在吃不下呀！"他真的也就没有吃。

范仲淹走了，富弼出任河北宣抚使，接下来轮到欧阳修。

欧阳修受人弹劾，加上有“结党”嫌疑，仁宗虽不舍，还是准备将其外放地方。

蔡襄上《乞留欧阳修札子二道》，请求仁宗留下欧阳修，未果。

因和老师晏殊结下梁子，欧阳修这回被贬，晏殊一声不吭。

这不奇怪，那年冬日，欧阳修作诗讽刺老师，晏殊就很生气。欧阳修却没能吸取教训，又随意对人评说：“晏公作品，最好是小词，诗次于词，文更次于诗。而为人又次于其文章多矣!”

列位看官，晏殊真的是“宰相肚里能撑船”?

接着，仁宗重新组织谏院，令余靖为翰林学士知制诰，仍知谏院；升蔡襄知谏院，主持谏院日常工作，并直史馆、同修起居注。从今往后，三十二岁的蔡襄时时均要陪伴皇上左右了。

蔡襄接着奏道：“晏殊为辅相，既不能了得大计，又侵占官地，苦役军人，日夕追逐资财，数十钱亦斤斤计较。情状如此，岂可容于朝廷也！臣请求圣上罢免晏殊，别求贤才，以救时弊。宰相晏殊，自登枢府，及为宰相，头尾数年，不闻奇谋异略以了国事，唯务私家营置资产。”蔡襄今日上疏，是因为晏殊近来在都城附近的上蔡东南之蔡河边，占用国家土地，大规模修建私房出租。更可恶的是，建筑的工匠，除动用本地军队外，还从异地调来军人，日夜苦役，百姓怨声载道。

蔡襄又拱手奏道：“宸妃生圣躬，为天下主，而殊尝被诏志宸妃墓，没而不言，罪不可恕。”臣下今日还要奏一事，便是当日李宸妃薨时，晏殊受命撰李宸妃墓志，明明知道李宸妃是圣上您的生母，却故意隐瞒。在其为李宸妃所撰墓志中，对此只字不提。

平心而论，晏殊此举，不过是为尊者讳而已。刘太后在世时，对于仁宗生母为李宸妃一事，相信世上没有人有胆量敢提。

听到蔡襄言及母亲李宸妃，仁宗面色愈发严肃，沉思良久，下诏曰：“众爱卿听旨，朕今罢丞相晏殊，命其以工部尚书，知颍州（今安徽阜阳）。”

44. 秋风吹石门，思君还复诀

几日不见，苏舜钦看上去老了许多。

他的面容依旧英俊，胡子依旧漂亮，但总觉不是滋味：大约是平时趾高气扬的那口气没了。

“舜钦少慷慨有大志”——苏舜钦出生富贵，为人倜傥，胸怀远大，不拘小节，从不把钱财、俗人看在眼里。也是，他这样的家世，莫说大宋，自古而今，怕是没几个哦。再说他本来已以荫入仕，偏偏不服气，还要参加科考，一考即中。人又长得帅，恃才傲物也是正常的哈。苏舜钦平日特爱饮酒，新婚后不久，住在岳父杜衍的家中，每日黄昏开始读书直至深夜，边读边喝酒，动辄一斗。杜衍对此深感不满，疑心自己看错人，派人偷偷去观察他。

门人来到，无声站立于他的身后，见苏舜钦正在专心读《汉书·张良传》。

读到张良和刺客一同前去行刺秦始皇，抛出的大铁锤却只砸在了秦始皇随从的车上，苏舜钦拍案叹息：“令人惋惜！怎会没有打中?!”满满喝下一大杯酒。

又读到张良说：“我在下邳起义，历经许多时日，今日终于得以与沛公于陈留相遇，此难道不是天意么?”再次拍案道：“君臣相遇，如此艰难!”又喝下一大杯酒。

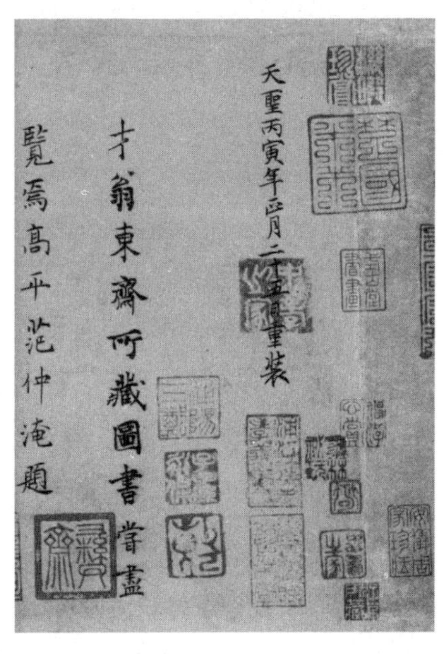

范仲淹：《题兰亭序》

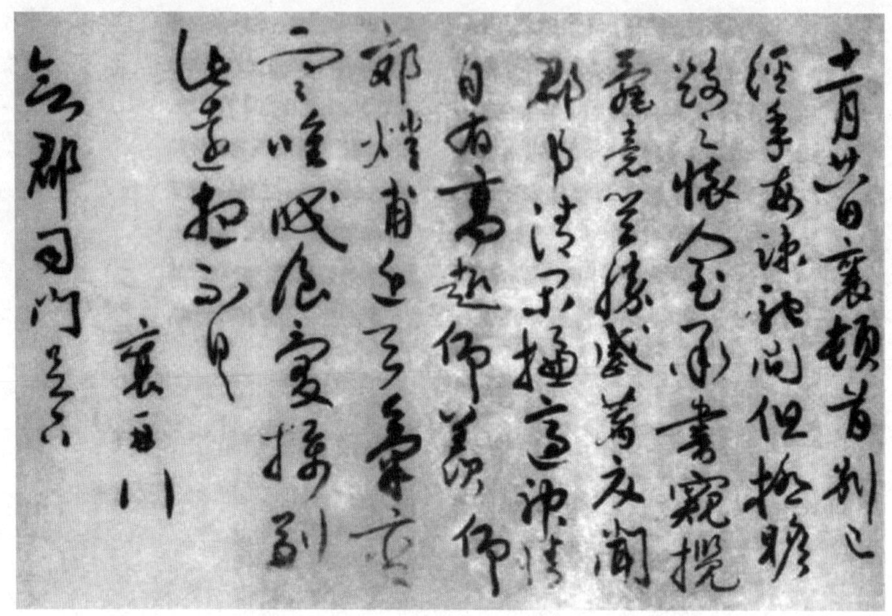

蔡襄：《郊燔帖》

门人回去报与杜衍知，杜衍大笑道：“我这贤婿以《汉书》下酒，一斗不算多啊。”

庆历四年（1044），金秋九月。

又到了秋燔祭神的日子，按例，国家庆典，朝廷两府、三司、三馆及下属机构均要组织会餐及娱乐。有进奏院属员跟苏舜钦建议：年年均是老一套，自己内部小搞搞，属员都腻了，能否安排出去玩玩？苏舜钦“从善如流”，说既然出去搞，就要吃好喝好玩好。

东京城餐饮娱乐业十分发达，但高档消费钱从何处来？苏舜钦脑袋一拍，有办法了：靠山吃山。他下令把进奏院成堆的废稿纸、旧信封、没发出去的廷告、残损的积压多年的文件等，甚至崭新的纸品和邮袋，统统拉到废品收购站，卖给收废品的，小金库瞬间建成。苏舜钦很有“大腕”范儿，自己又掏了十两银子添上。

有钱好办事。进奏院群众娱乐活动在京城顶级酒楼“樊楼”隆重举行，请来了歌女舞姬弹琴唱歌、陪酒伴舞。到场十几人均放开来吃喝玩乐，“整”得好嗨。有人讲黄段子，有人骂娘，王益柔借着酒劲作《傲歌》一首，曰“醉卧北极遣帝扶，周公孔子驱为奴”，大言狂放，将孔子、周公和皇上挨个戏谑。深夜，好多人趴的趴、醉的醉，酒量惊人苏舜钦精神正好，吩咐车马把醉倒的送回家，该撤的撤，该睡的去睡。然后，又命人再去唤几个美貌官妓来……

正忙乱着，御史中丞王拱辰带着一群人，拿着仁宗的手谕来到，把这帮“好汉”一网打尽，全部请到御史台。

十多名参加者统统受到惩罚，其中包括苏舜钦好友梅尧臣。苏舜钦受到的处分最重，被开除公职，“永不叙用”。

这便是史上著名的“进奏院狱”。

苏舜钦道：“永叔、君谟，舜钦这就别去。往后，于东京城再喝不到君谟所点香茶，亦无法再与永叔馆阁中谈诗论书矣……朝廷非善地，永叔将去，未尝不是好事？君谟也望早日请求外放才是。此回言官咄咄逼人，当然并非是为了区区苏舜钦，还不是冲着范大人及我家岳丈而来。罢罢，不说也罢。舜钦这几日想通了，何必天天为功名、为他人累死累活？某将往苏州建屋造园，读书吟咏其间。闲云孤鹤，何天而不可飞？”

近日，杜衍接替晏殊，升任同平章事、集贤殿大学士兼枢密使，正式拜相。可因为苏舜钦事，已有风声渐渐对其不利。

蔡襄云：“兄多保重。弟这辈子，始终无法如兄这般潇洒自如，因而草书难以写得像样。范希文大人从前在兄家中尽览君家藏书，见褚遂良摹《兰亭》，题跋其上；希望不久将来，弟得机缘可以亲见君家《兰亭》。”

苏舜钦道：“呵呵，君谟，不喝点酒，怎写得出草书飞舞开张？杂花生树，草长莺飞时节，舜钦将于江南，以美酒、河豚静候二位。”

欧阳修道：“子美敬请见谅，此回进奏院‘公款私用’，非是修不愿出力相助，实是不能。”

苏舜钦大笑：“永叔如此说，便是小瞧了苏舜钦。”拱手转身而别。秋风中，他高亢的声音渐渐远去——

丈夫少也不富贵，胡颜奔走乎尘世。

予年已壮志未行，案上敦敦考文字。
有时愁思不可掇，峥嵘腹中失和气。
侍官得来太行颠，太行美酒清如天，
长歌忽发泪迸落，一饮一斗心浩然。
嗟乎吾道不如酒，平褫哀乐如摧朽。
读书百车人不知，地下刘伶吾与归！

45. 琴中一弄履霜操

蔡襄道："范丞相虽喜弹琴，然平日只弹《履霜》一操，时人谓之'范履霜'。"

仁宗道："喔。"

范仲淹走了，到外地巡查去了，其参知政事一职还在，蔡襄依然称他为范丞相。

今日，上朝结束，仁宗让蔡襄留下来，陪自己说说话。

说到范仲淹、富弼、欧阳修，又说到刚刚离去的苏舜钦，君臣二人都不免有些伤感。由庆历三年（1043）八月到今年（庆历四年，1044年）九月底，这历时年余的庆历新政草草收场，让所有身在其中之人，心中都是火烧火燎的痛。仁宗虽是君王，亦有其无可奈何之处，蔡襄特别理解，他没有再说什么，把话题岔开了。

新政失败的原因，归结起来主要有三：一是利益集团的阻挠，二是"朋党之争"，三是新政的无序推进、急于求成。

先说其一。改革初衷为解决国家面临的财政危机和军事危机，欲富国强兵。范仲淹、蔡襄等提出的澄清吏治等主张，出发点极好，专门针对世人诟病已久的冗官、冗兵、冗费现象。殊不知吏治改革，说起来容易，做起来却难。宋开国以来，权贵阶层在丧失世袭爵位和封户特权的情况下，为了确保

“世守禄位”，参照唐制，制订扩大中、高级官员亲属的“恩荫”制度。通过恩荫，每年有一大批中、高级官员子弟获得低级官衔或差遣。且宋之恩荫，不仅极广，而且极滥，每遇大礼，“臣僚之家及皇亲、母后外族皆奏荐，略无定数，多至一二十人，少不下五七人”，并“不限才愚，尽居禄位”。州县官、财务官、巡检使等低、中级差遣，大部分由恩荫者担任。这样，等同于世袭，国家中下层皆是坐食禄米的权势子弟，导致“荫序之人，塞于仕路”“权贵之子，鲜离上国”。要打破或限制官僚贵族这一特权，无疑会因触动其利益而遭群起围攻。（李焘：《续资治通鉴长编》）

同时，庆历新政又触犯了皇室利益。范仲淹、富弼等的改革措施包括“明黜陟”“抑侥幸”“精贡举”等，是要裁汰不称职的官员、精简机构。而真要推行，大概百分之九十以上官员都得丢官。这个大手术当然做不得。可是，新政要给大宋做的手术还不止这些，因宋之官员的俸禄为历代最高，因之，即使对于称职官员，亦要削减其薪俸。再者，因官多为患，还必须要减少科举考试的录取名额。也就是说，全天下的读书人的利益，都要被改革所触及。试问，整个士大夫阶层哪能举手同意？最后，最最根本的是，牺牲士大夫就意味着动摇宋之国本。重文抑武，乃太祖国策呀。随着新政的推进，反对的声浪不断高潮，宰相章得象也加入反对大合唱，攻击范仲淹等人为“朋党”。

其二，保守派攻击范仲淹等人结党营私，这恰好是仁宗最不愿看到的，因此新党成员时刻战战兢兢，无法专注于改革。“朋党”之所以被当作利器，引发仁宗的反感与猜忌，是因为“朋党”一旦形成，会危及皇权，触犯皇室的核心利益。

其三，改革的措施太过冒进，“太猛”“更张无渐”“规模阔大”，未能有序推进。改革的思想准备不够，配套措施不到位，罢黜官员的安置没有着落，百姓没有在新政中得到立竿见影的好处。范仲淹用人，“好广名誉，结游士，以为党助，甚坏风俗”（王安石语）。范仲淹所任用的推行新政者，如石介等，往往口头议论多，实际本事少，有的甚至好标奇立异，发空论，言行不检。反对新政之人如王拱辰等更指责范仲淹“凡所推荐，多挟朋党，心

所爱者尽意主张，不附己者力加排斥，倾朝共畏”。（杨仲良：《皇宋通鉴长编纪事本末卷第三十八》）

今年岁末，庆历四年（1044年，西夏天授礼法延祚七年），宋与西夏达成和议。和约规定：夏取消帝号，宋册封其为夏国主，赐金涂银印，方二寸一分，文曰“夏国主印”，许自置官属，向宋称臣，奉正朔。宋每年赐给西夏银七万两（旧制，下同），绢十五万匹，茶三万斤；另外，每年还在各种节日赐给西夏银二万二千两，绢二万匹，茶一万斤。

适才，朝堂上，监察御史包拯上奏：“国家每年向契丹等交纳财物，不是抵御戎人的良策，应操练军队、挑选将领，致力于充实边境守备。”蔡襄深以为是，不由多看了他几眼。

国家渐安，好友渐去，九月以来，蔡襄数次以父母年老为由请求回乡任职；十月，仁宗终于准奏：“知谏院蔡襄以亲老乞乡郡，己酉，授右正言，知福州。”（毕沅：《续资治通鉴》）

四

万安济众

46. 楼前红日照山明

蔡襄停住口中讲述，指着车外说道：“孩儿，瞧，太阳出来了。”

他命停车，拉起蔡旬，和蔡匀、蔡均几人一同下车，伫立田野。

金灿灿的阳光洒满运河两岸，天地一片苍黄。今秋，举国大旱，汴河绝流。岸上，一头老牛，在一名农人的吆喝下，正在焦黄的土地上，喘着粗气，负重缓缓前行。

蔡襄道：“前后将近八年了，襄又回到京都。不知圣上可否康健如昔？”

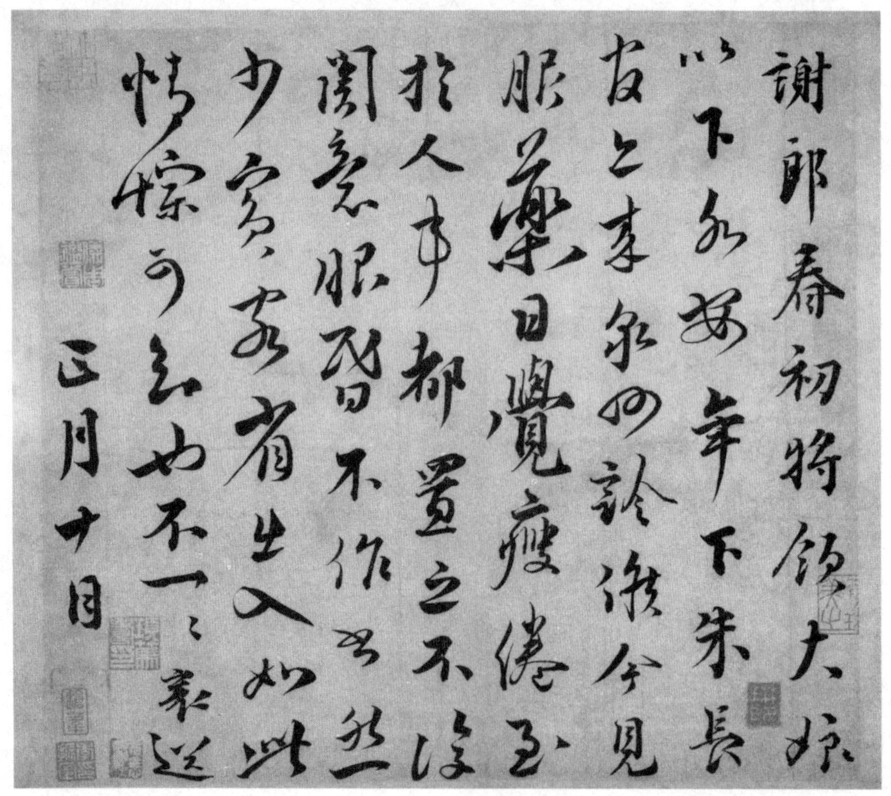

蔡襄：《谢郎帖》

皇祐三年（1051），九月。去年冬，守丧期满，蔡襄得到廷告，命他以右正言、直史馆、同修起居注兼判三司度支勾院，回返东京任职。新职除了谏官，他还兼职史馆，为皇上修起居注，还要判三司勾院，即负责审核各地上报三司的钱粮百物等出纳账册。

他带着第一次出门的老母亲，一路走走停停，走亲访友，游山礼佛，并到江阴去住了不短的一段时间。因提前出发，并不违例，走了将近十个月，这才到达东京。

宋夏战争爆发后，官府开始增给食盐以备军饷，过多发行盐钞的结果，是各地食盐价格猛跌，盐钞法坏。此之谓旧伤未去，又添新病。皇祐二年（1050）正月，仁宗鉴于种种不利情形，委派三司官员重新调整盐钞政策。

去年底今年初，国家爆发严重的财政危机，物价飞涨。粮草的价格，虚估涨八成。朝廷拿不出多余的钱粮平抑物价，也没有足够钱财养活边境兵马，因此，把这个难题交给了宰相文彦博，以及王尧臣、王守忠、陈旭等三司官员，这个时候，有人上奏仁宗："蔡襄在福州干得不错，请他回来想办法吧。"

文彦博长蔡襄六岁，字宽夫，汾州介休（今山西介休）人。天圣五年（1027）进士及第。庆历七年（1047），任枢密副使、参知政事，以平王则起义功，拜同平章事。

目前，杜衍已以太子太保致仕，范仲淹以资政殿学士知杭州，知谏院者为包拯。

仁宗近年来后宫中独宠张贵妃。去年十一月，张贵妃伯父张尧佐一日内从三司使升任宣徽南院（总领内廷事务）使、淮康节度（淮康军节度）使、景灵宫（掌内侍）使，稍后几天又被提拔为群牧制置（管理马政事务）使。——一身任四使，中外咋舌。

御史包拯，谏官唐介、陈旭等纷纷上书弹劾张尧佐升官之路突飞猛进，有失公允。又言张尧佐毫无才德可言，任三司使期间，政绩平平；本该黜降，不知为何反而高升？

弹劾张尧佐谏官中，言辞最为激烈之人名叫唐介。

唐介，字子方，江陵（今属湖北）人，进士出身，今为殿中侍御史。

蔡襄奏道:“介诚狂直，然容受尽言，帝王之盛德也。”

他说，唐介为人虽狂直无礼，但作为君王，有容德乃大——让臣子知无不言，言无不尽，是帝王的盛德呀。

清瘦蔡襄面容平静，不疾不徐娓娓道来，仁宗的脸色稍稍和缓。

适才，朝堂上，几名御史依例上奏，唐介指责仁宗，不该重新授予张尧佐宣徽使之职，并命其知河阳。原因是宣徽使一职，乃执掌内廷事务，管理人、财、物等，权力很大，仅次于中书省和枢密院。况且，外补而执掌内廷，很不妥当，恐怕是皇上“以权谋私”的借口吧。请问皇上，您借知河阳而给张尧佐这么大的宣徽使的官职到底是为了什么?

仁宗道：提出授命的是中书省，不是朕个人的意思。

唐介说：那就得叱责宰相文彦博。

他恭敬递札子与仁宗，继续诉说文彦博自独专大政以来，拉帮结派，安插亲信，排斥异己:“威福在己，虽有过，人不敢议。宜早斥罢，以富弼代之。”

唐介口中不停讲啊讲，几乎要把唾沫喷到对面宝座上的仁宗脸上。仁宗脸色铁青，把札子掷于地上。站起怒斥:“岂有此理！唐介目无君上，此等逆臣，朕要将你贬窜往边地!”

唐介昂头:“臣忠义愤激，虽鼎镬不避，敢辞贬窜?”臣乃忠义激愤之人，连下油锅都不怕，还会怕圣上把我贬谪往荒地么?

仁宗气坏了，吩咐:“赶紧传二府三司所有官员上殿来。”

蔡襄亦领命前来，路上见几名同事，问:“何事如此慌张?”

包拯道:“赶紧些君谟，先放下手头，圣上有传。还不是为张尧佐事，唉！此事何时是个了结?”

仁宗依然站着，对诸大臣厉声说道:“今招各位爱卿前来，是因台谏官唐介无礼，其所论奏，余事朕还可以容忍，今日竟说文彦博是靠贵妃才得到执政的位子，此何言也!”

张贵妃父亲张尧封曾为文彦博家的门客。张贵妃初入宫位份不高，为巩固自己在后宫中的地位，主动结交文彦博，对他以伯父相称。曩时，文彦博以枢密直学士知益州（今成都），据传，临近上元节，张贵妃示意文彦博进献蜀地灯笼锦。蜀锦天下闻名，尤以成都灯笼锦为最，此锦纹样以灯笼为主体，配饰流苏和蜜蜂，寓意“五谷丰登”。文彦博马上命人昼夜赶制灯笼锦，并及时送达京师。

唐介依然不依不饶，对文彦博说道：“彦博宜自省，若此事为真，你就承认了吧。”

文彦博羞愧难当，跪倒在地，叩头不已。仁宗下不了台，怒气冲冲：“此何言也！此何言也！……”

枢密副使梁适（仲贤）挺身而出，揪住唐介衣袖，把他拖出朝堂。

仁宗道：“速速将此逆臣交与御史台处置!”

回京后第一天上班的蔡襄实在看不下去了，走出来说话，委婉劝谏仁宗海纳百川，包容臣子过失。

仁宗遂下诏，将唐介贬为春州（今属广东）别驾。

蔡襄回到门首，女儿小勺正摇摇晃晃学走路，见到父亲，她笑了，伸出双手要他抱。

他感到心中温暖又甜美：贤妻在室，老母在堂，多好的呢。

长子蔡匀今已年满十四、即将十五岁，按例，蔡襄为正五品官，儿子可以申请以荫补官。可是蔡襄对蔡匀说道：“孩儿，不忙，好好念书才是正道。”

长女小句前年在家时定下同乡谢家孩儿谢仲规，明年即将成亲。

晚上，灯下，蔡襄作《乞寝（停止）罢唐介春州之命》，上疏朝廷，表明四点个人看法：一为圣上将唐介贬往岭外之命，是必死之谪；春州路途遥远，地方险恶，这样的贬谪，处罚太重，臣以为不妥。二是唐介本为台谏官，按例，知无不言是其职责，况且以往臣等还可以上报无中生有之事呢。若是圣上有不足之处，唐介有责任提醒圣上；他而今只是举报执政文彦博所做亏心事，不管是不是属实，言事而获此重罪，令执政何以自安？三是唐介一人独自得罪宰相，两府同列及各部大臣为避嫌，都不肯出来说话，臣只好勉力而为，为其申辩。四是臣以为只有圣上能救唐介，望圣上消消气，凭借天威，以国家为重，追寝唐介春州之行。

“臣为正言，又在侍从，耳目闻见，不敢默默。臣死罪，具状奏闻，伏候敕旨。”

47. 酒阑明日下前溪

一点明月窥人。天上的圆月儿好似顽皮的孩子，从云层中悄悄露出半张脸，偷偷窥视着东京城中的这座园子。

屋内，多人谈得正热闹。

欧阳修自南都应天来看望老友，拊掌道：“‘衔远山，吞长江，浩浩汤汤，横无际涯；朝晖夕阴，气象万千。’范公他是何等的襟怀洒落，高情远致！正所谓：‘一吟一咏，许将北面。’范公面前，我等不敢提笔也。”

蔡匀道：“伯父过谦。侄儿最爱范希文大人《岳阳楼记》‘春和景明，波澜不惊，上下天光，一碧万顷；沙鸥翔集，锦鳞游泳；岸芷汀兰，郁郁青青。而或长烟一空，皓月千里，浮光跃金，静影沉璧’，写景如画又如歌，令人仿佛亲临其境，妙不可尽之于言，事不可穷之于笔，正与伯父《醉翁亭记》相颉颃。”

欧阳修道：“范公文事武功，彪炳万世，欧阳修怎敢望其项背？正如《论语》子贡所言：赐也何敢望回也！”

蔡襄道：“各有千秋，范公清朗，永叔幽爽。余最爱永叔‘野芳发而幽香，佳木秀而繁阴，风霜高洁，水落而石出者，山间之四时也。朝而往，暮而归，四时之景不同，而乐亦无穷也’。”

蔡匀接父亲话道：“希文大人抒写岳阳楼春色无边，政通人和；伯父则吟咏滁州四时佳兴，风霜高洁，二篇名作，正是‘长烟一空，皓月千里’‘水落而石出者’也。侄儿及弟尽皆吟诵二文千遍万遍，牢记于心。”

蔡均、蔡旬同声曰：“是也。噫！微斯人，吾谁与归？”

蔡襄点头道：“正该如此。无论作文做人，范公、欧阳伯父皆是楷模。”又道：“‘不以物喜，不以己悲；居庙堂之高则忧其民，处江湖之远则忧其君。’‘先天下之忧而忧，后天下之乐而乐’，孩儿要牢记在心并终生践行。”

几个孩子朗声答道：“谨遵父亲教诲。”

桌上，正是蔡襄适才书来之小楷范仲淹《岳阳楼记》，新墨鲜明，温雅端严，正如蔡襄其人；又如范仲淹刚毅的面容，风神萧疏，朗照千秋。

皇祐三年（1051），深秋。

范仲淹在杭州，老弱病衰，子弟以范仲淹有隐退之意，商议购置田产于洛阳以供其安享晚年，遭范仲淹严词拒绝。公曰：人苟有道义之乐，形骸可外，况居室乎？吾今年逾六十，生且无几，乃谋治第树园圃，顾何待而居乎？吾之所患在位高而艰退，不患退而无居也！

——人如果有追求真理的快乐，肉身都可以不顾，何况居室呢？我已经年过六旬，时日无多，才忙着谋求治房屋树园圃，那究竟要等什么时候去居住呢？我所担心的是自己身处高位而难以退下来，而不是担心退休后没房子住呀！

十月，范仲淹出资购买良田千顷，令其弟找贤人经营，收入分文不取。成立范氏义庄，对远祖的后代子孙义赠口粮，扶持众子弟读书，并资助婚丧

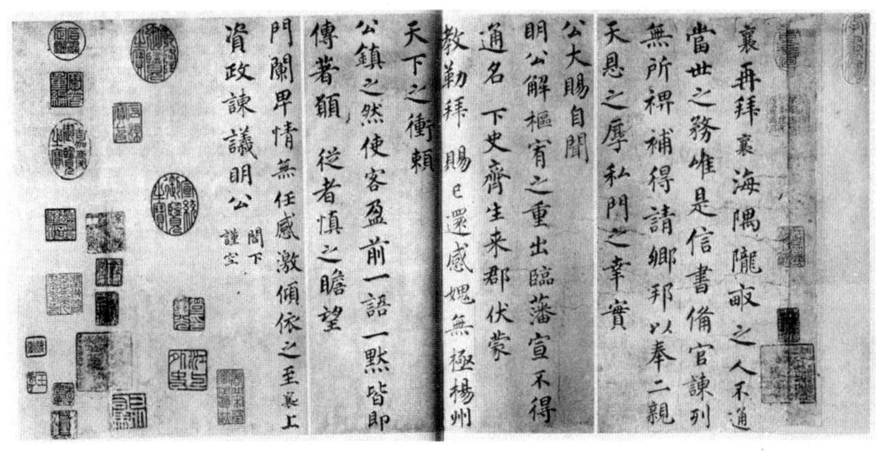
襄再拜襄海隅隴畝之人不通
當世之務唯是信書備官諫列
無所裨補得請鄉邦以奉二親
天恩之厚私門之幸寶
公大賜自聞
明公解樞宥之重出臨藩宣不得
通名下史齋生來郡伏蒙
教勒拜賜已還感愧無極揚州
天下之衝賴
公鎮之然使客盈前一語一默皆即
傳著願從者慎之瞻望
門闌卑情無任感激傾依之至襄上
資政諫議明公閣下謹空

蔡襄：《海隅帖》

嫁娶等。

欧阳修站起，望着窗外。云散，明月缓缓升起，天地一片光明。他说道：“不知范公一切可否安好?”

蔡襄亦站起，扶着欧阳修的肩膀，轻声道：“范公希文，此之谓大丈夫也。”

二人又说起今年流年不利，大宋活字印刷术发明者毕昇以及朝廷重臣夏竦均先后去世，感叹时光飞逝，一去难返。

是月，仁宗被迫与台谏官达成妥协，罢去张尧佐宣徽使，唐介改置英州(今广东英德县)，又将文彦博免职外放。

说话间，门人报：“有客来访。”

笑眯眯走进屋来的，是蔡襄老乡、新升翰林学士、知开封府曾公亮：“君谟，今日又有何好茶可供品尝?”

蔡襄道：“依旧北苑曩时龙团。”

曾公亮年长蔡襄十余岁，字明仲，号乐正，泉州晋江（今属福建泉州市）人。

曾公亮为刑部郎中曾会（宗元）次子，世代书香深养。少时即胸怀大志，器宇不凡，他人评价，方厚庄重，沈深周密。

乾兴元年（1022），曾公亮受父命由明州（今宁波一带）奉表晋京贺仁宗登基，仁宗任命其为大理评事。曾公亮立志从正途登官，不愿斜封，未赴调。

天圣二年（1024）中进士，授越州会稽知县，后历官多地。

他从袖中摸出一方砚台，递过给欧阳修、蔡襄二人看，道：“瞧瞧，我家外侄彦猷（唐询，字彦猷）托人捎来的，新得青州红丝砚。”

48. 焙出香色全，争夸火候是

仁宗微笑：“蔡爱卿，今日仍由爱卿来点茶。”

蔡襄趋前，拱手道：“微臣领旨。”

他走至仁宗下首、专门为他而设的茶席，打开新春刚上贡、用箬叶包裹着的、上面有金花图案的小龙团茶外包，取下一块，以茶钤夹住，放入茶则，看分量稍微差着一点点，又敲下一小块，并摇摇头笑了。他安静重复刚才动作，接下来将茶倒入茶臼中捣，又用茶碾碾成细碎。碾好，以茶罗筛。筛出极细的茶末，分入黑色的兔毫盏中，然后用盛满滚水的银质汤瓶注汤——水是去年冬天梅花上收集到的雪水，用坛子装好深埋于地下，今年元日取出，饮过一回，这就剩下半坛了。蔡襄分几次，缓缓注水入盏，又用金匙搅动打击，时轻时缓，好一场起承转合。

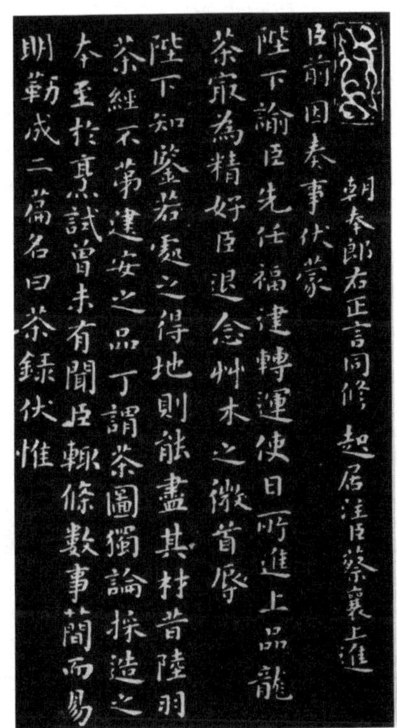

蔡襄：《茶录》局部

仁宗微笑着看他。

蔡襄将建盏中点好的漂浮白色乳花的香茶，用茶托托着，双手呈上予仁宗。又分送其余大臣。

上月，饮着今春建安新进贡茶，仁宗龙颜大悦，几次在朝会上表扬蔡襄，还说：“朕记着是庆历七年（1047）吧？蔡爱卿担任福建路转运使是年所制茶，最为精良。”

蔡襄道：“感恩圣上记得，正是那年。是年，得老天帮衬，晴日多，茶芽好。皆是圣上圣德，微臣幸运。”

渐渐，有人便有些不服气，私下里议论："正人君子"蔡君谟也以精制龙团上贡邀宠么？蔡襄听说，笑笑，不予理会。

昨日，陈子安还写信来给他呢。说教授陈烈已辞去教职，到建安山中隐居去了：只在此山中，云深不知处。

呵呵，子安他倒是学会不少唐诗了呢。

"人各有志，山中有山中的好。"想着山中春色，因思念太深，他的心中泛起酸酸甜甜的感觉；想到陈烈耿直任性，他亦只能在心中默默祝福。蔡襄和欧阳修屡次向仁宗推荐陈烈，仁宗命陈烈进京，他却始终不肯来。

蔡襄此回回京就任新职，仁宗多次表扬他的茶好，表扬他点茶技艺超群。蔡襄忆起昔日在石塔山中对子安所讲、子安记下的一些关于烹煮茶的片段，觉得应该整理出来，以惠同好。又念及唐代《茶经》以及前代丁谓论著，前者没有提到建安的茶，后者对点茶烹煮过程亦无涉及。因此，他以小楷书成《茶录》呈上，分上下两篇。仁宗看后，龙颜大悦。

《茶录》上篇论茶，分色、香、味、藏茶、炙茶、碾茶、罗茶、候汤、熁盏、点茶十目，主要论述茶汤品质和烹饮方法。下篇论器，分茶焙、茶笼、砧椎、茶钤、茶碾、茶罗、茶盏、茶匙、汤瓶九目。起首写着："朝奉郎、右正言、同修起居注、臣蔡襄上进：臣前因奏事，伏蒙陛下谕臣先任福建转运使日，所进上品龙茶最为精好。臣退念草木之微，首辱陛下知鉴，若处之得地，则能尽其材。昔陆羽《茶经》，不第建安之品；丁谓《茶图》，独

文徵明：《惠山茶会图》

论采造之本，至于烹试，曾未有闻。臣辄条数事，简而易明，勒成二篇，名曰茶录。伏惟清闲之宴，或赐观采，臣不胜惶惧荣幸之至。仅叙。”

仁宗道：“爱卿且好好珍藏。”又吩咐宰相庞籍：“待闲暇时命石工勒石刊印。”

庞籍道：“老臣遵旨。”眼睛却望着殿外。

庞籍字醇之，单州成武（今山东成武县）人。真宗大中祥符八年（1015）进士及第，任黄州司理参军，深得知州夏竦的赞许，夏竦认为庞籍具宰相之才，他日必成大器。在地方多年之后，因才干，累迁至枢密副使、枢密使。今又升为同中书门下平章事、昭文馆大学士、监修国史。庞籍初任宰相，即为独相。

庞籍不仅与韩琦、范仲淹等人交好，在其枢密使任上，还提携了一名后进，名字叫作司马光。

今日，他又奏道：“圣上，广南难安，微臣向圣上举荐一人，即是战功卓著之狄青。”

仁宗挺直了背：“仔细些说来朕听。”

晚间，在灯下，蔡襄又一次提笔书来《北苑十咏》，他太想念他的建安了。

茶香，似妖精般妖娆动人又诡秘多变。

晨起后的一缕清香，最是提神。饱足后的半盏幽香，伴着午眠。夜半的沉香，氤氲弥漫着入梦。

茶中有云的身影，风的轻吟，露的光华，雨的情怀。

茶中有日月星辰的光辉，山川河谷的淡定。

茶中有故乡的风景，人生的真味——

苍山走千里，斗落分两臂。
灵泉出地清，嘉卉得天味。
入门脱世氛，官曹真傲吏。

49. 生灵休养至仁中

蔡襄奏曰:“圣上,微臣以为,财聚则民散,财散则民聚,是知民不可不恤,财不可不通。若专奉公家,不究民病,所得则寡,其失则多。民为邦本,本固邦宁,此即微臣历年来倾力书成之《论财用札子》,现呈上请圣上御览。”

蔡襄履新,日夜不停操劳,闲暇时少,忙碌时多。尽忠尽职,极谏尽诤,不计荣辱,得到仁宗的赏识。

大约君与臣之间也是要讲些缘分的。

是日,朝会结束,君臣闲话。

仁宗问:“爱卿三番两次要求外放,不愿到朝廷为朕分忧,此是为何?”

蔡襄答:“启禀圣上,只因微臣母亲年老。”

仁宗问:“令堂高寿?”

蔡襄曰:“老母年近八旬。”

仁宗叹息:“多好,爱卿有老母在堂,可以尽人子之孝;子欲养而亲不待,朕却再也见不到自己的娘亲了。”

蔡襄温言道:“天子者,天之子,亦民之子。圣上是天下子民的圣上,天下子民又皆是圣上之衣食父母。”

仁宗道:“爱卿所言极是。”

“爱卿非但刚直敢谏,为君分忧,且恭谨仁孝,甚好。”

蔡襄敛容道:“‘先天下之忧而忧,后天下之乐而乐’,范文正公至理名言,应为我大宋士子与官吏之座右铭。”

皇祐四年(1052),五月。

去年,皇祐三年(1051)秋,范仲淹升户部侍郎,调知青州。北地苦寒,他以老弱病衰,乞至颍州。

今年初，皇祐四年（1052），调知颍州。范仲淹扶疾上任，本年五月二十行至徐州，与世长辞，享年六十四岁。

仁宗亲书“褒贤之碑”，赠范仲淹兵部尚书，谥号文正，追封楚国公。

世称“范文正公”。

在蔡襄的一再请求之下，去年十一月，朝廷终于下诏，减轻漳州、泉州、兴化军丁米钱。泉州、兴化军旧纳七斗五升，主户减二斗五升，客户减四斗五升；漳州旧纳八斗八升八合者，主户减三斗八升八合，客户减五斗八升八合。自此，为定制。

蔡襄到朝廷以来，四件工作尽心尽力，一为谏官，二于史馆校书修史，三为皇上作起居注，四便是负责三司勾院之国家经济。

早年在谏官任上，蔡襄便上疏批驳强加于谏官身上的好名、好进、彰君过三种莫须有罪名，鼓励谏官直言无隐。对于部分谏官的投机取巧、不知廉耻、不敢进言等行为，他严厉批评，建议仁宗独立决断，“擢官必自主之”，选拔忠于朝廷、敢于直谏的人担任谏官，以使谏官真正履行其谏诤的职责。

作为皇帝，该如何辨别谏官好坏、为国家选拔合格人才呢？蔡襄上奏道：“阿随人主之意，而不论道理之是非，此佞臣也。附托权要之势，因事自谋其事，此邪臣也。多引前世之事，专为高论，不顾今世难行，此迂疏之臣也。多取众人之誉，舍违公道，不为国家久计，此奸诈之臣也。其言忠，其事实，此耿直之臣也。无所依附，进退自守，此公正之臣也。”蔡襄说，不可否认，从来都有投机取巧、指正为邪的谏官。在《言增置谏臣书》中，他又进一步解释说，所谓“巧”，便是捡好听的话说，巧言令色，明哲保身，此为“好名”；随波逐流，不知羞耻，默不作声而争利，凭借资历而攀登，此为“好进”；谏官身处朝廷，伴随皇上，最为亲近，却不尽言，皇上便不能清楚地知非而改过，这便是“彰君过”。

总之，既要审问之，明辨之，更要鼓励谏官直言不讳“笃行之”。不要让人攻击圣上有好谏之名，无好谏之实。

本月，蔡襄复上旧作《论财用札子》，详细阐述近年来国家因军需、因贪官、因劣吏、因制度、因政策而使经济与财政面临的极大困难，吁请朝廷

“戒诛剥”，以“宽民力，蠲赋税，均借贷，省配敛，赈流移”。

刚才，仁宗让他留下来，进一步详细解释他的主张。

蔡襄说，国家积重难返，蜗步难移，臣下更是需要时刻警醒，不忘“天下为公”之大道，努力实现圣上昭示“收无暴横而公需足，民无愁苦而国用丰”之万世太平。朝廷要解决国家财用不足，臣以为，根本有五：一是养民。人民困苦，朝廷要选择好的郡县官员抚养生民。二是惜利。国家利益不可丢弃，要广开源，博求钱谷流通之术。三是节流。赋税有常数，消费无限量，要去冗钱而省烦费。四是去小利。所得至薄而民怨甚深的项目，要舍得丢掉，去小利而存大惠。五是上下协力，公私兼顾。

“愿陛下申诫大臣，力求众弊，以干家之术而忧国，以恕已之善而及人，使百姓之心不扰，则天下之计大定。”（陈庆元等校注：《蔡襄全集》，上同）

50. 代言游禁密，侍从多从容

庞籍道：“君谟，老夫不愿将你之《茶录》刊刻，非是有意为难，实是为你好。”

蔡襄答曰：“老大人良苦用心，属下明白。属下感恩尚来不及呢，怎会怪大人?”

本月（皇祐四年，1052年9月），仁宗升蔡襄为知制诰、起居舍人，授三品衔。依宋例，翰林学士起草诏令带知制诰衔者，称内制；余官，加知制诰而起草诏令，称外制。不过，无论外制内制，都相当于政府秘书长。由此，蔡襄的工作担子更重了，也更接近朝廷的核心决策层。

知制诰不再是言官，蔡襄收敛锋芒：“每除授非当职，辄封还之。”（《宋史》）不属于自己的工作范围，不插手，保持沉默。

仁宗最爱蔡襄的字、蔡襄的茶。年初，重修讲读阁，仁宗盯着左侧蔡襄所写《尚书·无逸篇》看了好久，道：“朕深知享国之君戒逸豫。”

翰林学士承旨王拱辰道：“微臣斗胆提议，请圣上下旨将此讲读阁中《无逸篇》移至迩英阁中。”

仁宗道：“不好，朕不愿背向圣人之言，应另书置于迩英阁以示敬重。”

“众卿听旨，今命丁度取《孝经》‘天子’‘孝经’‘圣治’‘广要道’四篇，书成，对为讲读阁右图。再令王洙书《无逸》，知制诰蔡襄书《孝经》，王拱辰为二图作序，蔡襄以楷书书序文，并置于迩英阁。”

众臣唱喏。

蔡襄圣眷日隆。

蔡襄拱手对庞籍道：“自属下景祐三年（1036）于江阴舟中偶遇大人，至今已是一十六年，大人风采依旧，属下深感欣慰。记得那日，大人以福建路转运使还朝就任御史，因属下位卑，所言无法上达天听，故而请求大人为百姓请命，奏请朝廷减免漳、泉、兴化军身丁米税及扶助贫民生计。后来，属下还给大人写了一封信呢。”

庞籍点头：“老夫自然记得。国家大事，千头万绪，得一件件来，急不得。”

狄青插话：“是也，老大人稳静果敢，君谟兄及弟都该学而时习之。”

庞籍为福建路转运使之前，任殿中侍御史，章献太后刘娥病危，颁布遗诏：章惠太后（杨淑妃）参议军国大事。庞籍请求仁宗下令将垂帘礼制全部废除。又上奏道：“陛下应亲政处理国家事务。对欲任用之臣子，陛下当辨明奸邪和正直，避免朋党勾结；提拔官吏，望听取众臣的意见，不可任由宰相（吕夷简）一人决定。”

右正言孔道辅（原鲁）对人赞道：“言事官大多看宰相的眼色，揣摸宰相意图，唯有庞醇之，是天子的御史。”

狄青出身寒微，自少入伍，善骑射，面有伤疤，人称“面涅将军”，累官延州指挥使。他勇而善谋，宋夏战争中，常披头散发，戴铜面具，冲锋陷阵，立下卓著战功。

其时，尹洙任陕西路经略判官，狄青以指挥使身份求见，尹洙与他谈论军事，对他十分欣赏，将其推荐给经略使韩琦、范仲淹，赞道：“狄青乃良将也。”

韩琦、范仲淹二人一见狄青，也认为是奇才，以厚礼相待。范仲淹还教他读《左氏春秋》，指导他：“将帅若不知古今，便只有匹夫之勇。”

狄青从此改变志趣，征战之余，开始读书学习，终于精通兵法，更加出色。积功升任泾原路副都总管、经略招讨副使、捧日天武四厢都指挥使等。

西夏李元昊称臣降服后，狄青调任真定路副都总管，历任多职后，又升为马步军副都指挥使。

狄青在军队中奋斗，十余年披肝沥胆，立下赫赫战功。仁宗虽有耳闻，但大宋武将历来不受重视，狄青官阶又低，因此并没有很快召见他。

六月，仁宗召见狄青，对他说道：“爱卿可敷些伤药，除去面部黑疤。”

狄青道：“深谢圣上关怀。圣上以军功提拔微臣，并未在意微臣的出身、门户；微臣之所以有今天，便是因了这些疤痕的功劳。微臣希望保留伤疤，鼓励士兵为国英勇作战，因而，不敢奉行圣上的关怀。”仁宗点头称是，欲升时任彰化军节度使、知延州（今陕西延安）的狄青为枢密副使。

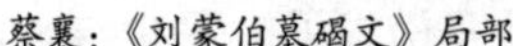
蔡襄：《刘蒙伯墓碣文》局部

此议一出，举朝哗然。谏官、御史纷纷上疏强烈反对。御史中丞王中正上疏指责狄青出身行伍，命其担任执政大臣是大宋开国以来从未有过的。左司谏贾黯认为狄青任枢密副使有五不可。侍御史韩贽亦上书认为如此任命相当不妥。庞籍却说：“国家大事，但凭圣上做主。”坚定了仁宗任用狄青的信心，狄青很快被任命为枢密副使。

本月，广南告急，广源州蛮人侬智高反叛，攻陷邕州，又攻破了沿江九个州，包围广州城。岭外一带骚动不安。新任枢密副使狄青请求为国立功：“臣行伍出身，除了战场杀敌，没有别的本领报效国家。请求陛下恩准微臣带上兵士，去将叛贼的头砍下来送给陛下。”

仁宗十分感动，命他以宣徽南院使宣抚荆湖南北路，负责平定广南叛乱。明日，仁宗还将在垂拱殿设酒为他饯行呢。

庞籍对二人说道：“书法之境界和用兵之法相同，要胸中有兵，又要胸中无兵。”

狄青鞠躬道：“属下醍醐灌顶。明日，青将往广南平叛，大人请等着青的捷报。”

他转身走了，蔡襄以崇敬的目光，目送着他的背影远去。“胸中无书”，这要如何才能做到呢。

51. 一过人间四十秋

仁宗道：“蔡爱卿，因何始终不愿为朕书写贵妃父张尧封碑石?”

蔡襄跟在仁宗身后，拱手道：“恕臣不能。臣所上札子已禀明圣上，臣乃词官（知制诰、起居舍人），书碑铭乃待诏分内事，臣若书写，实属越权，有违礼制，恭请圣上免臣不敢书写碑石之罪。”

仁宗回头，盯着蔡襄清瘦的脸看了好久好久。蔡襄抬头，与仁宗目光对接，眼神平和，又带有几分倔强。仁宗轻轻叹了口气，不再说话。

皇祐五年（1053），初秋。小仁宗两岁、大中祥符五年（1012）出生的蔡襄已经过了不惑之年，虚岁四十有二了。

御花园中，金风拂面，带来微微的凉意。

君臣二人一前一后，沿小道缓缓而行，一群侍从远远跟着。

仁宗道："既如此，朕书篆额，爱卿书来先皇（真宗）《奉神述》可好?"

蔡襄道："微臣遵旨。"

真宗赵恒继位初，勤政理国，广开言路，锐意革新；政治清明，经济发展，国家小康，史称"咸平之治"。景德二年（1005），宋与辽战后讲和，定下"澶渊之盟"。社会逐渐安定，真宗便有些不思进取了。

既然不能夺回燕云十六州，总得有点建树，才能外镇夷狄、内树王威的吧。

参知政事王钦若（定国）与寇準不和而罢政，真宗命其为资政殿大学士。王钦若善于揣摩真宗心思，知其厌恶战争、好大喜功，便请求皇上"封禅泰山"。更进一步建议道："自古而今，便有圣人以神道设教之事。世间祥瑞虽不是人力可为，但是只要圣上深信而崇奉，昭示天下，其实与天降祥瑞是一般道理。"真宗听到他的话，正中下怀，立刻下旨昭示天卜。不久，全国各地便争先恐后地将祥瑞之物进献给朝廷，某日，著名的"天书"更应运而生。

是日早朝，有官员报告，在宫城左承天门南角，天降一条两丈多的黄帛。黄帛像书卷一样，上面隐约有字。真宗道："去岁朕曾梦见神人，曰今年将降《大中祥符》三篇，想来正是天书降世了。"于是，真宗亲率百官来到承天门，焚香望拜，祈求永保宋祚。真宗把这充满"祥瑞"之气的"天书"，藏在金匮之内，大宴群臣，庆祝得到"天书"，并立即改元大中祥符。又改"左承天门"为"左承天祥符门"，且派使者祭告天地、宗庙、社稷、京城寺庙以及各地宫观。各地臣子纷纷上表称贺。

大中祥符元年（1008）初，兖州知州亲率一千二百八十多人到京师上表，言天降祥符，国运昌隆，请求封禅泰山，以报天地。不久，宫中功德阁又发现"天书"一幅。宰相王旦（子明）率文武百官、中外使臣、僧道各界等两万多人伏阙上表，请行封禅。真宗异常高兴，于是决定在当年十月“封禅泰山”。六月，王钦若又上奏，泰山下澧泉涌水处又有“天书”现。群臣再次纷纷上表称贺，并上奏请求皇上加以尊号“崇文广天尊宝应章圣明仁孝皇帝”（简称“章圣皇帝”），真宗欣然领受。

十月，庞大的议卫护从跟随真宗离开京城前往泰山封禅。用玉轲运载的“天书”行于队伍前列，表示此次封禅“师出有名”。大队人马，经过十七天长途跋涉来到泰山脚下，仪仗队士兵每两步一人、隔八步树一旗，从山脚通到山顶，浩浩荡荡，极为风光。

十月十三日晨，真宗头戴通天冠，身着绛纱袍，乘金辂，后备法架，在文武百官的簇拥下，登临泰山顶。次日，真宗以隆重的仪式封祭昊天上帝及各路神明，各项礼仪完毕，方缓缓下山。后来真宗又以同样隆重的仪式在杜首山祭祀天祉神，最后又登上朝觐坛，接受百官、使臣及僧众的朝贺，并颁布诏令大赦天下。封禅完毕，真宗下诏改泰山脚下的封县为“奉符县”，并且作《庆东封礼成诗》，令群臣唱和，又设下盛宴，群臣同庆封禅成功。

七七四十九天的封禅圆满结束，十一月，宋真宗回到京师开封，诏定“天书”降临京师之日为“天庆节”，并命人将泰山封禅一事编成《大中祥符封禅记》一书，还命人专门制造了奉迎“天书”使用的“天书玉辂”。群臣为了讨好皇上，争相上奏表章，赞颂皇上功德无量，感动上天，得降“天书”。

“帝自作《奉神述》”（《宋史》），勒碑立于会灵观中，后因火灾此碑损毁，因而仁宗命蔡襄重新书来。

生于大中祥符三年（1010）的仁宗赵祯今年四十四岁了，人到中年，却是子嗣不兴。早些年，因长子夭亡，仁宗将堂兄濮王赵允让第十三子赵宗实接入宫中，准备立为储君。赵祯亲生儿子随后出生，便又把赵宗实送回濮王府。

而今三名儿子不幸尽皆亡故，他却又不着急了，迟迟未肯立储，是想着自己依然年壮，后宫妃嫔众多，总是能够生出儿子来。

遗憾的是，仁宗所宠爱的张贵妃，至今所生的几个孩子，全是公主。

52. 皇华使者临清晨

> 臣襄伏蒙陛下特遣中使赐臣御书一轴，其文曰：“御笔赐字君谟者”。臣孤贱远人，无大才艺，陛下亲洒宸翰，推著经义，俾臣佩诵以尽谟谋之道……

他写好，拿在手中细细端详，长长的一卷，中字楷书，温雅恬淡，正如而今人到中年的他。他点点头，吩咐儿子蔡旬仔细些收起来。

皇祐五年（1053）深秋，窗外的一株晚桂花，在秋风中摇曳，有淡淡的清香飘来。

因蔡襄书先帝真宗《奉神述》笔墨精彩，仁宗十分满意，特赐予蔡襄上骑都尉（七级功勋）和紫金鱼袋（四品以上官服标志），又亲书“君谟”二字赐下。昨日晨，遣中使多名，人队人马浩浩荡荡送至蔡府。此行，引得整个东京城万人空巷，争相围观。

这是多么大的荣宠呀！年届八旬的卢氏老夫人笑得合不拢嘴，一个劲念佛。她这两日目不转睛，用几乎是崇拜的目光看着自己的儿子，搞得蔡襄都有点不好意思了，又不知该说什么才好。妻子葛清源今晨亦是笑眯眯地问他：“相公，今日奴家亲自下厨，烧两条相公爱吃的糖醋鱼可好？”

对卢氏老夫人而言，虽二儿蔡高早逝是她心中永远的伤痛，但而今长子蔡襄成就非凡，孙儿长成，小儿蔡奭也于闽地为吏，令她深感安慰：“哎，吾儿蔡襄，惟孝惟友，深得圣眷，蔡门有幸。如吾儿这般荣宠，也只有我大宋，只有我这英明之圣主了。莫说从前没有，往后恐怕亦再难见到。”

老夫人用手袖擦着眼泪：“孩儿父亲若还在，该是多么高兴呀。”

她又望着天空轻声说道：“父亲，孙儿而今出息了，您老在天上，一定乐呵呵。晚饭时，让襄儿给您敬上一盏香茶、两盅米酒吧。”

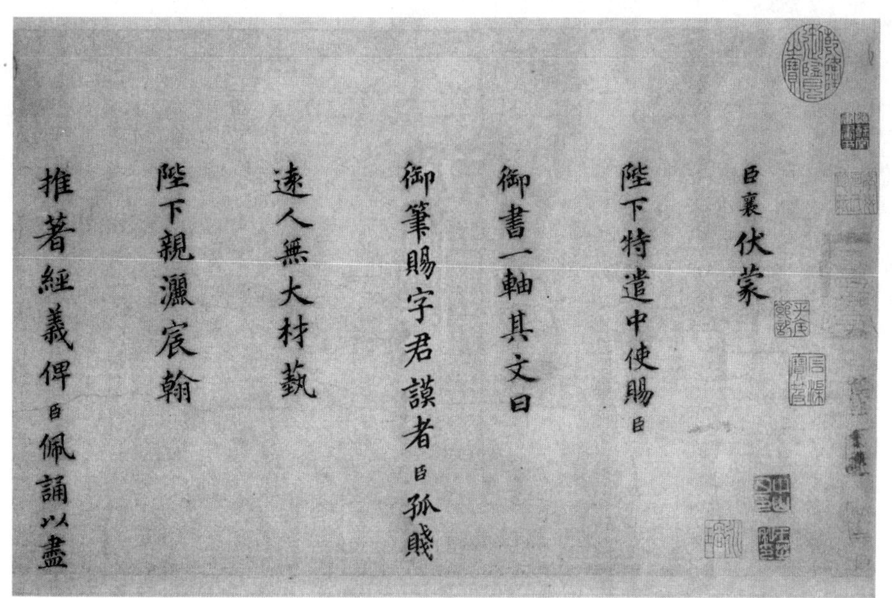
臣襄伏蒙
陛下特遣中使賜臣
御書一軸其文曰
御筆賜字君謨者臣孤賤
遠人無大材藝
陛下親灑宸翰
推著經義俾臣佩誦以盡

蔡襄：《谢赐御书诗表卷》局部

蔡襄自己也一夜没睡，他性情平和雅静，本不喜张扬，这次却再也无法抑制内心的激动。圣上亲笔赐字，这是亘古未有的大喜事呀，怎不叫他欣喜若狂？为报答皇恩，清早起来，他沐手焚香，在五张连纸上，恭敬书以上《谢赐御书表卷》，并附七绝一首敬上，曰：

皇华使者临清晨，手开宝轴香煤新。
沿名与字发深旨，宸毫洒落奎钩文。
精神高远照日月，势力雄健生风云。
混然气质不可写，乃知学到非天真。
缄藏自语价希代，谁顾四壁嗟空贫。
臣闻帝舜优圣域，皋陶大禹为其邻。
吁俞敕戒成典要，垂覆后世如穹旻。

端正恭谨，笔笔精到，诗和表共三十七行。

他正和儿子说话，抬头，见二人从庭院中转了进来。

进屋来的，是仆从程子直，领着一名十六七岁的少年。

少年进屋，拜倒在蔡襄脚下，伏地大哭不止。

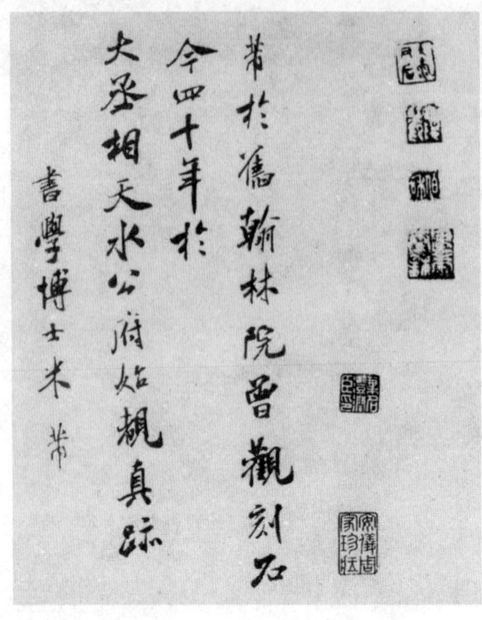

米芾：跋蔡襄《谢赐御书诗表卷》

蔡襄拉起他问："孩儿此是为何?"

程子直道："老爷，他便是刘家幼子刘襄文、我家二公子的内弟呀。"

蔡襄道："孩儿快快请起。"又道："长高了，难怪认不出。"

眼前少年衣衫虽陈旧，却十分整洁，面容清秀，看上去颇有教养。

蔡襄吩咐童子奉茶，少年喝下一口茶，又站起再拜曰："禀大人，家父前年五月二十三于润州辞世，大人前往凭吊；去年正月二十四，得大人相助，家父归葬福州。诸事忙完，侄儿这就请子直兄领着，进京来禀报大人。"

福州侯官人刘弈，字蒙伯，前年（皇祐三年，1051年）于润州通判任上去世，时年仅五十三岁。他与蔡襄是同科进士，情如兄弟。刘弈因身体较弱，事业受限，中进士后辗转多地为小官，平生从未显达。其为人清廉自守，死时"殓无新衣，囊无余资"，润州百姓集钱为其收殓。蔡襄闻讯，不但亲往吊唁，送上钱财，又命子直再次前往润州助刘弈归葬福州。

早些年在福州，蔡襄与刘弈互约子女婚配，蔡襄次子蔡旬定下刘弈四女为妻。

蔡襄道："侄儿勿忧，汝父不在，叔父自然会照顾你一家生活。前约依旧，吾将命子直为你姐备好嫁妆，待守孝期满，即命吾儿迎娶进门。"

临别，蔡襄又为刘家孩儿书来一首他幼时在枫亭见官时所吟诗句：

老母堂前补敝裘，教儿好好见公侯。
人生自有相逢处，一点春风在笔头。

53. 春风还似旧时无

欧阳修哈哈大笑："世称'欧梅'，欧却总是不如梅，即便而今我二人渐已年老，梅诗还是要胜过欧诗许多。"

至和元年（1054）秋，欧阳修丁母忧毕，回到朝廷，以翰林学士领旨修《新唐书》。

梅尧臣（圣俞）道："哪会？永叔之前，尧臣岂敢卖弄些些才华？尧臣不过坊间听他人言'欧梅'，这才稍稍留意。而今永叔领翰林院耆宿，专修《新唐书》，又自修《新五代史记》，多好的。面对浩如渊海的典籍而指挥若定，这世上，永叔之外，可是再无第二个人能驾轻车、就熟路也。"

昨晚元夜观灯，翰林院、史馆官员基本都没有回家，留值宫中。虽已近中午，好几个还在迷糊中。

被称为"欧梅"之"梅"、五十多岁年纪的梅尧臣，乃给事中梅询（昌言）侄子。梅尧臣以恩荫补官，多年来均在外辗转为小吏，因其曾任河南、河阳县主簿，在洛阳与欧阳修、尹洙等结为好友。

因欧阳修等荐，他于皇祐三年（1051）初，得仁宗召试，获赐同进士出身。今官太常博士，并升为国子监直讲，人称"梅直讲"。

梅尧臣长于诗，蔡襄长于书，对这两位知交，欧阳修向来不遗余力地举荐，就是缺点也往往看作优点，全盘接受。

适才他还对在座诸人称赞蔡襄书法，道："自苏子美亡故，遂觉笔法中绝。近年君谟独步当世，然谦让不肯主盟。"

曾公亮（明仲）道："君谟为人总是谦恭，而今大宋书坛，能超过蔡君谟的人还有么？君谟于书，是不自觉自家的好，这才是真的好。是也，上年我家内侄唐询（彦猷）由青州带回的砚石似是不错呢，他亦是喜书。巧了，这回他将由青州来京呢，不知能否就近向君谟请教。彦猷好笔墨，好蓄砚，遇到好石头，免不了技痒，总爱亲自以手工打磨……”

蔡襄笑道：“彦猷兄却是旧识。”

欧阳修插话道：“明仲兄不要光忙着夸奖君谟及弟几人，兄才是著作实多、才不外露之君子也。兄除主持编撰《新唐书》外，又有多种著作问世惠同好，并领编《武经总要》。正如日前君贶（王拱辰，字君贶）所称‘君为文章，尤长于四六，虽造次柬牍，亦属对精功’也。”

《武经总要》是曾公亮和端明殿学士丁度（公雅）于康定元年至庆历四年（1040—1044）承旨主编的一部兵书，共四十卷，分前后两部分，为我中华前所未有的军事科学百科全书。

曾公亮含笑拱手，微胖的一张脸，和欧阳修有点丑的一张脸，在深春的熙光中形成鲜明的对照。欧阳修嘴巴突起，牙龈外露，耳白于面，丑得相当有特点，一双眼睛却是精光逼人。

曾公亮又转身对梅尧臣道：“‘无人更进灯笼锦，红粉宫中忆佞臣’，能作出此诗句嘲讽文宽夫（文彦博，字宽夫）的，大宋也只有我家梅郎了。”

梅尧臣摇摇头，又点点头，微笑不言。

蔡襄这才接话道：“明仲、永叔、圣俞诸兄之才，不世出之奇才。明仲兄言彦猷爱砚，某亦是甚好此道。自彦猷接替我出任福建路转运使后，因茶事，神交已久，通信颇多，却还未能相见。往后若得缘相见，将就砚事请教彦猷。近年杂事萦怀，笔墨实少。说及圣俞兄之诗，诸多之中，余最爱咏牡丹几首。洛阳城，牡丹花，宋宣献（宋绶谥号为“宣献”，世称宋宣献）人物及笔墨云朗风清，频频入梦来。洛阳点点滴滴，令人好生想念。昨日某还为自家孩儿书来一首呢。”

他缓缓吟来：

过雨池塘凉气早，落花门户乱红多。
松亭石上题名处，谁剥莓苔看在么。

梅尧臣点头说道：“甚好，君谟。永叔《牡丹谱》记洛阳牡丹花之艳、之形、之色、之富贵、之品类繁多、野游之趣味，又叹花无甘实；荔枝，果之绝，而非名花，今君谟官福建多年，何不书以《荔枝谱》，记载荔枝之甘、之美、之绰约风姿、之利益百姓……”

蔡襄道：“正有此意，请兄稍安，某得空便书来。”

梅尧臣笑了，眼望春色渐好，高声吟道：

与公同是洛阳客，今日论年皆作翁。
一见此花知有感，衰颜不似旧时红。

欧阳修道：“二兄所作，好个缤纷洛阳牡丹图册。某亦有了。君谟，劳烦弟以笔墨书来。”

蔡襄展纸，欧阳修轻声吟出：

洛阳地脉花最宜，牡丹尤为天下奇。
我昔所记数十种，于今十年半忘之。
开图若见故人面，其间数种昔未窥。
客言近岁花特异，往往变出呈新枝。
洛人惊夸立名字，买种不复论家赀。
比新较旧难优劣，争先擅价各一时。
当时绝品可数者，魏红窈窕姚黄妃。
寿安细叶开尚少，朱砂玉版人未知。
……

蔡襄写完最后一句：“但应新花日愈好，惟有我老年年衰。”昔日曾为官洛阳的几人眼中，也都泛起了泪光。

54. 梅华畏高寒，独向江南发

梅尧臣道：“正如圣上所言，君谟在福建路转运使时所制茶最为精好。今春此大饼未免稍逊风骚，呵呵。永叔咏曰‘建安太守急寄我，香箬包裹封题斜’，与君谟相识，我等有福，年年得好茶喝。”

蔡襄道：“小龙团自然先供圣上，此虽较粗，幸得水好。”

忙碌了一段时间，诸事渐安，几名好友相聚京郊山寺饮茶。

梅尧臣继续道：“每年得君谟寄来好茶，我等实是福深。某曾吟：‘山色已惊溪上雷，火前那及两旗开。采茶几日始能就，碾月一罂初寄来。’君谟，真吾友也。”他再一次竖起了大拇指。

蔡襄低头点茶，清瘦的脸孔，隐现微微的笑意。

唐询道：“今日得幸饮到君谟亲点茶，幸甚至哉。读君谟《茶录》，品君谟茶，直见我大宋士子之雅人深致。我虽曾为福建路转运使，说起茶来，君谟跟前，却唯余‘惭愧’二字了。”

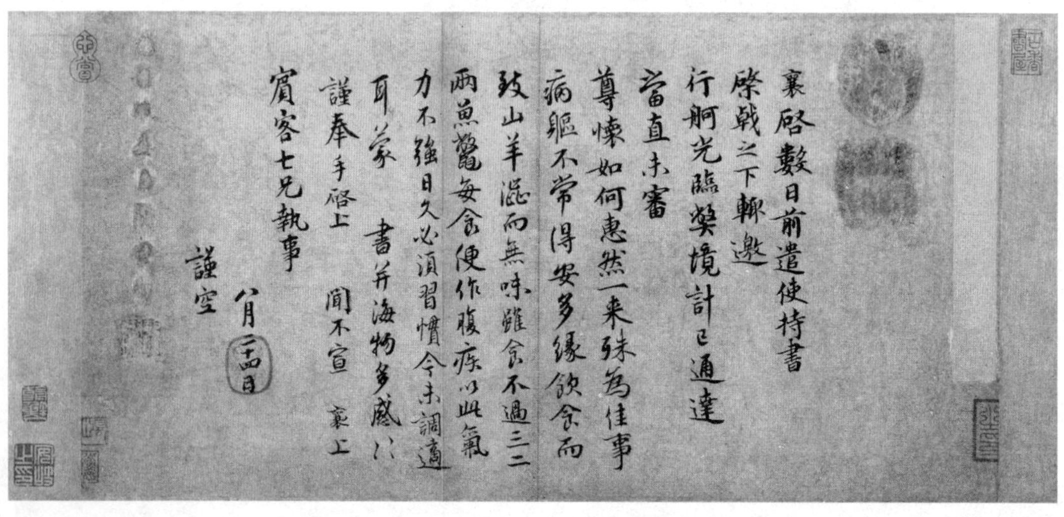

襄啓 數日前遣使持書
縻戢之下輙邀
行舸光臨弊境計已通達
當直未審
尊懐如何惠然一来殊為佳事
病軀不常得安多緣飲食而
致山羊澁而無味雖食不過三二
兩魚鼈每食使作腹疾以此氣
力不強日久必須習慣今未調適
耳蒙 書并海物多感多感
謹奉手啓上 問不宣 襄上
賓客七兄執事 月二十四日
謹空

蔡襄：《持书帖》

和蔡襄一样，唐询气质儒雅，喜爱书砚。其本在朝廷为知制诰，因避参知政事曾公亮亲党之嫌，外放地方，今又知青州。

唐询和其弟唐诏（彦范），皆是书香深养之才雅之士。唐询知书好古，唐诏文章气高爽健，尽皆不凡。

二唐与蔡襄无论外貌还是内在，最是相近，疏秀简淡，恬静寡欲，一如六朝人物，因而一见如故。

蔡襄道："呵呵，我总是和唐姓友人有缘，先是结识唐子方（唐介），而今是贤昆仲。"

至和二年（1055）三月，春天已经来临，天气渐渐暖和起来，山中仍是十分的清凉。

梅尧臣道："彦猷笔札，花笺妙管，祥雅有味。近年来，尧臣编次完成《和靖先生诗集》，并为之作序，今欲刊刻，想请弟为愚兄书来，可好？"

唐询道："君谟面前，询怎敢卖弄？"

蔡襄道："无须过谦，彦猷笔墨，正与和靖先生人物相当。"

这众人口中林和靖名林逋，字君复，世人称其为和靖先生。在大宋士林，林和靖可是陶潜一类人物呢。

林逋乃奉化大里黄贤村人，长于诗。梅尧臣奉其为楷模，常自叹不如。林逋自幼刻苦向学，贯通经史百家。其为人孤高自守，喜恬淡，远利禄，不与流俗。

曾漫游江淮间，后隐居杭州西湖，结庐孤山。终生不仕不娶，唯喜植梅养鹤，自谓"以梅为妻，以鹤为子"，人称"梅妻鹤子"。

日常常驾小舟遍游西湖诸寺庙，与高僧诗友相往还。每逢客至，童子纵鹤放飞，林逋见鹤必棹舟归来。作诗随就随弃，从不留存。天圣六年（1028）卒，其侄林彰（朝散大夫）、林彬（盈州令）同至杭州，治丧尽礼。仁宗赐谥"和靖先生"。

蔡襄道："永叔《新五代史记》已基本完成，前月，我抽空阅读部分，永叔仿《春秋》笔法，文笔清新隽永，叙事简洁生动，读后总有余意未尽之感。全书新见迭出，笔力与司马子长《史记》不相上下。"

欧阳修道:“君谟过奖。”脸上却是喜气洋洋。

饮下一口茶，欧阳修接着道:“虽是私修，亦属不易，自景祐三年(1036)着手编撰，到皇祐五年(1053)大抵完成，前后却是一十八年了。”

蔡襄道:“余以为，整部书稿，悲情之厚重，诗意之浓烈，司马子长之后，再未见到。书中标明立传的人物有二百五十六人，其中故事生动、性格鲜明、给人留下深刻印象的，有五十余人。帝王之中朱温、李存勖等功业之筚路蓝缕，遭遇之坎坷离奇，人物之鲜活生动，在永叔笔下，可谓一唱三叹。永叔每发议论总要以‘呜呼’二字开头，愤激感慨，饱含热忱，爱憎分明，客观严谨之中，充篇盈纸，乃吊古伤今之情。”

唐诏道:“君谟先睹为快。我兄弟二人欲读，可否这几日暂且借读?”

欧阳修点头:“好的，只是仍需进一步细修。”

天圣中，闻宁海西湖之上有林君，崭崭有声，若高峰瀑泉，望之可爱，即之愈清，挹之甘洁而不厌也。

是时，予因适会稽还，访于雪中。其谈道，孔、孟也;其语近世之文，韩、李也。其顺物玩情为之诗，则平澹邃美，读之令人忘百事也。其辞主乎静正，不主乎刺讥，然后知趣向博远，寄适于诗。

君在咸平、景德间，已大有闻。会天子修封禅，未及诏聘，故终老而不得施用于时。凡贵人巨公一来相遇，无不语合慕仰，低回不忍去。君既老，朝廷不欲强起之，而令长吏岁时劳问。及其殁也，谥曰和靖先生。

先生少时多病，不娶，无子。诸孙大年能掇拾所为诗，请予为序。先生讳逋，字君复，年六十一。其诗时人贵重甚于宝玉，先生未尝自贵也，就辄弃之，故所存百无一二焉，呜呼惜哉!

临别，因梅尧臣请求再三，蔡襄提笔，为其书来《和靖先生诗集·序》。

笔墨流转秀润，意气风发，对于蔡襄而言，在这至和二年(1055)，政事的纵横捭阖和笔端的擒纵合度，都达到了圆满的大自在。

55. 玉骨霞衣帝所游

仁宗用锦帕擦去眼角泪珠，道："蔡爱卿，朕失态了。"

蔡襄以同情和理解的目光看着皇上，什么都没说，也没法说。

仁宗哽咽道："朕追册张贵妃为皇后，赐谥温成，御史中丞孙抃（梦得）和枢密副使孙沔（元规）皆极力反对，就连你，蔡爱卿，也不愿为温成皇后书来墓志铭……"

蔡襄道："圣上，非臣不愿，实不能也。贵妃娘娘册封为皇后便已极尽尊荣，更兼已有哀册，不合再为志。臣不能违礼再书墓志铭也。"

仁宗道："罢罢。此事不再议论。朕就罢孙抃往邓州，孙沔往杭州吧。"

至和元年（1054）正月，仁宗爱妃张氏薨，年仅三十一岁。仁宗痛不欲生，朝廷放假一周，举国禁乐一月，并追谥张贵妃为温成皇后。仁宗还欲为其立忌，即于皇后庙中设定忌日进行公祭。

集贤院刘敞（原父）上奏："太祖以来，皇后庙中有四位皇后，皆是陛下之祖妣，她们都不曾立忌，怎可因亲疏而违礼如此！"

仁宗执意而行，下令张贵妃与四位皇后并自己养母章惠太后杨氏皆立忌。惹怒了朝臣，群起而攻之，让仁宗很是生气。

仁宗道："世人都道朕独宠贵妃，但如同她一般贤良温婉又聪慧体贴的，朕还能在后宫找到第二个么？从前言官指责文彦博送灯笼锦与贵妃邀宠，后经查证乃其夫人赠与贵妃，妇人之间礼尚往来而已；某日巡殿卫兵私闯禁宫，是贵妃挺身护主；朕为民祷雨，贵妃她刺臂书血词祈求平安；贵妃向来节俭，衣物帐幔多是经年旧物……臣下只知道皇家的威严，哪知道君上也是人，同样需要关爱？君上也有许多不得已的苦楚呢？"说着说着，仁宗的眼泪又流了出来。

多好的皇上，多好的娘娘。盛世太平，国家祥和安宁，百姓有福。蔡襄

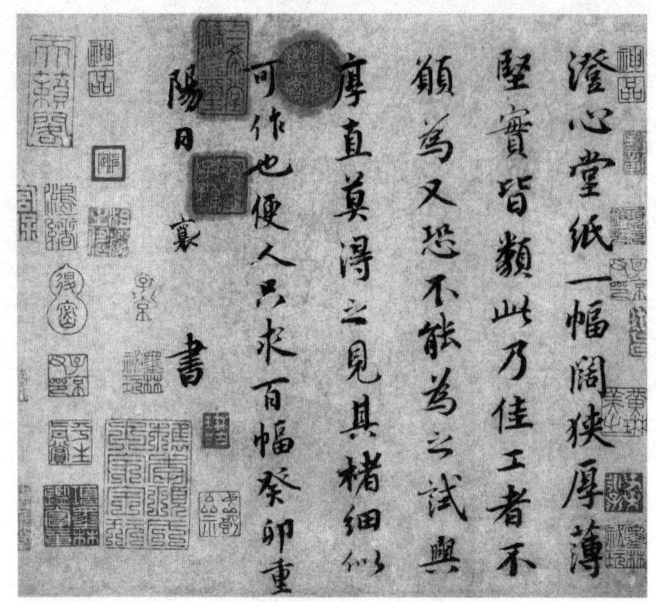

蔡襄：《澄心堂纸帖》

的眼眶也湿润了。圣上他自小不得认自家亲娘，由先杨妃抚育长大，受制于太后刘娥的严苛；亲政以后，又受西夏、辽国边事烦扰；喜欢的女人，还要时不时被朝臣指手画脚……有时想想，圣上甚至还不如我这普通臣子自在呢。

某日晨，仁宗醒来对近侍说：“昨日中夜，朕肚子饿得很，饿得根本睡不着，很想吃烧羊。”

近侍问道：“陛下为何不降旨命臣下前去采办？”

赵祯说道：“朕如果开口要吃羊，不止你一人，内廷多处就会因这是朕的命令，大肆扰民。况且，有第一回必有第二回，所以朕只好中夜忍饥不食。”

蔡襄道：“圣上，微臣虽不能违礼书贵妃墓志铭，但微臣昨夜草成《温成皇后挽词二首》，现呈上请圣上御览。”他从袖中取出所咏呈上。

仁宗接过，见澄心堂纸上，书来二首，其一曰：

紫极腾轩曜，青春委蕣颜。
云軿何处去，金殿几时还。
仗下编箫咽，陵中夜烛闲。
六宫哀送返，疑是梦魂间。

字体温雅醇和，持中守正，不激不厉。

仁宗抬眼望向殿外，沉默良久。微微点头曰：“正如爱卿所言，过与不及，皆曰失礼。”

蔡襄走出宫门，遇到翰林学士承旨兼侍读王拱辰。

王拱辰见蔡襄手上拿着仁宗刚赐下的李廷珪墨，道：“圣上毕竟有些偏心。君谟看，弟所得，便不如君。”

蔡襄说：“取出来瞧瞧。”

李廷珪为南唐时歙县人，制墨国手。其墨用料十分讲究，要用松烟、珍珠、玉屑、龙脑，和以生漆、鹿角胶、犀角、麝香等名贵原料，锤捣数十万次之后，才制作成型。李廷珪墨松烟轻、胶质好、调料匀、锤捣细，存放五六十年后，仍“其坚如玉，其纹如犀”。因坚硬如石，丰肌腻理，光泽如漆，甚至可以当刀使，削木裁纸。抄写数十万字《华严经》一部半，方研磨下去一寸；存放数百年，研磨时尚有“龙脑气”。宋人称之为“天下第一品”。南唐李后主常用李墨赏赐功臣，宋自太祖以后，凡皇帝书写诏书，皆用李廷珪墨。每年徽州均要向朝廷专贡千斤，民间有钱都很难买到。早在庆历年间，一锭廷珪墨，便要卖到一万钱。

王拱辰从袖中摸出一锭墨，递给蔡襄：“此是前些日子圣上所赐。”

蔡襄接过：“愚兄欲与弟交换，可否？”

王拱辰曰：“此话当真？”

蔡襄道：“夫子之说君子也，驷不及舌。”

二人遂交换了墨锭。

蔡襄的轿子走远了，他的声音在空中飘荡：“呵呵，贤弟不知，圣上所赐弟为李超墨。其人乃李廷珪的父亲。李超墨，比李廷珪墨珍贵千倍万倍呢！”

以为占了便宜的王拱辰站在宫殿门口，目瞪口呆。

56. 薰风休递吹，襟袂不胜凉

蔡襄道："永叔，弟这就与兄道别了。京中风凉，兄多珍重。"

欧阳修拉着他的手，久久不愿放下。

这两名性情迥异、年龄相差五六岁的男子，因了何种因缘，成为彼此生命中胜似亲人的兄弟呢？为了对方，二人往往倾囊付出，不计得失，就连他们自己，都觉得不可思议。

就说蔡襄吧，连皇上的诰命都可以不遵从；但欧阳修的要求，却是百依百顺，甚至还要多付出些，才得心安。

至和二年（1055）晚春，蔡襄得命，罢权知开封府，以枢密直学士知泉州。在这六月里，即将离京返乡。

之前，蔡襄在知制诰任上，遇到了梁适之事。

梁适，字仲贤，山东东平人。为翰林学士梁颢之子，以父荫为官。梁氏族人居朝为官宦者颇多，在大宋有着"满堂笏，梁半朝"之称。

作为梁氏一族最厉害的"掌门人"，梁适已经爬到了宰相的位置，他最为过人的本领是什么呢？就是搞人事关系。

渐渐，朝中有御史看不下去了，弹劾他"上不能持平权衡，下不能督训子弟"，以结交内侍而当上宰相。多次论奏，仁宗不得已，罢免梁适出知地方。

这个时候，梁适的弟兄们不干了，跳将出来，上疏仁宗，说如今御史滥用职权弹劾，宰相动辄受贬，以后谁还敢当宰相？并抓住御史状告梁适的不实之处，大做文章，仁宗只好将几名御史吕景初、马遵、吴中复逐出朝廷，贬官地方。

仁宗命蔡襄拟罢免几人制词，蔡襄却将其封还，不愿草制。

"其后屡有除授非当者，必皆封还之。而上遇公益厚。曰：有子如此，

其母之贤可知，命特赐冠帔以宠之。”（欧阳修《端明殿学士蔡公墓志铭》）

仁宗赐蔡襄母亲仁寿郡太君以霞帔，又封蔡襄妻子葛清源为永嘉郡君，追赠其祖父蔡恭为工部员外郎，父亲蔡琇为刑部侍郎。

去年，至和元年（1054）七月，朝廷升蔡襄为龙图阁学士、权知开封府。京畿重地，极难治理，蔡襄日理万机，政绩有目共睹。这时，发生了一件事情，牵扯到欧阳修。

是时，朝中宰相为陈执中。

陈执中，字昭誉，洪州南昌（今属江西）人，其父陈恕官至参知政事。真宗时陈执中以父荫为秘书省正字，累迁卫尉寺丞，知梧州，后历知江宁府、扬州、永兴军等。仁宗宝元元年（1038）同知枢密院事，庆历年间召拜参知政事，又升同平章事兼枢密使。皇祐五年（1053），再次入相。

陈执中在官场上处事十分谨慎，向来顺风顺水，谁都不敢惹他。

他处理两件事情最受仁宗赏识，一是其女婿求官不予，曰：“官职是国家的，非卧房笼箧中物，婿安得有之?”二是从前蔡襄为言官时所奏：“圣意以执中建皇储之议，以为有功。”（蔡襄：《乞罢陈执中参知政事》）

关于第二件事情，蔡襄认为，纯属子虚乌有，因为真宗皇帝只有一个儿子呀。但仁宗解释，自己用陈执中为相：“非为是，但执中不欺朕耳。”

皇上做靠山，臣子还能说什么呢?

这年（至和元年，1054年）年底，陈执中家后院还是起火了。陈执中正妻没儿子，小妾张氏为陈执中生下了唯一的男孩，恃宠而骄。张氏出身寒贱，而今飞上了天，翻身后本性渐渐显露，对家中下人极其狠毒，稍有不如意便以鞭抽打、关禁闭、不给吃饭。婢女迎儿被鞭笞致死，另一婢女海棠也因不堪凌辱而上吊自杀，还有一名婢女自杀未遂。

事发之后，陈执中不愧是老江湖，以退为进，自请戴罪入狱，仁宗诏免收监。张氏入狱，刑讯逼供之下，反咬一口，供出迎儿乃陈执中打死，而非她作孽。

这下朝廷官员更加不依不饶，多人联合上奏，其中有御史中丞孙抃，给事中崔峄（负责主审案子），翰林学士欧阳修。

皇上再次下诏保陈执中，并将这些人逐一外放。

侍御史赵忭（阅道）出离愤怒，上奏弹劾陈执中八大罪状：“不学无术、措置颠倒、引用邪佞、招延卜祝、私仇嫌隙、排斥良善、刚愎任情、家声狼藉。”

又进一步上奏：“陛下，陈执中实在是没有人性呀。对一个十三岁的婢女捶挞、裸冻，绝其饮食，令其死亡；又对另一名使女剃发杖背，逼迫其上吊自尽。一个月内，残忍的事情一而再再而三。圣上呀，陈执中是多么残忍的一个人！不处理他，何以平民愤!”

仁宗把案件移交给开封府，命蔡襄审理，又派审刑详议官齐廓（公辟）监审。

蔡襄心知肚明，能做什么呢？毕竟死者是地位低下的婢女，宰相大人好比碾死个蚂蚁。最终，判陈执中多赔几个钱了事。

“唉，我还是走了吧。”

十年前，蔡襄因仁宗偏袒陈执中请求调知福州；而今又因陈执中案件的不了了之，以母老乞知泉州。

欧阳修，也因不屈不挠弹劾陈执中被贬。不过诏令刚刚下达，仁宗就后悔了。欧阳修上朝辞行，仁宗挽留他说：“爱卿且别去同州了，留下来修《新唐书》吧。”就这样，欧阳修便又留了下来。

57. 南归虽云乐，此念殊忡忡

远望东京，蔡襄潸然泪下。

他舍不得皇上，舍不得诸多好友；舍不得东京城头的月光，金明池中的流水；舍不得宫墙中春天的花开，秋天的风……走也难，留也难，让人怎生是好?

伤怀离抱，天若有情天亦老。此意如何？细似轻丝渺似波。

扁舟岸侧，枫叶荻花秋索索。细想前欢，须著人间比梦间。

六月中旬，已近立秋。苇花在风中，仿佛听懂了欧阳修的话语，微微点头。

本年二月二十九，蔡襄如同往日一般，奉诏进宫陪同仁宗游赏御花园。温成皇后逝去后，仁宗屡屡召蔡襄相伴说话。蔡襄一再请求外放，仁宗却是不准："爱卿，你走了，陪朕说话的人再没有了。"

君臣二人一前一后，缓缓而行。这回谈论的是笔墨。

"李西台（李建中）书俗；宋宣献（宋绶）字清，只是略显孤寒；还是爱卿书最为可人，中正平和，温雅端厚，雍容裕如。"

蔡襄拱手："臣最喜圣上日前为病逝晏元献（晏殊，谥'元献'）所赐飞白'旧学'，淡中有浓，浓中含淡，正如其人。"

突然，仁宗停住脚步，道："爱卿请看，奇了。"

路旁一株芭蕉树，最外面这片巨大的芭蕉叶上，密密麻麻爬满了蚂蚁，

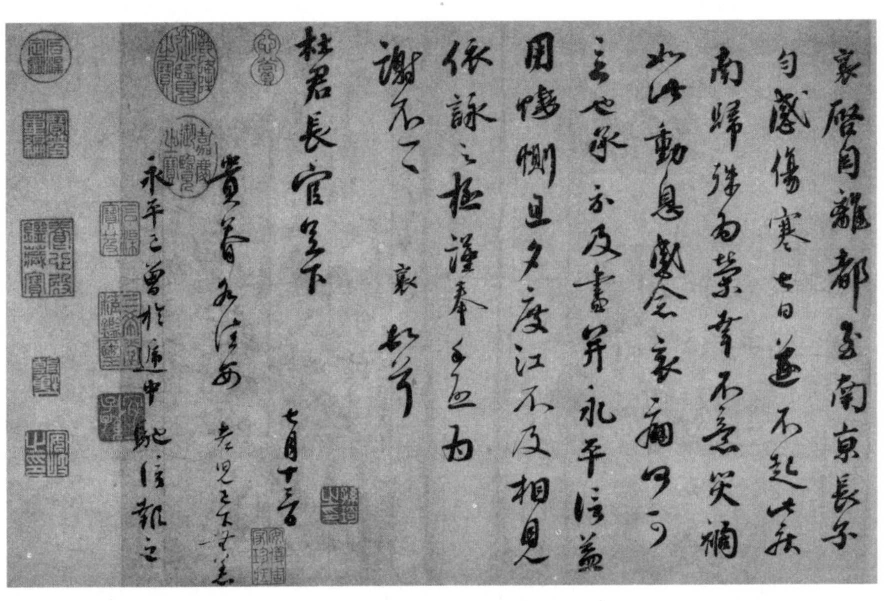

蔡襄：《离都帖》

成群结队的蚂蚁竟然摆出字阵。移步近前，仁宗望着芭蕉叶上的字迹脱口念道："蔡襄蔡襄，本府做官！"

蔡襄听到，赶忙跪下叩头道："谢主隆恩。"

仁宗道："朕只是念出叶上的字，并非当真要令爱卿归去故乡。"

蔡襄长跪不起："君无戏言。圣上岂可失信于臣？"

接着道："启禀圣上，微臣母亲曾许下心愿，欲在泉州造桥。若是圣上此回不准，恐臣母有生之年再也无法达成其愿，望圣上成全。"说到母亲，仁宗默默看着蔡襄，不再说话。

原来此是蔡襄为乞归故乡，暗中用计，托宦官一早用蜂蜜在芭蕉叶上写下的两行大字。蚂蚁尝到香甜，纷纷爬上芭蕉叶吮吸蜜汁，形成字阵。

离开前，他因此番得以以枢密直学士知泉州，遂为十八岁的长子蔡匀报请荫补为"主簿"。主簿虽只是掌管文书的佐吏，蔡匀也还未能谋到实际职位，但毕竟是孩子仕途中令人高兴的极好开端。

同时，他又高高兴兴替蔡匀迎娶京师陈家闺女为妻。

渐渐，南京（今商丘）在望。

伫立舟中，眺望汴水，蔡襄吟成一诗：

予年四十四，发白成衰翁。
非有高盖车，曷与贤者同。
嗟予出寒远，家世尝力农。
十九登科第，圣彀参英雄。
十年出吏选，校书逢陼中。
天子设采拔，谓有谏诤风。
既叨言责地，蹇蹇思匪躬。
窃不自度量，语刿奸邪胸。
一毫抗千钧，摈落无流踪。
同时皆骧首，金紫班著崇。
唯予守长乐，幸就禄养丰。

八年江海外，再上螭阶东。
四十入西阁，宿仇司化工。
蒙锦投机穽，唯赖天听聪。
代言游禁密，侍从多从容。
寻行京兆事，击断露铦锋。
是职非所好，辄以死竭忠。
愿辟大幽都，为君囚四凶。
愿拂西省堂，为君延夔龙。
愿舒泰出云，甘泽成岁功。
愿回太清日，晴景破阴蒙。
愿跻万人寿，夭扎终不逢。
愿令编户富，食衣无因穷。
群臣走率职，陛下居法宫。
文彩成礼乐，筹略羁夷戎。
意言亦良苦，精神庶潜通。
短步趋远道，心健力不充。
早衰鬓已华，忧伤乃自攻。
我知古人心，生德贯上穹。
何为论贵贱，贵畏非大公。
南归虽云乐，此念殊忡忡。

漫漫人生长路，坎坷行来，我已走过大半，年满四十四，变成一名白发衰翁。位虽不高，依旧痴心未改，希冀能与古之贤者同。我出生寒门，世代务农；十九岁登科第，得遇明君；随后十年间辗转地方为小吏，后通过吏选，到了朝廷，校书修史；天子选拔我为谏官，“谓有谏诤风”；后来，我又到福州地方为官，俸禄优厚，可以奉养双亲；八年后，我回到天子身边：“是职非所好，辄以死竭忠”……

我虽已年老，还是要忧国忧民，以残躯衰年，为国家奉献一己之力。

我的圣上，您能否去奸邪正朝纲？我的国家，能否摆脱内外交困，走向国富民强？

我有六大心愿：一愿国家安定，辽人归附，擒来“四凶”；二愿尽绵薄之力，为君清扫中书省，延揽人才；三愿泰山云开，风调雨顺；四愿春和景明，天上人间，没有阴霾；五愿福寿康泰，幸福绵绵；六愿人民富足，衣食无忧。

祈愿我的国家君臣共治，内修礼乐，外服夷狄，国泰民安。

58. 哪知临白首，相失向青山

这回，蔡襄真的老了，衰年残躯，再也无复昔日光彩。

他的背佝偻着，直不起来；花白的头发稀稀拉拉，没剩几根；口中牙齿脱落，两腮凹陷，整个人看上去苍老而憔悴。从此以后出行，手中更多了一根拐杖。

伫立秋风中，他倍觉凄凉，倍感孤独。四十五岁的年纪，在常人看来，还不算老，对他而言，却是仿佛此生已提前走完，从此了无生意，心若止水，形同槁木。

至和二年（1055）六月中旬，他带领全家欢欢喜喜上路，离京返乡，“今朝千里穿云岭，喜举亲舆返故乡”。离开东京，走不出百里，到达雍丘（河南杞县），长子蔡匀患病不起，第二日赶到南都（商丘）后，不幸离世。“至和二年，余出知泉州，侍亲南归。六月十五日，至雍丘，长子匀感疾。又明日，至宋都。二十二日逝去。匀年十八，为将作监主簿，孝悌好学，余心悲哀，词以悼之”。白发人送黑发人，这样沉重的打击，让他心肝摧绝。

妻子葛清源口吐鲜血，躺在床上，再也起不来。

“终焉莫之见兮已矣，扶棺永诀兮千秋”“昔之北向兮与汝皆行，今也南归兮汝夭其生”“慈母号嗷而屡绝兮，少妇无依而冤愁”，我的儿哪，你就这样离开老父亲，再不可能回来了么？从前你和我一同到京城来，而今南归，父亲只能孤零零一个人回去了。你的母亲日日痛哭，已经没有力气活下去，你的新婚妻子从此孤苦无依，她该怎么办呀。蔡襄写诗哭祭儿子，流尽心中血、眼中泪，夜夜无眠到天明。

面对老母、妻子，以及刚过门的儿媳，他能做什么呢？“上顾慈亲年余八十，强安精神，以悦老者。”他是男人哪，只能强忍悲痛，打起精神，继续前行。

“沉忧伤人，独语谁诉？”灵幡引路，号啕南归。离南都过淮水，越润州抵浙江，葛清源一路扶棺痛哭，日日以泪洗面。

适逢老友孙沔以枢密副使出知杭州，蔡襄在其相助之下停留下来，为妻子寻医问药。三个月过去，回天无力，她终于还是没能好起来。

于是挈妇将雏，匆匆启程，日夜不停赶路，希望能够叶落归根。三千里路，三千里悲伤，三千里生死与共……未出浙江，是年冬，葛清源撒手而去，病逝于衢州道中。

“嗟汝母之爱慈，恸哭绝而还并。旦暮扶棺而不舍，终相从而殒命。呜呼哀哉！二旐（灵幡）南归，悲感行路。”儿哪，深爱你的母亲，日日扶棺痛哭，她终于跟着你一道去了。老父亲这回，将带着两道灵幡回家。这是什么世道呀，还让不让人活？蔡襄此次，被悲伤彻底击垮。

岁末，蔡襄和老母、稚子一行终于到达福建地界。至和三年（1056）正月，穿过蒲城昔阳岭，本月上旬抵南剑州，中旬过鱼溪，中下旬回到故乡枫亭。

他在家稍事休息，将妻子和儿子的灵柩依古礼浅埋于地，以砖墙包盖，预备一年后正式下葬。

这半年多来，他拖着病躯，千里驱驰不停，说来令人惭愧，不过是为稻粱谋，害怕路上走了这许多时日，朝廷怪罪下来，取消他的知泉州诏命。

他也是人呀。正如他上书丞相文彦博所言：之所以请求丞相您为属下保留知泉州任命，一是属下需要就近奉养老母亲，二是属下无能，“生平不能为生，无田可耕，仰俸自给，以供甘旨。舍官而仰，则为穷人”。

他在仁宗的心里，毕竟还是不一样的。仁宗命文彦博保留他的泉州知州任命，给了他最为优厚的抚恤。长立福州郊野中，蔡襄想到圣上如此仁爱宽厚，对着天空，拱手谢仁宗：“如臣侥荣，实少伦比。”（陈庆元等校注：《蔡襄全集》，以上同）

二月初七，蔡襄抵达泉州；席不暇暖，润三月得朝廷令，命改知福州。

他上书朝廷，请求改变任命：臣自出京在路，亡子丧妻，寻医问药，多有滞留。于今年二月七日到任，方得六十余日，又蒙敕命移知福州。伏念臣到泉州即病，至今未愈，每日只一两次粥食，日渐消瘦，气短心悸，众所周知。福州事务繁忙，老弱病躯恐难胜任，希望朝廷体谅，允准臣继续知泉州，食禄养亲，医治疾病，可否？他在泉州办完移交手续，回莆田待命三月，得到消息，朝廷却是不准。这回，他再不愿去也只好动身了。八月初，他来到福州就任新职。

深深同情蔡襄不幸，几位朋友纷纷写信问候，老友梅尧臣深感君恩深浓，作诗颂曰：“借问岂酬恩，请看镡上血。”

59. 秋容行见丹枫老

“蔡大人又来了，蔡大人又来了。”

乡民奔走相告，欣喜若狂，一个说：“这大的官，却常常来我这乡下，难得的青天大老爷呀。”竖起大拇指。

一个说：“亏得蔡大人为我福州修建这好的水渠，庄稼得水浇灌，两年间连连丰收。”

一位老婆婆更抱着一名小小孩儿，挤到人群前面，“扑通”跪下：“要不是大人，老身孩儿哪能顺利娶亲，老身也就抱不上小孙孙了。大人瞧，老身这小孙孙多乖的。”

蔡襄伸手接过孩子，对老妇说道：“老太快快请起，为民做事，乃是下官本职。老太无须记挂心上。”

旁边一名读书人模样的男子插话道：“大人，话虽如此，别的官为啥就不似大人这般常来乡里，入家进户，听取我等建议？更不如大人事必躬亲，心中装着福建路民生、水利、教育，百姓生活的点点滴滴。”

蔡襄身旁，周希孟对跟随着的众多学生说道：“记着了，诸生将来若是得以仕进，当以蔡大人为楷模。”

众学生道：“谨遵先生教诲。”

蔡襄这回，以枢密直学士（三品）的身份又任福州知州，他强撑病体，日日辛勤工作，以忘却丧妻丧子的深沉伤痛。

他到福州近两年，而今，嘉祐三年（1058）七月，朝廷以蔡襄政绩卓著，特加礼部郎中，命他调知泉州。今日，他最后一次来到乡下，看望百姓，以为告别。

本月，朝廷以蔡襄推荐，周希孟教学有功，被授予将仕郎，国子监四门助教，监福州州学教授，享从九品散官俸禄。

蔡襄将孩子递还给老婆婆，站到高处，缓缓说道：“各位，下官依照往日，欲将此楷书刻石立碑，望众乡亲今后要多看多记，改变陋习，耕读传家，安居乐业，福寿绵延，使得我这福州成为真正的有福之州。”蔡襄拿在手中的，乃是今晨所书大字楷书《福州五戒》：“一戒父母对子女，不得有厚薄之分。二戒子女对父母，生须尽养，死不妄费。三戒兄弟之间要友爱，莫听妇言，莫贪财而绝同胞之情。四戒媳妇妻室，莫计较资财而剖断男女之爱。五戒居乡应为善良，莫行欺谩和剥削等不仁不义之事。”他前年刚到任，便书写《戒山头斋会》，并

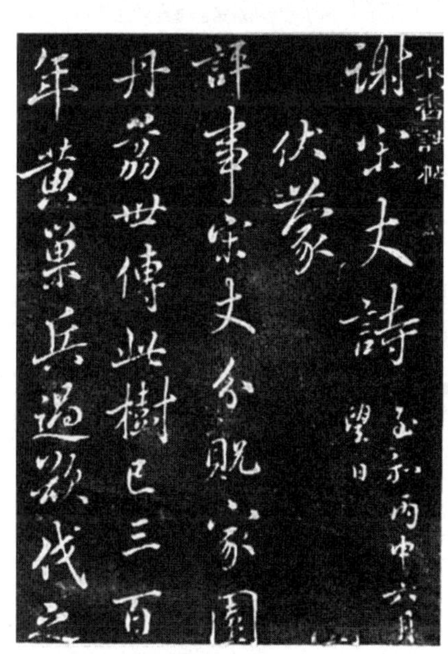

蔡襄：《谢宋丈诗帖》局部

刻石立碑，以方便百姓常记诵，意欲破除旧习，净化环境，树立新风。

福州城时风奢靡，婚丧喜庆，讲排场摆阔气，铺张浪费。寻常人家，负担不堪设想。譬如，某家若有亲人过世，便要想方设法，即使借钱，亦要铺排丧仪，重求吊唁，下葬之时更要大办酒席，宴请宾客，还要请和尚念经做法事超度亡灵。更有甚者，强撑面子，举办山头斋宴，分发钱物。经济困难的人，为了不让人闲话，不惜卖田卖房，甚至因此倾家荡产。此些事情，由于打着“孝道”的旗号行事，从前，从未有人敢大张旗鼓地反对。

前年，老婆婆因丈夫去世，两难之际，刚好赶上蔡襄到任，戒斋会，破旧俗，树新风，因而没有卖掉土地房屋为丈夫大办丧事，儿子才能顺利娶亲。

河清海晏，闽江汤汤。蔡襄带领全城百姓，经过几年不懈努力，此时，福州城内河道已清。自清水堰起至利涉桥、清泰桥，经开元寺至东康门桥的河道全部清理完毕，城内的各条干渠连成一体，与晋安河相通，构成四通八达的水网。

晋安河的河道宽宽又弯弯，犹如长蛇，直通闽江。晋安河是太祖开宝七年（974），刺史钱昱修筑外城时，在东门外挖的一条护城河。这条护城河又短又窄，由于年久失修，泥沙淤积，水流不通。而今拓宽后，南北延伸，北至新店的北峰山脚，经琴亭而下，过水部和象园，与闽江相连，成了沟通福州南北的大运河。蔡襄又命知县樊纪在晋安河上架设了十三座桥梁。

这是福州历史上，从未有过的呀。是蔡襄主持，第一次将内河与闽江连接起来。如此一来，涨潮时，潮水溯河而上流入城内；退潮时，河水顺江而下，一泻千里。不但解决了城市供水、防火、防涝、污水处理等问题，还促进了水路交通运输和水产养殖的发展，大大提高了福州的城市功能和文化品位。

老婆婆望天祈祷：“愿蔡大人长命百岁，愿大人再次来我福州为官。”

60. 惆怅如今无画工

道边松，大义渡至漳泉东。
问谁植之我蔡公，岁久广荫如云浓。
甘棠蔽芾安可同，委蛇夭矫腾苍龙。
行人六月不知暑，千古万古摇清风。

今年，嘉祐五年（1060）六月，朝廷以翰林学士、权知开封府召回蔡襄。他一再上书请辞，朝廷却是不准。在这十月，他即将远行，民众在泉州洛阳桥摆酒，欢送他们的老太守，也是为了隆重庆贺洛阳桥落成将满一年。蔡襄昨日书成大字楷书《万安渡石桥记》，将刻石铭碑，立于岸左。

一名秀才，草成二歌，令孩童唱来，以上便是其中之一。蔡襄却是连连拱手，表示不敢当。

人群中，八十六岁的卢氏老夫人眉里眼中都是笑，不停念佛："阿弥陀佛，菩萨保佑。"

蔡襄新过门不久的二儿媳、福州老友刘奕女儿刘氏，扯着蔡襄妾室葛氏抱着孩子的手臂一个劲摇："娘，娘，多好的，不是么？"

洛阳桥上，鼓乐喧天，万众沸腾。

去岁，嘉祐四年（1059）十二月，洛阳桥正式竣工。从皇祐五年（1053）开始至是年，历六年零八个月之久，耗银一千四百万两。

蔡襄太想念洛阳了，想念与范雍一起治伊水、与宋绶一起造通远桥的往事，想念他那难忘的青春时光，想念范帅园中花万株、韩王宅里酒千垆，想念龙门石窟间慈眉善目、广额方颐的菩萨……遂将万安渡口的这座万安桥，命名为"洛阳桥"。

他来泉州前三年，万安桥便已在其舅父卢锡以及本地民众王实、许忠和僧人义波等奔走努力下动工修建：“泉州万安渡石桥，始造于皇祐五年（1053）四月庚寅，以嘉祐四年（1059）十二月辛未讫工。累趾于渊，酾水为四十七道，梁空以行。其长三千六百尺，广丈有五尺，翼以扶栏，如其长之数而两之，靡金钱一千四百万，求诸施者。渡实支海，去舟而徒。易危而安，民莫不利，职其事：卢锡、王实、许忠、浮图义波，善宗等十有五人。既成，太守莆阳蔡襄为之合乐宴饮而落之。明年秋，蒙召还京，道由是出，因纪所作，勒于岸左。”到蔡襄嘉祐元年（1056）知泉州时，工程却停顿了，偃旗息鼓，一片荒凉。这是为什么？原因有二，资金不足，造桥难度太大。

这回，朝廷命蔡襄知泉州，他昼夜兼程赶往泉州赴任，并于百忙之中，抽时间召集属僚、乡贤，商议倡建洛阳桥，又亲自到江边勘察，下令招募造桥工匠，筹集建桥资金。他自己捐出多年累积的几乎所有田产。百姓闻讯奔走相告，欢呼雀跃，一时工匠四至。

因洛阳江水阔五里，波涛滚滚，往返两岸，依船过渡乃唯一方式，每逢大风海潮，客商常常连人带船翻入江中。为祈求平安过渡，泉州民众便将此处渡口称为“万安渡”。旧万安渡庆历初郡人李宠砌石作浮桥，简陋草率，

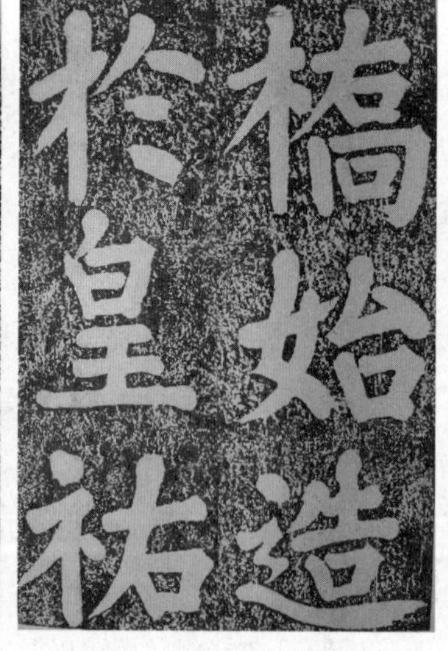

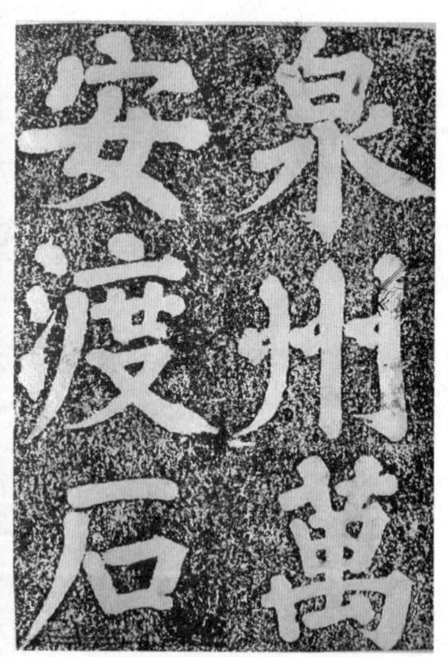

蔡襄：《万安渡石桥记》局部

时修时废。

开工是日，江岸人山人海。未曾想到，一船船石料抛下江中，霎时便被汹涌的江涛卷得无影无踪。面对艰难的造桥条件，蔡襄充分听取多方意见，带领造桥民众，首创新型桥基——“筏形基础”。就是用船载石沿着桥梁中轴线抛下大量石块，使江底形成一道矮石堤，然后在堤上建桥墩。桥墩形式别具一格，中间用长条石交错垒砌，联结江底的矮石埕作桥基，两头尖，以分水势，减轻浪涛对桥墩的冲击。为进一步巩固基石，又群策群力，首创“种蛎固基法”，在桥下依赖自然水深，养殖大量的牡蛎，巧妙利用牡蛎外壳附着力强、繁生速度极快的特点，使桥基和桥墩牢固地胶合成为一个整体。另外，还采用“浮运架梁法”，即利用海潮涨落助力，运载、架设桥面大石板。千辛万难，终于成功地建成了我国第一座跨海大石桥。

自洛阳桥伊始，闽中各地纷纷仿效造桥，“要想富，先修路”，拉动宋之经济发展，领先世界造桥技术数百年。

落成后的洛阳桥，有桥墩四十六座，两侧五百石雕扶栏，以及“七座亭，九座塔，石狮二十八”点缀其间，武士造像分立两端，大桥南北两侧更植榕树七百棵。

蔡襄为啥一定要来泉州造桥？只因他为泉州百姓着想，更因其母卢氏时常念叨她年轻时经历过的一件奇事。大中祥符四年（1011）中秋前夕，一子夭亡，当时已三十有六、还未有儿子的卢氏去永春白马寺礼佛毕，乘船经由泉州过渡往惠安娘家看望父母，渡船离岸驶近江心，忽然狂风呼啸，浊浪排空，小小渡船眼看就要被吞噬，突然从空中传来隆隆雷声，好似在喊叫：“蔡大人过江！蔡大人过江！”雷声甫停，霎时风平浪静，渡船安然抵岸。此时蔡襄母亲已身怀有孕，因丈夫刚好姓蔡，她心想生下的孩子定是非凡人物，便暗自许愿：将来孩子如能成器，定教他在洛阳江上修建一座大桥。

此桥落成，被誉为“三绝”，一是工程浩大艰难，亘古未有；二是蔡襄《万安渡石桥记》简洁凝练，表彰群贤，不扬己功；三是碑书端严，刻工精良。

去岁，中秋之后，秋高气爽，蔡襄撰成七章三千余字的《荔枝谱》；今年春暖花开，在泉州府衙安静堂中，对着满园白花，他恭敬书之以小楷，“蒲阳蔡襄，明年三月十二日泉山安静堂书”。这回，他得好好保存这本《荔枝谱》，不要像心爱的《茶录》一样，再被人偷去。

《荔枝谱》撰成是日，嘉祐四年（1059）八月二十四，他的妾室，葛清源的陪嫁丫头、其临终前殷殷叮咛蔡襄收入房中的葛氏，顺利诞下一子。

五

枫亭落照

61. 红点棠梨烂欲然

欧阳修大惊："君谟，几年未见，怎会苍老如是?"

蔡襄苦笑："焉能不老？齿脱发秃，背弯气短，稍稍可观，也就只余胡须了。"

他清瘦的面容憔悴而苍老，一把胡子，却是清亮黝黑。稍停，又看向欧阳修道："永叔亦老了。"

嘉祐六年（1061）春。四月二十八，蔡襄抵达东京，当即面圣，恳请圣上恩准辞去新职。他这一路行，一路上书请辞，这是第五回了。不料仁宗依旧不准，只是将其官职由翰林学士、权知开封府改为翰林学士、权三司使。

权，即是暂时代理的意思，相当于正式任命前的考察期。

蔡襄又奏道："恳请圣上收回成命，将三司使之职务授予更为优秀之人才。因三司使责任重大，非一般人可以胜任；朝廷诏命并非光有文采便可润饰，微臣资薄才浅，身体羸弱，且离开朝廷重要职位多年，现要微臣担任的职务更为繁巨，恐臣下力所不能及，假使有失度量，必是微臣愚昧不明，恳请圣上恩准。"

仁宗道："翰林学士，乃儒者之最高；三司，更是关乎天下苍生之大局。爱卿才能，朕尽皆知悉。爱卿有广博的学识，足以谋划国家之财政；爱卿兼有普济天下之德，足以安邦。决断财政之权在朕之心中，爱卿不过负责具体运作，事后还须经过舆论稽查，验证财资运用是否得宜。此为得体之安排，不要固执地推让再三。所乞宜不允。"

蔡襄还能说什么呢？只能拱手谢恩："怀忠效国，誓竭素心。"

几日来，新任参知政事欧阳修忙于国事，不得暇相见。今日，他在金明池畔摆酒，为老友接风。

春江水暖。金明池两岸，垂杨依依，万花吐艳，景色如画更如诗。

弦歌声起。

欧阳修道：“近日君谟还朝，实是大喜事。我几人且来吟诗填词，以附风雅，诸位以为如何?”

蔡襄道：“歌诗原非某所擅长，看来某只好从旁为诸君点茶了。”

宋祁道：“君谟过于谦虚。君谟亲点好茶，今日当喝个尽兴。”

蔡襄微笑看他，手中点茶，自己却不喝，只一一斟与朋友喝。自南归生病以来，他已不再饮茶。

枢密使曾公亮笑道：“宋子京，你这不是为难人么？在永叔和你跟前，谁还敢轻易倚声填词？老夫这下更要苦思冥想了。”

宋祁，字子京，雍丘（今河南商丘）人，莒国公宋庠（公序）之弟。宋祁与兄长宋庠为天圣二年（1024）同榜进士，并有文名，时称“二宋”。宋祁初任复州军事推官，经仁宗召试，授直史馆。历官龙图阁学士、史馆修撰、知制诰。

去年，由曾公亮挂名主编、欧阳修主修、宋祁主笔的历时十七年的二百二十五卷编年体官修《新唐书》全部完成。曾公亮上仁宗皇帝表言“其事则

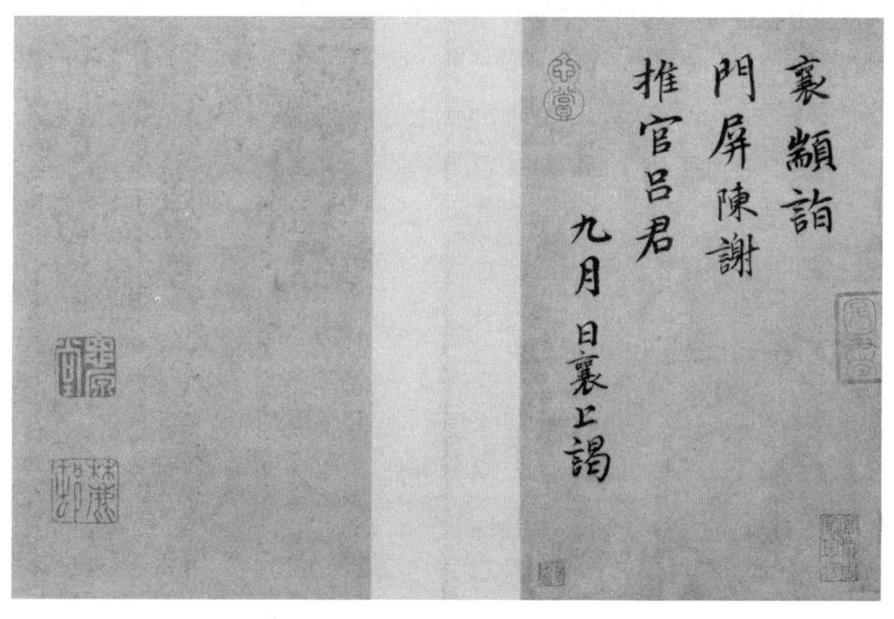
襄頓詣
門屏陳謝
推官呂君
九月 日襄上謁

蔡襄：《门屏帖》

增于前，其文则省其旧”，认为这是本书胜过《旧唐书》之处。《新唐书》纪次得当，叙事简练，文情并茂，于体例上更首次增加《兵志》《选举志》，系统论述唐代军事制度和科举制度。

宋祁因而升为尚书左丞、工部尚书。今年初，嘉祐六年（1061），又拜翰林学士承旨，复任群牧使。

欧阳修主持《新唐书》修撰，实际参与写作的，除宋祁外，还有史馆中多位。为防止体例不一，欧阳修最后负责统筹全稿。其中列传部分的主笔宋祁，总喜欢用些生僻字眼。

从年龄、资历上说，宋祁乃欧阳修的前辈，欧阳修不便说他，只好委婉讽劝。一日晨，欧阳修在史馆门上张贴八个大字：“宵寐非祯，札闼洪休。”宋祁来到，端详半天，终于点头笑道：“不就是一句俗话‘夜梦不详，题门大吉’嘛，至于书成如此么?”欧阳修笑道：“我是在模仿您修《唐书》的笔法，您所书列传，连‘迅雷不及掩耳’这句大白话，都要写成‘震霆无暇掩聪’呢。”

宋祁听了，不禁莞尔，以后写文章渐趋平易。

欧阳修道：“咏春色余极喜君谟《梦游洛中十首》之‘东风吹雨湿秋千，红点棠梨烂欲然。拟买芳华赠年少，紫榆春浅未成钱。’”

蔡襄微微笑道：“洛阳，自是不同。”

欧阳修亦笑道：“那某便以旧作抛砖引玉了。”

蔡襄会心：“是也，永叔咏洛阳一首，实是难得佳作。”他放下手中，望着水面，轻声吟道：

把酒祝东风，且共从容。垂杨紫陌洛城东。总是当时携手处，游遍芳丛。

聚散苦匆匆，此恨无穷。今年花胜去年红。可惜明年花更好，知与谁同?

曾公亮抹髯微笑：“‘今年花胜去年红’，好句。待老夫也来凑个热闹。”吟道：

枕中云气千峰近，床底松声万壑哀。
要看银山拍天浪，开窗放入大江来。

欧阳修道：“枢密使此首，气可扛鼎也。”

曾公亮道：“惭愧。愚以为，嘉祐二年（1057）永叔知贡举所取之士苏子瞻，确是大才。”他看着春水悠悠，悠然吟道：

花褪残红青杏小，燕子飞时，绿水人家绕。枝上柳绵吹又少。天涯何处无芳草。

墙里秋千墙外道，墙外行人，墙里佳人笑。笑渐不闻声渐悄。多情却被无情恼。

蔡襄叹道：“有其师，有其徒。”

乐声之中，宋祁更站起，高声道：“痛快，实是痛快！君谟，能否借君笔墨，记录以上？”继而吟道：

东城渐觉风光好，縠皱波纹迎客棹。绿杨烟外晓寒轻，红杏枝头春意闹。

浮生长恨欢娱少，肯爱千金轻一笑。为君持酒劝斜阳，且向花间留晚照。

62. 文思精天下，忠谋尽帝前

蔡襄今日到三司使官衙去，与前任交接。

他的前任，正是刚升枢密副使的包拯。

说来二人真是缘深。至和二年（1055），蔡襄先知开封府，接下来“列章乞便郡”，离开中央到地方；稍后，接替他（之间还有王素和曾公亮二人）于至和三年（1056）出知开封府的，正是包拯。这回交接，两人前后顺序却颠倒过来了。如果蔡襄不去福州、泉州，一直在朝廷服务，而今仕途是否更为光明？他摇摇头，未置可否，走进包拯办公间。

“希仁兄好。”

“君谟，你终于来了哦，来解救愚兄了。瞧瞧，桌头千端万绪，愚兄实是焦头烂额。”

蔡襄苦笑：“希仁兄，非是弟推脱，不愿为兄分忧，实因家慈年老，自己久病羸弱，不堪重任。”

包拯说：“三司使一职，君谟原是比我更合适。”

蔡襄道：“希仁作为，天下共睹。几年间，均税、均租，提议圣上遣放年老宫嫔等，又特设市场，交易上贡物资，以便士民……大人雷厉风行，正是某当效仿。”

蔡襄和包拯前后知开封府，各有所长，都把开封府治理得极好。一个是绵里藏针，“襄精吏事，谈笑剖解，破奸发隐，吏不能欺”；一个是刚直不阿，“立朝刚毅，闻者皆惮之，吏不敢欺”。一个是“能”，一个显“威”。在仁宗心中，二人都是国家栋梁。(据《宋史》)

这回，仁宗急召蔡襄进京替代包拯，有两方面原因。

一是翰林学士知制诰欧阳修屡屡上疏，建议仁宗换人。

“微臣以为，授包拯为三司使，似为不妥。圣上任命下达之日，朝野一片哗然，以为朝廷只重包拯之才干，而不顾包拯之名节。包拯不该接受任命的原因有二：一是其才学不足以担当三司使之职务。包拯天性峭直，然平素少学问，对于关系国计与民生之大事，定然缺乏全盘考量。二是包拯有逐人夺位之嫌。包拯担任御史中丞时，上疏弹劾前三司使张方平（安道）过失，张被免职；圣上以宋祁代之，包拯又弹劾宋祁，宋祁被罢。今包拯取而代之，岂可不独自思量？此之谓‘蹊田夺牛’也——圣上，微臣以为以包拯为三司首长，万万不可。”

包拯见欧阳修上疏，闭门思过多日，请辞任命。仁宗却不准，也是，朝廷无人可用呀。

另外一个原因，也因三司使的确责任重大，包拯虽正直，却少内涵，多锋芒，不若蔡襄学养深厚，沉着老到，贴心温和。随着年岁渐老，仁宗十分想念蔡襄。

昨日相聚，欧阳修亦笑着对蔡襄道："离别多年，君谟当回京来嘛。不然，我几人何时才能饮到君谟点茶?"

他们时常相聚饮茶谈天说笑，但对于普通人而言，饮茶却非易事，皆因宋时，盐、铁、茶、酒等实行国家专卖制度。

北宋初年，实行茶叶官销政策，政府在北苑等产茶核心区设置"榷货务"六处，山场十三处。按规定，植茶专业户先向官府缴纳一定茶课，剩余的茶叶由官府根据官价收购，再加价批发给商人销售，绝对不允许茶农私自出售。因违法成本极高，重者有可能掉脑袋，所以基本无人敢试。蔡襄所有，亦是自己出钱从官府购得。园户缴纳的各种赋税，可以茶叶折换。政府为了保证茶叶的产量，并为保障茶农的基本生活，先付给园户一定的茶钱——本钱，相当于订金。

京师的茶商，一般实行茶引制，茶商首先要在京师的榷货务缴纳钱币或织物，领取茶引，然后由指定茶地购得茶叶，再进行销售。凡于边地进行茶叶交易，需持有政府有关部门颁发的凭证。为了安全和方便起见，东南地区的茶商可以在当地的榷货务处缴纳钱币或织物，领取茶引。

因盐、酒、茶等由官府专卖，收购和销售价格均由政府制定，这样一是确保政府对重要民生物资的绝对控制，二是确保商业利润，茶叶成为政府财政收入的主要来源之一。

近来，经三司使蔡襄建议，政府以通商法取代包销法。所谓通商法，就是允许园户向官府缴纳茶山租钱，茶商向政府缴纳茶税。这样一来，园户和茶商便可以直接进行交易，市场化程度相对较高，降低了政府茶叶税收方面的管理成本。

交接完毕，蔡襄往庞籍府中去，欲去看望这位他一向十分敬重的长者。

去年，嘉祐五年（1060），老臣庞籍被召还京。已七十二岁高龄的庞籍以不堪重任上书告老，无奈之下，朝廷同意了庞籍的请求，不久，庞籍以太子太保致仕，封颍国公。

六月，朝廷因庞籍荐，以司马光（君实）知谏院；又以江西临川人王安石（介甫）为知制诰。

63. 修竹萧萧曲槛前

蔡襄奏道：“圣上，昔崇信军节度副使尹洙衔恨黄泉，仅有一子，孤苦无依。望圣上下施恩惠，明照阴间，追还其官秩，抚恤其子，使其无声之魂灵，解除禁锢；使其后人，能有俸禄养家。”

丞相韩琦拱手道：“臣附议。”

对于师友尹洙，参知政事欧阳修不便多言，只好拜托蔡襄出面，为其昭雪。

仁宗听罢，缓缓点头：“二位爱卿所言甚是，治国当以‘仁’为先。朕今恢复尹洙官秩，并赐官其子尹构……”

尹洙（师鲁）乃洛阳人，因洛阳西京为河南府所在地，故世人称其为“河南先生”。

天圣二年（1024），尹洙登进士第，授绛州正平县主簿，后为河南府户曹参军等。欧阳修为西京留守推官时，与之结识，亦师亦友，甚为相得。

后尹洙入京，充馆阁校勘，迁太子中允。时值范仲淹因指斥丞相吕夷简而贬饶州，尹洙上疏自言与仲淹义兼师友，当同获罪，于是被贬为崇信军节度掌书记，监郢州酒税。

宝元年间，陕西用兵，朝廷起用尹洙为经略判官，累迁至右司谏。后知渭州，以崇信军节度副使兼领泾原路经略公事。

因修筑永乐城事，与同僚争执，并处置下属。属下衔恨在心，编造其侵吞公款等事。朝廷派人调查，结论是：尹洙按常例公款公用，没有分毫贪污。身边人却不依不饶，进一步编造诬讼，欲陷其于牢狱。终贬监均州酒税。

庆历六年（1046），尹洙病重，时范仲淹任职邓州，奏请允准尹洙到邓州养病。尹洙来到，将后事托付给范仲淹，并请范仲淹、韩琦、欧阳修各作文字。临终，尹洙对家人道："我将远去，不能再管你们了。"又对邓州学子平静说道："世间既无鬼神，也就无有恐怖。"

尹洙论文，尊崇孟子、韩愈，言文章当"务求古之道"，正与欧阳修不谋而合；又精于史学，欧阳修曾与他探讨编修《新五代史》。

一日，范仲淹替人写墓志铭，写毕封好刚要发送时，忽然想到："这篇铭记不能不请尹师鲁看看。"第二天，他把墓志铭交与尹洙过目，尹洙看后说道："希文为朝廷重臣，一言一行必为人仿效，后人更将以希文文章为典范，不可不慎重啊。现希文将转运使写作都刺史，知州写成太守，虽是清雅古隽，但当下并无此些官职名称，后人必然会心生疑惑。此些，正是引发文人争论不休的原因啊。"

范仲淹听后，感叹说道："幸亏请师鲁看过，否则，仲淹几乎要酿成大错。"

如同对待尹洙一样，蔡襄自任三司使以来，屡屡为受冤被贬官员申冤平反，一共有七八名之多。昔日他为言官，主要是监督上下并提意见挑毛病；今日执掌三司，当然要以亲和、关怀及建树为主。他又以极高的才干，总领国家财政，"较天下赢虚出入，量力以制用。划剔蠹敝，簿书纪纲，纤悉皆可法"。（《宋史》）

散朝后，韩琦道："君谟，好些年前，我返乡为相州（今河南安阳一带）知州时，在州署后院修建昼锦堂，今永叔为我作《昼锦堂记》。君谟还朝，我想请君谟书来《昼锦堂记》，并书一匾额，可否？"

蔡襄道："大人嘱托，不可不从。只是大人跟前，在下诚惶诚恐，哪敢轻易提笔？"未待韩琦说话，蔡襄又拱手曰："襄乃一介文弱，平生最敬仰稚圭和希文二位大人驰骋西北，为国建勋。又深感尹师鲁西北履历最久，废寝忘食，全力计校如何应对敌寇，不料却死于法网，可悲可叹。”

说及尹洙，二人叹息良久。这回为尹洙顺利平反，终于可以告慰九泉之下的朋友了。

>……公在至和中，尝以武康之节，来治于相，乃作“昼锦”之堂于后圃。既又刻诗于石，以遗相人。其言以快恩仇、矜名誉为可薄，盖不以昔人所夸者为荣，而以为戒。于此见公之视富贵为何如，而其志岂易量哉！故能出入将相，勤劳王家，而夷险一节。至于临大事，决大议，垂绅正笏，不动声色，而措天下于泰山之安：可谓社稷之臣矣！其丰功盛烈，所以铭彝鼎而被弦歌者，乃邦家之光，非闾里之荣也。
>
>余虽不获登公之堂，幸尝窃诵公之诗，乐公之志有成，而喜为天下道也。于是乎书。
>
>尚书吏部侍郎、参知政事欧阳修记。

晚间，回到家中，灯下，蔡襄写了撕，撕了写，每一个字都写了好多遍，这才凑齐全本的《昼锦堂记》。

自己看过，道：“还算宽博雅致。”

64. 东堂得春和，花卉晨露沾

“爹爹，那您的胡须到晚上睡觉该咋办呢?”

嘉祐八年（1063），正月初五。蔡襄忙碌了好一阵子，适逢新年，这才得暇，在家中休息几日，教导孩儿，和妻子说说话。

他笑笑，拉着儿子小手，走入内室，从枕间抖落一个物件，递过给孩儿瞧。

蔡襄跟前，四岁多不到五岁的蔡旻伸出小手接过细看，原来是一个长长的布套子，他面带不解，递回给蔡襄。蔡襄将布袋子套在胡须上，示意："喏。"蔡旻不禁拍着小手笑道："爹爹，有趣，有趣。"

蔡襄还朝就任，得到仁宗器重，委以三司要职。他拖着病体，不敢懈怠，为国谋划，兢兢业业。

他所任三司使一职，官阶虽为从三品，却享受较高级别的待遇。三司使总管全国财政，和宰相管理政事、枢密使管理军事一起，构成了国家的行政中枢。他身上的担子，可谓不轻。

一方面，他为了铲除长期以来因边患和岁贡等造成的国库匮乏的积弊，保障百姓生活需求，致力于建立、健全各项财务规章制度；另一方面，他个人有所创新的重要的理财思想，便是要做到收支平衡、量力以制用。他在《乞戒约体量放税札子》中指出，赈灾减税与备战备荒均不可偏废，须两相结合，两手准备。他特别强调收支平衡的重要性，指出地方官一定要从实际出发，分清灾情轻重，酌情放拯，若一味强调赈灾，不顾财政实际，造成军粮仓储短缺，将给国家带来无法估量的祸害。蔡襄上奏："'凡事豫则立；不豫则废'，臣作为三司使，责任重大，不能不预先防备，多加考量。今告知各路转运使，须警戒地方各级因灾免税之执行官员，务必据实拯贷。各州郡更要保证军粮储备，不得有丝毫误差。"

他又进一步奏道：国家财政不但要岁入岁出平衡，还得量力制定各项预算，并略有结余为上。有多少钱，办多少事；办多少事，准备多少钱。他更上《乞封桩钱帛准备南郊支赐札子》详细谈到：国家重要的祭祀，比如天子即位后的首次祭祀大典以及南郊祭天、北郊祭地等，均要"量力以制用"。须事先列出国库现有的可供封桩、即预先储备钱帛的具体数目，以供参考。

"微臣自权三司使以来，国家人口的增减，财用的丰寡，均做到每日查考登记，每月统计课税，虚空或是盈满，心中清清楚楚。微臣虽昏暗愚昧、不明物资流通方法，并未对国家做出多少贡献，但一直以来，履冰临渊，不敢有丝毫懈怠。值此冗费支出并无止境的情形下，微臣更是诚惶诚恐，寝食难安，愧死无地……"

冬阳照进大殿，照在蔡襄的身上。

他今年五十二岁了，看上去较同龄人苍老许多：背是弯的，发是白的，面容是憔悴的，唯余一把漂亮长髯，在阳光中闪动黝黑光芒。

仁宗笑眯眯看着这位自己十分欣赏的臣子，突然问道："爱卿长髯甚美，到晚间睡觉时候，是盖在被子下面还是将其置于被子之外呢？"

蔡襄愣住了，一时不知如何回答，只好答道："臣愚昧。"

走在路上、回到家中，他一直在想这个问题："我的胡子，睡觉时究竟是放在被子里面呢，还是放到外面的？"晚上就寝时，回想仁宗的话，把胡子放在被子里面觉得不妥，赶紧把胡子拿出来；放在外面呢，还是不好，又塞回去。想来思去，弄出弄进，一夜没睡。

第二日，只好让妾室葛氏帮他做了个布套，睡觉时把胡子装进去套好，这才得以安然入眠。

他到京城来，虽是忙碌，却渐渐心安。一是幼子蔡旻健康成长，聪颖灵秀，虽年纪尚幼，却已开蒙；再是二子蔡旬得以荫补为大理评事，算是吃上皇粮，从此衣食无忧；三是儿媳刘氏颇为能干，治家井井有条，孝顺贤惠，这才诞下长女不到二年，近来又禀告婆母，恐是有了身孕。

65. 藏书百千帙，传世惟清廉

温暖的阳光照耀着东京城的大地山川。

大自然一天一个模样，变幻着脸孔，这才刚入春不久，天气便有些热了。屋内，欧阳修脱掉身上袍子，奋笔一气呵成："牡丹花之绝，而无甘味；荔枝果之绝，而非名花……二者惟不兼两美，故得各极其精。""君谟闽人也，故能识荔枝而谱之。因念昔之人尝有感于二物，而吾二人适各得其一之详，故聊书其所以然而以附于君谟之末。"

书如其人，清瘦，坚硬，不那么合乎规矩，却超群出众，不同凡响。

嘉祐八年（1063），春三月。

今日，至交二人相聚在城郊欧阳修家中：蔡襄为欧阳修的《集古录》作序，欧阳修则为蔡襄的《荔枝谱》题跋。

二人身旁围绕着一群晚辈。

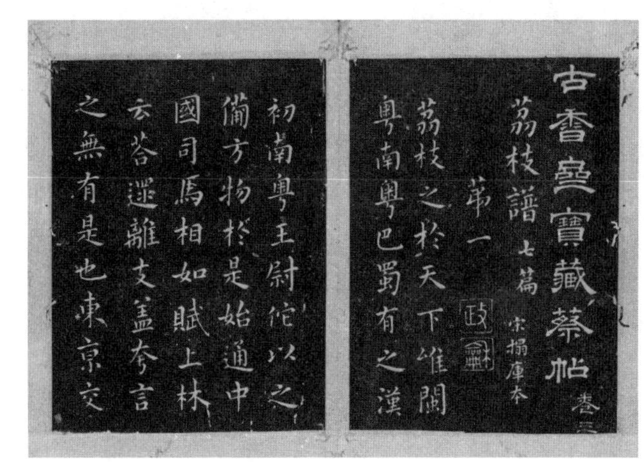

蔡襄：《荔枝谱》局部

欧阳修长子欧阳发（伯和）说：“蔡公此书含蕴温雅，一以贯之，膏润无穷，实是世间难得之小楷佳作。”

蔡旬道：“欧公题跋，端庄秀劲，稍露锋芒又顿挫有力，书体新丽，自成一家。”

近日进京的曾为洛阳通判、今知亳州宋敏求（次道）曰：“二位大人皆是流水行云，运笔精谨，正所谓集古流芳。”

其弟、身材矮小之太常博士宋敏修（中道）则道：“二公皆是我大宋一等一之奇才，我等即使奋力急追，犹恐望尘莫及。”

这宋敏求、宋敏修皆为宋绶之子，因父荫，得赐进士出身。二人秉承家风，喜读诗书，藏书万卷。

蔡旬更诵道：

右陆文学传。题云自传，而曰名羽，字鸿渐；或云名鸿渐，字羽，未知孰是。然则岂其自传也。茶载前史，自魏晋以来有之。而后世言茶者，必本鸿渐。盖为茶著书，自羽始也。至今俚俗卖茶，肆中多置一瓷偶人，云是陆鸿渐。至饮茶客稀，则以茶沃此偶人，祝其利市。其以茶自名久矣，而此传载羽所著书颇多，云君臣契三卷，源解三十卷，江表四姓谱十卷，南北人物志十卷，吴兴历官记三卷，湖州刺史记一卷，茶经三卷，占梦三卷。岂止茶经而已也。然佗书皆不传，独茶经著于世尔。

“父亲，欧公此卷，详细绍介陆羽生平故事，乃其完整小传，正与父亲《茶录》相表里。字书刚健峭拔，不与流俗。”

题罢，蔡襄、欧阳修相视而笑，掷笔击掌。

欧阳修道：“此书某却是不甚满意，待来年重写一过。君谟，今日又有何好茶？喏，弟瞧，我为弟带来一罐惠山泉水呢。”

蔡襄道：“弟即来为兄点茶。近些年，兄不自觉中字书大进，已卓然一家。”

欧阳修答：“弟之前，某不敢言能书也。”

蔡襄道：“兄之好，正在无心为好、无丝毫刻意。弟书《荔枝谱》之后，气力渐衰，再写不出，更何来人书俱老？唉，弟之书，所学驳杂，笔墨难精。”

欧阳修道：“愚以为，君谟书得魏晋平正雍容，无丝毫丑怪、积习。国朝书家，君谟当为第一。愚兄幸运，弟极少为他人书写，对愚兄却是每求必应。个中真情，几人能懂？”

蔡襄笑着转头对众人道：“洛阳，欧阳永叔，自是不同。”

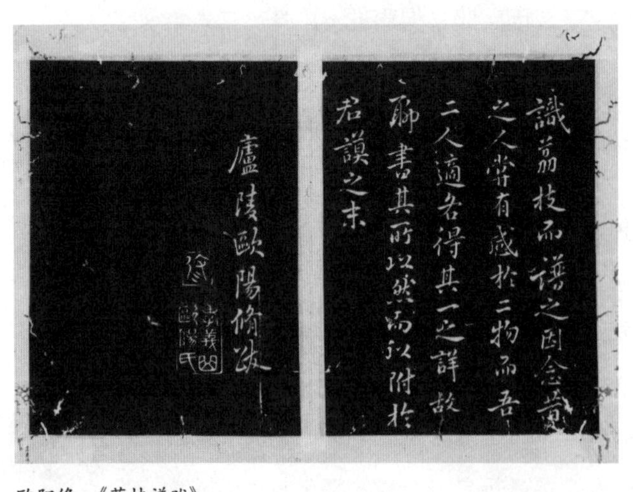

欧阳修：《荔枝谱跋》

今年，欧阳修收藏辑录多年的金石学著作《集古录》书成。此书引领宋之文物鉴赏，乃欧阳修多年身处馆阁，利用公职之便，广泛观览公私收藏，更收集历代金石拓片达千卷集成。他将此些可正史学缺误的作品，自题跋尾，精减为十卷，命名为《集古录跋尾》，简称

《集古录》。今日特请蔡襄前来为其书书以序言。书中，凡所收钟鼎彝器铭刻，必摹勒铭辞原文，再附释文于后，并尽可能简述该器的出土、收藏情况、所属年代及其遗闻逸事等。凡石刻文字，也必考其立石原委、时代更迭，以及所记史实的始末。

蔡襄又对宋敏求、宋敏修道："洛阳，实是令人毕生难忘。时光一晃而过，宣献公（宋绶）离世已是二十三年整。某昔日去君家观藏书，甚为欢喜。今借欧公笔墨，为君家兄弟二人书来几首。"

他提笔，以他擅长的温丽行书，一一写来。一为《司徒侍中宋宣献公挽词五首》，其一曰：

重器推隆栋，驰光逐逝川。
人应骑尾宿，岁亦在辰年。
文思精天下，忠谋尽帝前。
唯无丰室累，清白是家传。

一为《观宋中道家藏书画》：

东堂得春和，花卉晨露沾。
之君延宾从，当昼褰珠帘。
朱函青锦囊，宝轴红牙签。
大令至欧褚，屈玉联钩钤。
草行战骑合，楷正中军严。
……
辱公知遇厚，表里曾无嫌。
间复请笔法，指病如投砭。
今朝观故物，惜已悲惭兼。
层丘恩德重，素发年华添。
不能枉尺寻，况乃事飞箝。

壮心久已衰，奇尚顾未厌。

幸公有令子，辞源横江瀇。

剧饮以自慰，后庆其人占。

66. 孤臣空雨泣，白首报遗弓

他呆呆立于金明池畔，许许多多的往事涌上心头。

他和圣上，一前一后行于御花园中。君臣二人谈论书法，又说到蔡襄八十多岁的母亲，仁宗一脸钦羡："爱卿，多好的呢，有老母可以奉养，此是人间难得之大圆满。"

蔡襄低首："微臣侥幸。"

他进京后不久，仁宗为近年逝去的狄青题写大字飞白，表彰其为"旌忠元勋"。仁宗写好，拿给他看，问他："爱卿以为如何？"

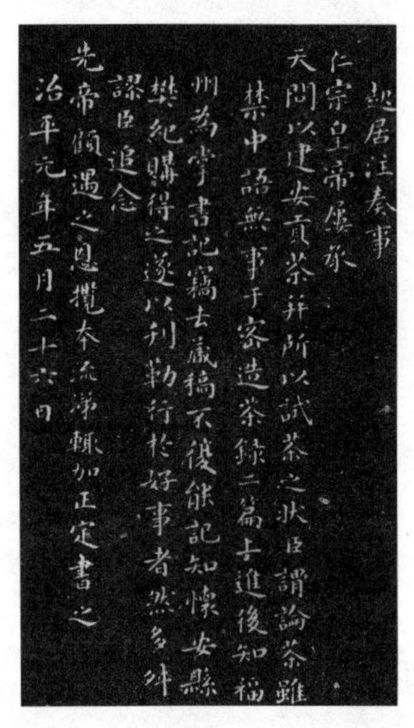

起居注奏事
仁宗皇帝屢承
天問以建安貢茶并所以試茶之狀臣謂論茶雖
禁中語無事于密造茶録二篇上進後知福
州為掌書記竊去歲稿不復能記知懷安縣
樊紀購得之遂以刊勒行於好事者然多舛
謬臣追念
先帝顧遇之恩攬本流涕輒加正定書之
治平元年五月二十六日

蔡襄：《茶录》局部

嘉祐二年（1057）二月，狄青嘴生毒疮。三月，于陈州（河南淮阳）抑郁而终。仁宗在禁苑中为其举哀，追赠中书令，赐谥"武襄"。

蔡襄点头："微臣以为甚为妥当。狄青为国征战一生，'旌忠'二字，当得。"

仁宗看着他，欲言又止。

其实，圣上想说什么，或者不必再说什么，蔡襄全都了然于心。

不是自古便有淮阴侯韩信"功高震主"之说么？和太祖赵匡胤出身行伍、起于微末一样，谁又能保证掌握重兵的狄青一定忠心耿耿？圣上这样做，很难说他是错的。

圣上不是曾力排众议，在文官的一片反对声中，让狄青担任枢密使、主管军事达四年之久的么？圣上最终选择将其外放，也是有不得已的苦衷呀。

他抬头看着仁宗，目光平静温和，道：“圣上飞白，亘古未有。”

又说：“正月圣上于大殿赐群臣书，臣争得一‘岁’字。臣时时宝爱，一日里必瞻仰几番，每见大字飞白，如睹圣颜。”

仁宗道：“哦？”

那年，他将《茶录》呈上。

仁宗点头：“爱卿此书甚好，温雅端丽，国朝小楷之最。”

可惜，在第二次知福州的时候，因丧子丧妻之痛，趁他未暇留意笔墨，《茶录》手稿竟被手下的掌书记偷去，后被淮安知县樊纪购得并刊印，从此流传开来。“圣上哪，圣上”，想到再也见不到这位爱护自己如同亲人般的君上，一向端严自律的蔡襄以手蒙面，号啕大哭。

“茶色白，宜黑盏。”——看到这句，仁宗指点着说道：“爱卿所言甚是，只因我大宋这建州龙团由点茶而生白色浮末，因而，同样产于建州之建窑黑盏最为相宜。”

蔡襄道：“圣上明鉴，建州土质较他处不同，因而烧造出之建盏色泽绀（深青透红之色）黑沉郁，与白色茶末相得益彰。”

仁宗道：“我朝几大名窑钧、汝、定，钧窑万彩；汝窑有若碧波翠峰；定窑白釉若雪，紫釉若酱，各有各色，却并无黑色建窑。推崇黑盏，自爱卿始，可见爱卿胸中自有主张，不肯轻易附庸他人，乃是随茶本性，选择切合之茶器。”

蔡襄拱手：“微臣原为福建路人，对于本乡本土，自然希望他人知道多些，因而敝帚自珍。圣上勿怪。”

仁宗问：“朕听欧阳修言，爱卿于朋友尚信义，闻刘奕丧，则不御酒肉，设位而哭。还为自家儿子迎娶家境贫寒之刘女，替其预备嫁妆呢。”

蔡襄道：“忠孝节义，微臣本分，为人本分。”

仁宗又问：“某日爱卿尝饮会灵东园，坐客误射矢伤人，却指是爱卿所射。他日，朕问爱卿，爱卿一再拜愧谢，终不自辩。朕就感觉纳闷，爱卿并

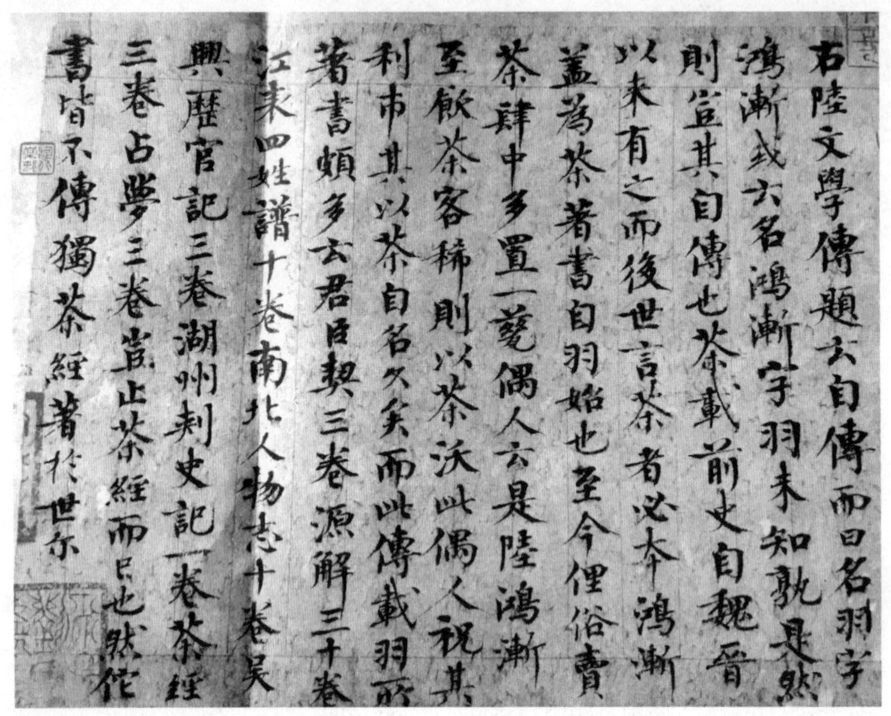
右陸文學傳題云自傳而曰名羽字鴻漸或云名鴻漸字羽未知孰是然則豈其自傳也茶載前史自魏晉以來有之而後世言茶者必本鴻漸蓋為茶著書自羽始也至今俚俗賣茶肆中多置一甕偶人云是陸鴻漸至飲茶客稀則以茶沃此偶人祝其利市其以茶自名久矣而此傳載羽所著書頗多云君臣契三卷源解三十卷江表四姓譜十卷南北人物志十卷吴興歷官記三卷湖州刺史記一卷茶經三卷占夢三卷豈止茶經而已也然代書皆不傳獨茶經著於世爾

欧阳修:《集古录跋尾》局部

不长于射箭，依爱卿性格，不该动辄拔刃张弩才是。”

蔡襄道：“微臣只有保持沉默，才能为君分忧；不轻易打扰君上，是臣子该有之操守。圣上夙兴夜寐，微臣不能以小事扰乱君心。”

“为人君，止于仁。仁宗盛治，节俭爱民，恭谨温厚。帝诚无愧焉仁德。圣上，您是多么宽厚仁慈的千古明君哪。”蔡襄拱手向天，热泪滚滚。

嘉祐八年（1063）三月二十六，赵祯驾崩，享年五十四岁，在位四十二年。

朝廷以丞相韩琦为山陵使；参知政事欧阳修受命篆新君“皇帝恭膺天命之宝”；蔡襄领命修奉太庙，总应奉山陵事，即具体负责督造修缮太庙以及陵园的一切事务。

日夜操劳，本年十月初，太庙和山陵均告竣工。十月十五日，赵祯葬于永昭陵，庙号仁宗。

十一月，仁宗归享太庙，蔡襄工作圆满完成。

日前，他往太庙，哭祭先帝。

今日，又独自一人来到金明池畔。

他的眼泪，顺着脸庞无声滑落。呆立池畔，蔡襄心如刀绞，肝胆摧绝。

《挽仁宗皇帝七首》——他点燃字纸，字纸随风扬去。瑟瑟寒风之中，东京城暮霭重重：

攒宫开七月，隧路闭千秋。
地带三川拆，天含万国愁。
乌云知圣没，龙驾想神游。
厚禄将无报，惭恩更白头。

67. 万世威神在，多方惠泽隆

先帝传基固，基人嗣统平。
余恩华夏在，高谊古今倾。
……
往事时兼远，孤臣泪独横。
晨兴西向久，凄断老年情。

蔡襄站立船头，遥望东京，热泪滚滚：他已经五十四岁，年老病衰，此回离开，恐怕今生今世，再也见不着皇宫、见不着先皇仁宗的陵寝了。

臣皇祐中修起居注，奏事仁宗皇帝，屡承天问，以建安贡茶并所以试茶之状。臣谓论茶虽禁中语，无事于密，造《茶录》二篇上进。后知福州，为掌书记窃去藏稿，不复能记。知怀安县樊纪购得之，遂以刊勒行于好事者，然多舛谬。臣追念先帝顾遇之恩，揽本流涕，辄加正定，书之于石，以永其传。治平元年五月二十六日，三司使给事中臣蔡襄谨记。

前年，仁宗离世；去年，他重抄《茶录》，并刻石刊印，以缅怀他心中无限敬仰的圣主。

今春，治平二年（1065）二月，朝廷命蔡襄以端明殿学士、礼部侍郎出知杭州。

永昭陵完工，蔡襄请求出知杭州，一请即准。宰相韩琦上奏新皇英宗道：“圣上，自来朝廷重臣请求外放郡县，一般都要请个三回两回的，这下三司使蔡襄一请即准，是否处置过于草率、于礼不合？”

英宗紧绷着脸，严肃说道：“要是他不肯再请了呢？”

嘉祐八年（1063）八月，蔡襄正式升任正三品三司使，起草诰命的是知制诰王安石：“具官蔡襄率德秉义，以缓禄宠，主国大计，功昭于时。”（蒋维锬：《蔡襄年谱》）本来，仁宗对他的工作是相当满意的，只是，换了皇帝，便免不了老话所言“一朝天子一朝臣”了。

这太庙和山陵刚完成，就出事了。

只因而今朝廷本不平静。

从前蔡襄知泉州时，彻查并停职降为庶民的晋江县令章拱之，趁到东京走亲戚的机会，和时任秘书省校书郎的堂兄章望之一起，伪造了一份文书，史称《乞不立厚陵（即英宗）为皇子疏》，内容为朝廷重臣蔡襄上书仁宗：请求不要立宗室子赵宗实为皇储。

虽经查证并非为实，但英宗心里却很不舒服，一定要拔掉蔡襄这颗眼中钉。

仁宗因长子早逝，曾经在景祐二年（1035），接堂兄濮王之子入宫，赐名赵宗实。后亲生儿子出生，又将其送回。仁宗曾先后育有三子，皆幼年夭亡，后来所生都是女儿。之后的十几年间，群臣建议领养宗室，均遭仁宗拒绝，认为自己还能生子。至和三年（1056），仁宗在朝会时突然发病，神志失常，养病中同意立宗室为嗣，但病愈后事遂止，仍然拒绝臣下劝立嗣。直至嘉祐六年（1061）方表示同意，因时年五十二岁，生子无望。去年，嘉祐七年（1062）八月，立宗室子赵宗实、今更名赵曙者为皇子。

嘉祐八年（1063）仁宗驾崩，赵曙继位，是为宋英宗。英宗尊仁宗皇后曹氏为皇太后，但其即位数日即病，仁宗大殓时，更“疾增剧，号呼狂走，不能成礼”（毕沅：《续资治通鉴》），只好由曹太后垂帘。英宗重病时，语言行动多有错乱，往往触忤太后，曹太后不堪忍受，加上内侍等离间挑拨，太后便有另立新君之意，但遭到宰相韩琦及参知政事欧阳修的反对。韩琦等在英宗病情缓和后，力劝英宗改善与太后关系，在英宗有行政能力后，又说服曹后卷帘。一场宫廷危机终于过去。

英宗病愈后，某日，曹太后与其闲话，有意无意说道：“本来，一直有朝廷重臣和内侍劝哀家另议皇帝废立之事……”意思是说，我对皇上你还是不错的哈。这时候，章拱之等伪造的上疏刚好和流言蜚语对上号，英宗遂决心驱逐蔡襄出朝。

起初英宗尽挑三司的毛病，有事没事对蔡襄发脾气。有一日，蔡襄因母亲生病请假没有参加早朝，皇帝变色对中书说道：“三司掌天下钱谷，事务繁重，而襄十日之中，在假者四五，何不用别人?”

宰相韩琦等共奏：“三司事无缺失，罢之无名，今更求一才识过蔡襄者亦无有。”

欧阳修也向皇帝解释蔡襄请假的原因：“襄母年八十，多病，襄为了照顾其老母，请假只是不参加早朝，太阳升高后，襄便直接去三司办公，并没有误事。”但英宗心结难解，蔡襄只好上书请求外放。

随后边事紧张，英宗又以边事将兴，军需未备，指示三司当早择他人。韩琦等不得不把流言的事情向皇帝摊明，当面问英宗：“蔡襄究竟有无文字反对立圣上?”

英宗说：“宫中没有看到文字，然而朕还在庆宁宫未立为皇子时就听说过。”

韩琦劝英宗：“事出暧昧，虚实未明，乞更审察，苟令襄以飞语获罪，则今后小人可以倾陷，善人难立矣!”

蔡襄好友曾公亮亦奏道:“京师从来喜为谤议,一人造虚,众人传之,便以为实。”

欧阳修又问英宗:“陛下难道以为此事果真有乎?”

英宗答曰:“虽不见其文字,亦安能保其必无,告谤者因何不及他人?”

治平二年(1065)五月底,蔡襄一行抵达杭州。刚到杭州不久,得到消息,儿媳刘氏为蔡家诞下长孙。蔡襄十分高兴,为长孙取名蔡传,字永翁,希望孙儿秉承家风,蔡氏一族长盛不衰。

68. 愿亲长年无穷已

> 仲春一浃,我生之辰。纪岁之行,五十有五。慈亲是时九十二,称觞献寿于膝下。曾孙满前侑以词,慈颜强饮至酒所。我今鬓发白垂丝,挥拂莱衣辄起舞。愿亲长年无穷已,愿儿强健典州府。不富不贫正得宜,如我奉亲难比数。

治平三年(1066),岁在丙午,二月十二,是蔡襄五十五岁生日,老母犹然在堂,已经九十二岁高寿。今日,他大举宴请宾客,为母亲祝寿。“仲春”即是二月天气,“一浃”乃十二天。

世间没有什么,比你须发尽白而父母仍健在,更值得高兴的事了。

坐在堂上,他和母亲两人,皆是皓首慈颜,仿佛天上神仙,让前来参加庆典的人欣羡不已。

一个说:“使君大人前世积德,才有如此福报。”

葛清源的内从兄葛密(宫绰,又字子发)虽隐居多年,这回却专程从江阴赶来,为自家兄弟和老夫人贺寿。

他举杯道:“恭祝老太君和君谟万福金安。君谟,今日吉日,会稽老酒好,请多饮几杯哦。茶亦好,恐是惠山山泉所点?”

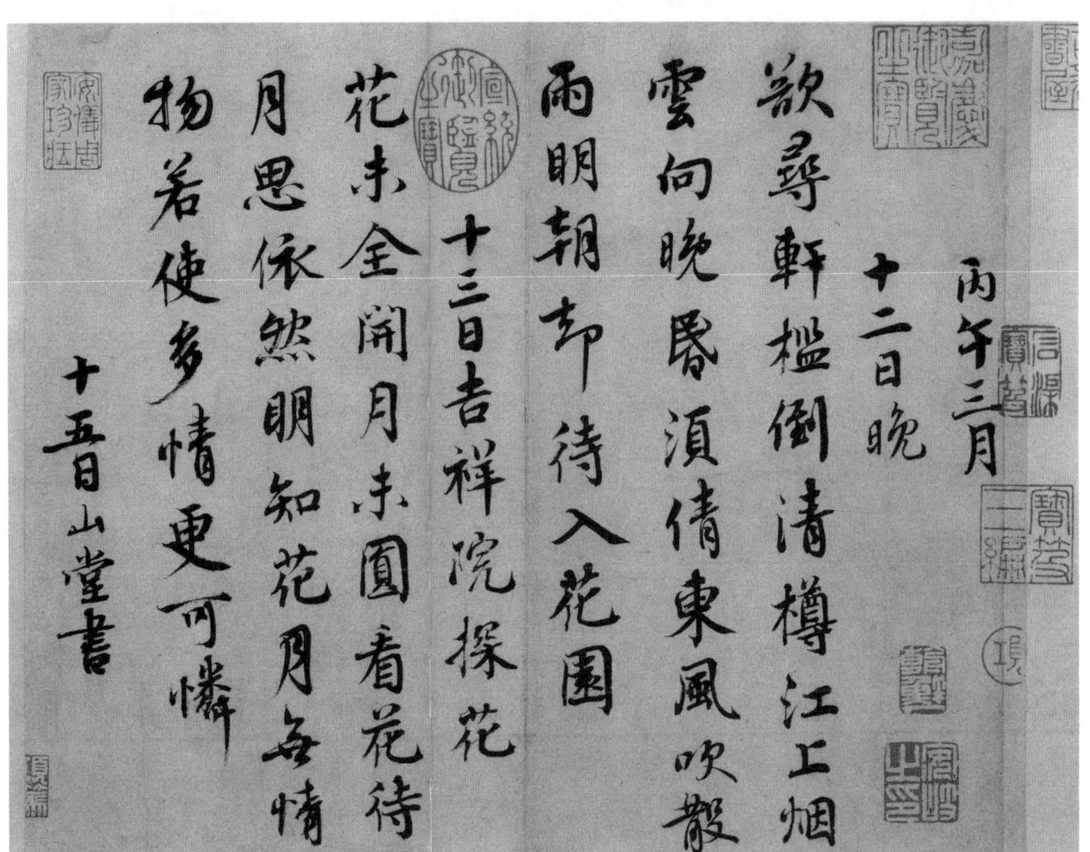

蔡襄：《山堂诗帖》

蔡襄笑眯眯地说：“谢公绰兄。是的，惠山山泉水也。茶是某昔日所制小龙团。”

葛夫人亲属中，蔡襄和内堂兄葛宫（公雅）、葛密二人关系最为亲密。

今日，因心中高兴，他赋成以上一首。“挥拂莱衣辄起舞”，他愿意如同古时楚国隐士老莱子一样，七十岁还能在父母跟前穿花衣服，学小儿啼哭，挥动衣袖为父母起舞，只要父母高兴便好。

出知杭州其实是他早年的心愿，屡次请求不准。所以，他这回是欢欢喜喜上任。离开杭州前待命的一段时间里，对所任职责，他依然忠心耿耿，无丝毫懈怠。对下属部门的各种恶习奸敝，全面加以查究治理，簿书账目需清楚完备，各种规定条目都务求切实可行。真宗继位以后，国家财政往往入不敷出，蔡襄主计，悉心理财，尚能做到有所积存。在应对仁宗嘉祐七年（1062）秋大享明堂、仁宗去世葬礼及修永昭陵等大笔开支时，均能够直接从朝廷财政中支出，不必另从地方征调。欧阳修高度评价蔡襄的理财能力："公应之，愈闲暇若有余，而人不劳。"期间，蔡襄更用心写下《天下财用总要》《国论要目》《论兵十事》等文上呈。面对国家财政和边境危机，他忧心如焚，愿意尽一已之力，建言献策，提供完备的数据和材料，以供新皇理政时参考。

去年，治平二年（1065）四月，五十四岁的蔡襄举家启程南下，儿子蔡旬却没有相随，他以荫补大理寺评判留京。五月二十六，蔡襄到杭州任上。

今日，蔡襄到杭州十个月了，最令他高兴的事，当是借自己生辰为九十二岁的老母亲卢太郡举寿。

葛密更接着说道："愚兄从未羡慕弟做高官，骑大马，唯一羡慕弟的便是高堂健在。而今我大宋，许多人为母亲祝寿举觞，往往要说：'愿母亲如蔡母卢夫人长寿康宁。'如若家中老母已经去世，便免不了要叹息：'哎，可惜本人命苦，母亲未能像蔡家卢老夫人长命百岁，福寿绵绵。'"

客人都散了，丝竹声也已停歇，蔡襄继续为好友亲朋点茶。

"弟还记得昔日到愚兄之山堂，我请弟饮小龙团，弟品茶后说：'兄请我喝小龙团，为何掺入大龙团？'愚兄大惊，叫来点茶小童一问，才知本来碾好之小龙团，够二人喝，适才又到一客，来不及再碾，就掺上一些碾好的大龙团。愚兄从此对君谟于茶事之精通，实是佩服无比。"

蔡襄道："呵呵，说到茶事，襄未免敝帚自珍些。建安能仁院有极好老茶树几株，庙中和尚制得'石岩白'茶八饼，特送四饼请予品尝，另四饼送与京师文丞相。一年后，余在丞相家品茶，捧起茶瓯一闻，便说此是'石岩白'，文丞相当即目瞪口呆……"

夜深了，葛密仍缠着蔡襄说话："君谟贤弟，自打弟天圣八年（1030）到江阴与我葛家结缘，这一下子就过去了三十六年。人生大半已经走过，与弟相识，实是愚兄之幸……"

说着说着，二人都睡着了。桌上的红烛轻轻舞动，光影无声，映照着两名老者银白的须发。

第二日午后，葛密要回江阴了，蔡襄书来一首七言送他：

山堂争似草堂清，俗事随人百种名。

赖有四窗春茗在，瓯中时看白云生。

字书温雅犹如春风拂面，仿佛他还是初到江阴时那个明眸皓齿的少年。

五月，到杭州才一年多的蔡襄接到升任南京留守兼知应天府的诏命。

待命期间，杭州州衙旁书斋清暑堂建成，他写下《杭州清暑堂记》。又书来《杭州戒弄潮文》，明令禁止在每年八月十八日大潮时下海弄潮，以保障士民安全。

十月，蔡襄母亲卢老夫人安然离世，享年九十二岁。十一月初，蔡襄携妾室葛氏以及女儿、幼子等举家扶柩南归。十二月二十八，到达故乡枫亭。

69. 玉座忽逢春月尽

蔡旻将头偎依在父亲怀中，一手揪住父亲的几缕胡须，放在手中转圈；一手拿着母亲剥好的荔枝往嘴里送，听父亲仔细讲来。

蔡襄妾室葛氏在内室里安静忙碌，不敢来打扰父子二人谈话。

蔡襄老来得子，对蔡旻格外宠爱。

治平四年（1067），仲夏。

今年正月，英宗驾崩，其子赵顼继位，是为宋神宗。

乡居兴化军莆田的蔡襄已不再过问世事了。

他回到故乡，将母亲安葬，与父亲合葬于弟弟身旁。自己庐墓而居，每日里教导孩儿蔡旻读书习字，闲时自己也写来几个。拿着而今的字书，他免不了要摇头叹息：“老矣，吾真真老矣。”

上月，已成家的陈子安从建安山中前来莆田看他，给他带来新春小龙团茶两斤四十饼，只是蔡襄而今已不再饮茶。他笑着把新刻成的《茶录》送给子安，道："山中岁月，委实难忘。子安，带回老夫所书，以课子孙吧。"

蔡旻今年快要九岁了。

"父亲，此便是您所说的陈紫么？真是十分美味呢。"

蔡襄道："莫要揪爹爹的胡须。儿瞧，再揪下去，便是要如同头顶毛发稀稀拉拉矣。为父而今只余胡子还稍稍可观。"

蔡旻道："父亲胡须本是极美，邻人都称爹爹为美髯公呢。"

蔡襄道："爹爹老矣，哪还能美？为父只盼孩儿能平安长大，有所成就，对自家音容早已不在乎。儿当用心读书，为蔡氏一族争光。"

蔡旻点头。

蔡襄接着道："孩儿手中便是陈紫。陈紫分两种，最好大陈紫，其次小陈紫，为荔枝最佳。福州江家绿亦好。为父专为荔枝作谱，称《荔枝谱》。虽尝刻石，但真本藏着秘不示人，待为父取出与孩儿瞧。"

他小心取出小楷书《荔枝谱》七篇，一一翻给蔡旻看。

"孩儿瞧，就是《荔枝谱》撰成那日，孩儿降生的呢；亦在是岁末，父亲领泉州民众，建成洛阳桥，因此为父总不免对此特别宝贝些。"

蔡旻站起，洗净双手，擦干，接过看。见页尾记着："嘉祐四年(1059)，岁次己亥，秋八月二十日，莆阳蔡襄。"

"荔枝以甘甜为其味，但百千树，并无雷同者，正如做人，过甘与淡便失却味之中正，当持中守正，流而不盈。陈紫色香味俱具，中正平和，剥之凝如水精，食之消如绛雪，所以为天下第一也。陈紫采摘，并不如同其余荔枝，摘好出售，因其贵重，陈氏采摘时，闭紧门户，外面之人隔墙扔钱进去，里面人随即丢荔枝出来，得者自以为幸，根本不敢去计较价钱。"说来这些，看着儿子，蔡襄心中暖意渐生，悠然吟道：

绛衣仙子过中元，别叶空枝去不还。
应是天人知忆念，再生朱实慰衰颜。

"孩儿，荔枝是良物，名彻上京，外被夷狄，重于当世，足可宝贵也。

食之有益于人，常食可延年益寿。性热，若怕上火，吃完再饮一些蜜浆便可解去热毒，”稍停，又道，“你的兄长、我那旬儿最爱吃荔枝，可惜他今年暑天不得暇回家，等他年末回来，新鲜荔枝又没有了。小孙孙蔡传今年两岁，怕是会说话了呢。”

蔡旻拿着父亲楷书《荔枝谱》，站起高声诵读：“宋公荔枝，树极高大，实如陈紫而小，甘美无异。或云陈紫种出宋氏，世传其树已三百岁。旧属王氏，黄巢兵过，欲斧薪之。王氏媪抱树号泣，求与树偕死。贼怜之，不伐。宋公名诚。‘公’者，老人之称，年逾八十，子孙皆仕宦。”

“爹爹，孩儿最喜此章，仿佛听老者说书呢。此事果真?”

蔡襄曰：“每章每节皆为父亲亲历。为父为福建路转运使时，尝请画工绘下福、漳、泉、兴化军四地多种荔枝图谱，以惠百姓。”

“孩儿瞧，《荔枝谱》三千余字，总括荔枝三十二个品种，对其于福建路之分布，以及栽种、储存方法、贩运路径等，均有详细介绍。还讲到因荔枝甘甜可口，商贾争先贩运往西夏、辽以及琉球、高丽等国呢。为父不敢说为荔枝作谱后无来者，至少是前无古人。今为父将此整册手书交与孩儿，望孩儿珍藏。”

蔡旻道：“爹爹，孩儿不但要珍藏并记诵心头，让荔谱流芳；还将临习书法，写得如爹爹一般好。”

蔡襄笑得眼睛眯了起来。

说话间，老仆程子直走进屋来，报曰：“老爷，京师有信送达。”

蔡襄拆信，是好友欧阳修写来，信中说几日前，蔡旬因病逝于京中。

一粒荔枝，悄然滚落脚下。

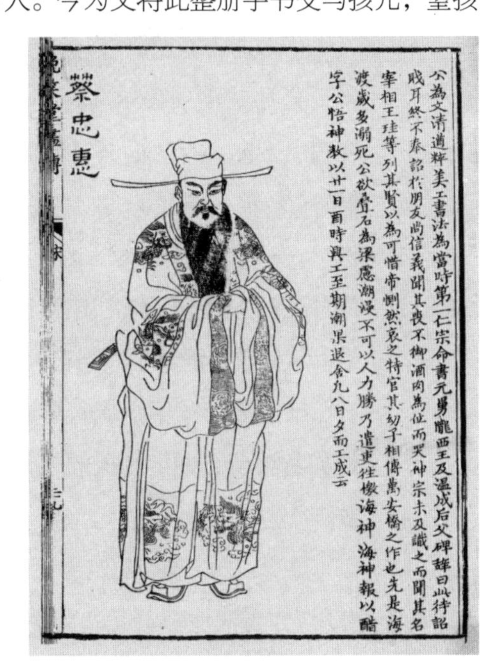

蔡襄像

尾声:人静当庭月正圆

他又一次来到泉州洛阳桥。

秋风微微，吹拂着他衣袂飘飘；月华如洗，静静照耀江面。

他走近桥南蔡襄祠，驻足看向其中自己坐像，轻轻摇头:“过了，过了。”

《万安渡石桥记》刻碑勒石之后不久，泉州士民为纪念蔡襄在泉为官造福一方、竭尽心智修建跨海长桥的功绩，自发捐献立祠奉敬。

他的身旁，九岁幼子蔡旻轻声问道:“父亲，这洛阳桥如此壮观，当真是爹爹领造?”

蔡襄点头答道:“自然。为父估摸，就是洛阳桥落成前一年，嘉祐三年（1058）岁末，你娘怀上你的呢。次年深秋，你娘生下你，为父根据《尔雅·释天》中‘秋为旻天’，以及《诗·大雅·召旻》序:‘旻，闵也，闵天下无如召公之臣也。’——即前几日为父为孩儿讲解之书中章节，为孩儿取名为‘旻’。既纪念孩儿出生于秋天，亦含有对孩儿的无限怜惜，希望孩儿能够顺顺当当，健康长大。”

虽过去十多年，想着早逝的长子蔡匀，蔡襄心头依然痛楚莫名。至于去年刚逝的二儿蔡旬，他更是深藏心中，不敢触碰。

蔡旻点头:“孩儿定当不辜负父亲期望，健康长大，成为有用之人。”他牵着父亲的手，缓缓走上桥中央，走下石阶，走近月光菩萨雕像。菩萨在秋风中，低首含笑，宝相庄严。

“月光菩萨，己亥岁造”。蔡旻用手，轻轻抚摸上面镌刻着的红漆字迹。

治平四年（1067）八月，中秋。

洛阳江里，清源山深黛的倒影，在月色中摇摇晃晃，时明时暗。海潮阵阵，犹如猛兽的呼吸，重重拍打堤岸。

远远地，似有若无，清亮的童声飘过来：

洛阳桥，一望五里排琨瑶。
行人不忧沧海潮，冲冲往来乘仙飙。
蔡公作成去还朝，玉虹依旧横青霄。
考之溱洧功何辽，千古万古无倾摇。

“三十多年了，再也不可能回去。我的洛阳哪，我的青春年华。”

蔡襄的眼睛湿润了。他想对儿子说点什么，又笑着摇摇头，什么都没说。

他眯着双眼，轻声吟来：

韩王宅里酒千垆，范帅园中花万株。
行乐主人今已矣，春风还似旧时无？

后记：北苑归来不看茶

作为一名土生土长的云南乡下人，我知道，写下这句话，是要担风险的。

这个春天（2018），为了写蔡襄，我决定去一趟建瓯，然后再进武夷山。

从小被茶叶水泡大，学会走路，便学会喝茶。小时跑累玩嗨，回到家，抓起爹爹的大茶缸——他喜欢的白地青花的瓷杯，“咕咚咚咚”先灌一气。爹爹平日里喝一级滇绿，它的好处是，不用洗茶，随手续杯，很方便，最适合整日里口干舌燥做中学教师的爹爹。

喝滇红时，会加牛奶，还需要些点心来配。这些时候，爹爹通常会蒸个大蛋糕。云南从前基本归法国人管，洋派作风本地人学会不少。

吃烤茶时，大概是五六岁，随爹爹在乡下。

爹爹工作的小山村，有个好听的名字，叫作“火红”。

看爹爹拿出一只“黑漆吗咕咚”的土罐子，放在火塘里窜出的火苗上烤。真好玩哪，我也想试试，又怕爹爹，不敢说。

烤了一会儿，罐子烫了吧。爹爹敲下一块同样“黑漆吗咕咚”的沱茶，捣碎，放进热罐子，然后像炒菜一样抖、簸、转。我在旁边模仿学他。

很香很香的茶香味散了开来。

爹爹提起大茶壶，冲水进罐子，“滋溜”响几声。茶水一朵朵开花样冲上罐子口，泡泡冒起来了呢，快要漫出来……

我很着急，泡泡落了下来。爹爹又加水，罐中的茶水满了，滚了。

爹爹倒了几杯，分给客人。我偷偷尝了他杯中一口，真苦真酽真烫啊！

喝酥油茶，是长大之后的事了。在香格里拉，创下一天喝掉八壶的记录。

中学时候，曾经出过一个谜语给同学猜：草木之间人来往。居然无人能答，只好独自讪讪。

五十多年时光，茶水声中，哗哗哗流走。

这辈子，总是跟茶有着不解之缘。

从云南茶乡来到福建茶乡。

云南的茶，好比茶中的大丫头，粗头乱服，野趣烂漫，泼辣、任性、狂放，自作主张，不服管教。以茶代酒，亦是妥妥帖帖。

福建的茶，是一个蒙面的大家闺秀，它稳重、端庄、内敛，气质出众，深不可测。

北苑，在中国茶历史上、中华茶文化中，太重要了。从唐之陆羽《茶经》，到宋之蔡襄《茶录》，尔后，饮茶风行天下。其间雅人深致，可以说，北苑茶作为一个标杆，引领着中华民族的茶文化，促成了贵族、士大夫阶层的饮茶之盛，继而带动整个社会的经济、文化发展。

东坡写茶："龙焙今年绝品，谷帘自古珍泉。雪芽双井散神仙，苗裔来从北苑。"既说北苑贡茶龙焙，又称赞黄庭坚家乡双井绿以及江南雪芽，个中妙味，令人怀想。

他又说："夸君赐，初拆臣封。看分香饼，黄金缕，密云龙。"关于宋之茶事，关于君赐之金花密云小龙凤团，关于宋徽宗《大观茶论》等等，莫不和福建北苑息息相关。

上有所好，下必奋发。宋代的四位福建路转运使，无一不精益求精，呕心沥血，为中华茶业，培育出一朵朵盛世的“金骏眉”。

在《唯余笔墨情犹在：赵孟頫传》中，我曾写下一段：

今日众乡邻于柳树下嬉戏之斗茶兴起于唐，大盛于宋，雅称为“茗战”，是蛮有意味的民间风雅，一般在春秋两季各设其一，参与者烹、品、评茶，较茶艺之高下。

“是的，饮茶之精致细雅，从采茶、制茶到品茶之茶具、茶礼，莫过于我大宋。”赵孟頫凝神遐思。

徽宗皇帝《大观茶论》里骄傲宣称：“采择之精，制造之工，品第之胜，烹点之妙，莫不盛造其极。”

宋初，太平兴国三年（978），宋太宗赵光义遣使至建安北苑（福建建瓯东峰镇），督造皇室专用之茶。

因茶形为圆饼，饼上有龙凤纹饰，美之曰“龙凤团茶”。此龙凤团茶，茶饼表面之花饰乃官人剪金花而贴于其上，龙腾凤翔，十分精美。

龙凤团茶“择之必精，濯之必洁，蒸之必香，火之必良。一失其度，俱为茶病”。焙房面北开户，名曰“北苑”，又因所产茶叶供官廷享用而称“北苑龙焙”。淳熙十三年（1186），赵当砺所著《北苑别录》言：“建安之东三十里有山曰凤凰，其下值北苑，旁联诸焙，厥土赤壤，厥茶惟上。”此当然并非虚言夸饰，龙凤团茶可说尽得天时，更兼地利：茶种，水土等超凡，加之人和——制作工艺精湛绝伦，从采、拣、蒸、榨到研、造、焙、藏道道工序繁琐认真。这极致的创造，先后四位福建转运使功不可没。宋祁诗曰：

晚花吹酒送行人，迢递风烟上七闽。

江海身孤虽恋阙，豺狼路静不埋轮。

阳林撷露茶腴早，侧树烘霞荔子新。

毛竹乾鱼仙祀古，请君寻遍武夷春。

此先后四位福建转运使为：真宗朝丁谓，其监造龙凤团茶突出“早、快、新”特点，以至“建安三千五百里，京师三月尝新茶”。因书而留名之仁宗朝蔡襄，创制之小龙团，其品精绝，其香悠远。小龙团二十饼重一斤，每饼值金二两！再后之英宗朝贾青，复又创制密云龙茶，其云纹细密更胜于小龙团。密云龙团产量极少，除皇室享用外，唯有于宗庙祭祀时用上少许，并无多余赐给近臣。但皇亲贵戚乞赐不断，元祐初年，垂帘听政英宗皇后、神宗母、哲宗祖母高太皇太后感觉为难，下令不许再造。如此一来，物以稀为贵，密云龙团反而声名更加响亮。徽宗时郑可简，进一步改制小龙团，采新茶之嫩尖，蒸后“将已拣熟芽再剔去，只取其心一缕，用珍器贮清泉渍之，光明莹洁，若银线然，以制方寸新銙，有小龙蜿蜒其上，号龙园胜雪”。（《宣和北苑贡茶录》）此算是风雅到极致，奢靡到极致了吧。

想着这些，他面对乡邻，磨墨展纸，写成一画，命曰《斗茶图》。

哦，不用再多说了。让我们追随蔡襄，重返北宋繁华，到建瓯山中去品茶：

兔毫紫瓯新，蟹眼青泉煮。
雪冻作成化，云间未垂缕。
愿尔池中波，去作人间雨。

又逢己亥，谨以此书，纪念蔡襄修建洛阳桥960周年，并纪念“熙宁变法”（王安石变法）950周年。

附录：北宋帝系及蔡襄生平大事记

北宋（960—1127）是中国历史上继五代（十国）之后的朝代，与南宋合称宋朝，又称两宋。因皇室姓赵，也称作赵宋。传九位皇帝：宋太祖赵匡胤、宋太宗赵光义、宋真宗赵恒、宋仁宗赵祯、宋英宗赵曙、宋神宗赵顼、宋哲宗赵煦、宋徽宗赵佶、宋钦宗赵桓，享国167年。

建隆元年（960）赵匡胤陈桥兵变，从后周柴氏手中取得政权，改国号为宋，是为宋太祖。定都汴梁（今河南开封），又称汴京、东京。太祖时，有名相赵普，以“半部《论语》治天下”，奠定宋代儒学治国基石。

开宝九年（976）十月十九日夜，赵匡胤召胞弟赵光义（原名赵匡义，因避兄讳而改名）进宫饮酒并准其留宿宫中。天快亮时，赵光义急唤人，宣称赵匡胤驾崩。二十一日晨，赵光义在赵匡胤灵柩前即位，一反次年改元的惯例，立刻改元太平兴国。因此事蹊跷，民间有“烛影斧声”的传说，认为赵光义用玉斧杀死赵匡胤。赵匡胤两个儿子赵德昭与赵德芳未能继承王位。

至道三年（997）宋太宗子赵恒即位，是为宋真宗。次年（998）改元咸平。宋真宗任用宰相寇準等，有“咸平之治”，与辽国签订“澶渊之盟”。真宗皇后刘娥无子，以李宸妃子赵祯为己出，并于赵祯初登基时辅佐幼主、垂帘听政。民间和戏曲故事中，演绎此段历史为“狸猫换太子”。故事中的包拯、八贤王（宋太祖子赵德芳为其原型）均有艺术夸张。

大中祥符五年（1012）二月十二，蔡襄生于福建路兴化军仙游（今福建莆田市仙游县）枫亭镇赤湖蕉溪（东宅）村农家，父亲名蔡琇。母亲卢氏，惠安卢姓秀才之女。兄蔡爕早夭，因而蔡襄自称为“蔡大”，弟蔡高、蔡奭，两姊。

大中祥符九年（1016） 五岁。和弟弟蔡高一道，在惠安涂岭圭峰伏虎岩山寺从外祖父卢仁读书。

天禧二年（1018） 七岁。与弟同入枫亭会心书院，拜许怀宗为师。

会心书院坐落在枫亭塔斗山东禅寺后，背靠塔斗山，门对卧牛山。书院始建于唐，盛于宋，前有位至国公的南康郡王陈洪进，后有太师蔡京、宰相蔡卞就读于此。

乾兴元年（1022） 赵祯即位，是为宋仁宗。次年改元天圣。宋仁宗统治的四十二年中，人才辈出，名臣晏殊、范仲淹、蔡襄、欧阳修、包拯、文彦博、韩琦、富弼等人，建树广远，造福百姓，国泰民安。仁宗朝，是两宋国力最为强盛的时代，有“嘉祐之治”，仁宗还任用范仲淹推行“庆历新政”。仁宗擅书法，尤擅飞白。仁宗无子，宗室濮王子赵曙继承王位。

天圣元年（1023） 十二岁。得仙游县尉凌景阳相助，和弟弟蔡高同入郡庠读书。与惠安人杨公明、卢锡（蔡襄舅）同学。

天圣四年（1026） 十五岁。中乡举。

天圣七年（1029） 十八岁。携十六岁的弟弟蔡高一道，徒步北上，参加开封府试，荣登榜首。

途中，有诗《梦中作》：

白玉楼台第一天，琪花风静彩鸾眠。
谁人得似秦台女，吹彻云箫上紫烟。

天圣八年（1030） 十九岁。得凌景阳推荐，到江阴，在葛惟明相助之下，入悟空寺书院读书。

凌景阳为葛惟明长女婿，天圣初至天圣四年（1026）任仙游县尉。

本年，在江阴，定下与葛清源的婚事。

蔡襄到东京参加进士考试，中二甲第十名。其弟蔡高未中。

天圣九年（1031） 二十岁。授漳州军事判官。中进士后，先去江阴迎娶葛清源，然后赴漳州任。“蔡君谟娶余祖姑清源君，而赴漳州南幕”。(葛立方:《韵语阳秋》卷一)

景祐元年（1034） 二十三岁。漳州军事判官任满返回家中待选。蔡高进士及第。

蔡京、蔡卞父蔡准，亦于是年进士及第，即与蔡襄胞弟蔡高为同榜进士。

本年底至景祐三年（1036）初，在家待命。

另一说，景祐元年先经任命为西京留守推官，《答王太祝书》:“景祐元年七月十五日新授西京留守推官蔡襄顿首白。”后改著作佐郎、馆阁校勘。(据蔡文福《蔡襄年谱简编》)

此与宋代官阶和情理不符，故不采此说。

景祐三年（1036） 二十五岁。作《四贤一不肖诗》，赞范仲淹、尹洙、余靖、欧阳修，斥高若讷。

蔡高为长溪县尉。

是年七月，授蔡襄朝奉郎、大理评判、西京留守推官。

在洛阳几年间，辅佐范雍疏导伊水，作《导伊水记》；又协助宋绶修通远桥，有《通远桥记》。

得宋绶指点，书法大进。有诗句曰：“辱公知遇厚，表里曾无嫌。间复请笔法，指病如投砭。今朝观故物，惜已悲惭兼。层丘恩德重，素发年华添。”(《观宋中道家藏书画》)

宝元元年（1038） 二十七岁。长子蔡匀生。

本年为西夏天授礼法延祚元年，李元昊称帝，建国号大夏（史称西夏），定都兴庆（今宁夏银川）。

康定元年（1040） 二十九岁。回京任秘书省著作佐郎、馆阁校勘。

是年，欧阳修亦被召回京，复任馆阁校勘，后为谏官。

宋夏战争全面爆发，西夏兵围军事重镇延州（今延安），设伏于三川口，宋军大败，大将刘平、石元孙部为李元昊所歼。史称“三川口之战”。

三川口之战以后，宋仁宗深以西夏强盛为忧，下令以夏竦为宣徽南院使兼陕西四路经略安抚招讨使等职，判永兴军，韩琦、范仲淹为副使，共同负责迎战西夏的事务。韩琦主持泾原路，范仲淹负责鄜延路。

时知延州范仲淹在当年杜甫歇息的石岩上，亲笔题写“杜甫川”三字刻于石崖。

蔡襄奉旨书《尚书·无逸篇》于阁屏。

次子蔡旬出生。

弟蔡高长溪尉秩满，改派到开封府太康县任主簿。

康定二年（1041） 三十岁。

本年十一月，改元“庆历”。

回家省亲。六月，弟蔡高染疫身亡。作《祭弟文》。

九月十五，与陈伯孙同游莆田囊山寺，留诗题石壁间：“六合万籁息，秋林月正晖。琴中传不尽，石上坐忘归。”

宋夏好水川之战。西夏天授礼法延祚四年（宋康定二年，1041年），西夏军进攻宋泾原路，在好水川（今宁夏隆德西北），宋夏两军交锋，宋军战败，大将任福战死。

范、韩在边地治军，声誉渐起。《边地谣》曰：“军中有一韩，西贼闻之心骨寒；军中有一范，西贼闻之惊破胆。”范仲淹的好友滕子京此时正知泾州，大设牛酒迎犒士卒，在佛寺设醮祭祀阵亡将士，抚恤遗族，以定人心。庆历三年（1043），被人上奏滥用公使钱；庆历四年（1044）春，谪守巴陵郡。

庆历三年（1043） 三十二岁。范仲淹、富弼、韩琦、杜衍同时执政，欧阳修、王素、余靖同为谏官。蔡襄受欧阳修等几人举荐，亦被仁宗任命为谏官，史称“四谏”。仁宗更“赐知谏院王素三品服，余靖、欧阳修、蔡襄五品服。面谕曰：‘卿等皆朕所自择，数论事无所避，故有是赐。’”。（清·毕沅：《续资治通鉴》）

上《黼扆箴并状》以及别疏。四月到六月间，四荐范仲淹。

有《言增置谏官书》《乞罢吕夷简商量军国事》《乞罢晏殊宰相》《论李淑梁适奸邪》，以及与余靖等四谏官联名上奏《言灾异》。

是年冬，请求外放以养亲，朝廷不准，命其回家奉迎双亲进京。

顺道接回弟弟骸骨，将其安葬于故乡枫亭。

庆历四年（1044） 三十三岁。

三月，欧阳修作千古名篇《朋党论》。

六月，“以知谏院蔡襄直史馆、同修起居注”。（陈庆元等校注：《蔡襄全集》）

十月，“知谏院蔡襄以亲老乞乡郡，己酉，授右正言，知福州”。（毕沅：《续资治通鉴》）

庆历五年（1045） 三十四岁。知福州。

“陈执中在中书，数与衍（杜衍）异议。而蔡襄、孙甫之乞出也。仁宗庆历五年春正月”。（杨仲良：《皇宋通鉴长编纪事本末卷第三十八》）

其间，主持以下几件大事：其一，延请周希孟、陈烈等名师，改变福州学生重诗赋、轻策论的旧俗，亲临学馆，执经讲问，有《策问》七篇。其二，兴修水利，上札子请修东湖西湖。其三，公布《圣惠方》，并作《圣惠方后序》，刊刻于碑，劝病者就医治疗；建医馆，禁巫蛊，教民以医药："禁绝甚严，凡破数百家，自后稍息。"其四，修园建亭，与民同乐。

庆历七年（1047）三十六岁。改任福建路转运使。

《耕园驿并序》："庆历七年，予使本路。"

视察北苑，监制小龙团茶。有《北苑十咏》。

明代王象晋《群芳谱·茶谱》："庆历中蔡端明为漕，始造小龙团茶。"

上《乞复修五塘札子》："窃缘旧作陂塘，灌田一千余顷，济活八千余家。及决塘为田以来，收得塘内田一百余顷，丰赡官势户三十余家，又年年雨水不充，放却赋税至多。……"带领民众修复莆田古五塘，解救八千余农户，"复古五塘以溉田，民以为利，为公立生祠于塘侧"。（蔡金发主编：《蔡襄及家世》）

上《乞减放漳泉州兴化军人户身丁米札子》，奏请减轻漳、泉、兴化军三地丁口税，并上《乞厢军屯驻广南只于比近军州节次那移对替札子》，请求改变福建厢兵不能就近驻扎的现状。

蔡襄倡议官吏，发动百姓，从福州大义至泉州、漳州七百余里的大道两旁遍植榕树，荫庇大道。民谣颂曰："夹道松，夹道松，问谁栽之我蔡公；行人六月不知暑，千古万古摇清风。"

《枫亭志卷之五·三山志》："蔡密学知福州日，令诸邑道皆植松，自大义渡，夹道达于泉漳。人称颂之。"

庆历八年（1048）三十七岁。

四月，自汀州往漳州。于十五年后重游西耕园驿和白莲院。

十一月，蔡襄因父亲去世而离职回籍丁忧。“父琇卒，累赠刑部侍郎”。

皇祐二年（1050）三十九岁。十一月，“外除赴京”。

皇祐三年（1051）四十岁。正月十八日，书《入春帖》。授右正言、直史馆、判三司度支勾院，同修起居注。

是年，在蔡襄一再请求之下，朝廷终于下诏，减轻漳州、泉州、兴化军丁米钱。泉州、兴化军旧纳七斗五升者，主户减二斗五升，客户减四斗五升；漳州旧纳八斗八升八合者，主户减三斗八升八合，客户减五斗八升八合。后为定制。

刚入朝，即为唐介事直言上谏：“唐介以直言忤旨，贬春州别驾。朝廷无敢言者，独公论其忠。”（《宋史》）

因判三司度支勾院，故引其庆历年间《论财用札子》。该疏论述国家财政乱象以及治理方法，即养民，惜利，节流，去小利存大惠，上下协力、公私两顾。

皇祐四年（1052）四十一岁。

君臣论茶，撰写小楷《茶录》。

九月，迁任起居舍人、知制诰兼判注内诠。仁宗授予蔡襄“三品”官印。

皇祐五年（1053）四十二岁。

正月，与王圭同知贡举。

因蔡襄书真宗《奉神述》笔墨精彩，仁宗十分满意，特赐予蔡襄上骑都尉（七级功勋）和紫金鱼袋（四品以上官服标志），又亲书“君谟”二字遣中使赐下。蔡襄作《谢御笔赐字诗并表》。

至和元年（1054）四十三岁。拒书温成皇后张氏墓志铭，有《乞罢温成皇后立忌》《乞罢陵园监护司》以及《乞不作温成皇后墓志》。终作《温成皇后挽词二首》。

因梁适奸邪，御史弹劾，仁宗将御史吕景初、马遵、吴中复逐出朝廷，贬官地方。命蔡襄拟罢免几人制词，蔡襄却将其封还，不愿草制。

“其后屡有除授非当者，必皆封还之。而上遇公益厚。曰：有子如此，其母之贤可知，命特赐冠帔以宠之”。（欧阳修：《端明殿学士蔡公墓志铭》）

仁宗赐蔡母仁寿郡太君卢氏凤冠霞帔，又加封其妻葛清源为永嘉郡君，追赠其祖父蔡恭为工部员外郎，父亲蔡琇为刑部侍郎。

七月，朝廷升蔡襄为龙图阁学士、权知开封府。京畿重地，极难治理，蔡襄日理万机，政绩有目共睹。

又妥善处理陈执中案。十年前庆历中，有札子《乞罢陈执中参知政事》。

至和二年（1055）四十四岁。以枢密直学士知泉州。有诗曰：“予年四十四，发白成衰翁。非有高盖车，曷与贤者同……”

六月中旬，到达雍丘（今河南杞县），长子蔡匀患病不起，第二日，赶到南都（商丘）后，不幸离世。“至和二年，余出知泉州，侍亲南归。六月十五日，至雍丘，长子匀感疾。又明日，至宋都。二十二日逝去。匀年十八，为将作监主簿，孝悌好学，余心悲哀，词以悼之”。

有《长子将作监主簿哀辞并序》：“沉忧伤人，独语谁诉?”

是年冬，葛清源病逝于衢州道中。

至和三年（1056）四十五岁。正月初一穿过蒲城昔阳岭，本月上旬抵南剑州（今福建南平），中旬过鱼溪，中下旬回到故乡枫亭。

二月初七，抵达泉州；席不暇暖，闰三月得朝廷令，命改知福州。

蔡襄在泉州任上整顿吏治，晋江县令章拱之贪赃枉法，蔡襄奏疏弹劾，将其革职为民。《闽书·文莅治》:“章拱之，蒲城人，在任不法，守郡襄按以脏罪，坐废。”

八月，到福州就任新职。《福州谢上表》:“差知福州，已于八月四日赴任。”

九月，国家改元嘉祐。

嘉祐元年（1056）**至嘉祐二年**（1057）四十五、四十六岁。蔡襄再知福州。

继续学馆事务，教导学子。福州士人周希孟、陈烈、郑穆等几位德才兼备，蔡襄从上次知福州起，便备礼招纳延请，让他们用所学经义教诲学生。

书《福州五戒》以及《戒山头斋会》等，并刻石立碑，以便百姓常记诵，意欲破除旧习，净化环境，树立新风。

又彻底疏浚西湖。将晋安河接入闽江，形成贯通福州南北的“大运河”。更兴修各县水利：“嘉祐二年蔡襄知福州，命三县疏通渠浦百七十六，计二万一千九百七十四丈，均用民力，凡八万九千，溉田三十六百余顷，侯官河浦六十九，延袤一百二十五里。田主以四分，佃户以六分，开淘借盘水利者，亦四分助之。仍令民以时修治，不用命者有罚。”

嘉祐三年（1058）四十七岁。七月，朝廷以蔡襄政绩卓著，特加礼部郎中，命其以枢密直学士、起居舍人调知泉州。

《乞雨题四方院有序》:“嘉祐三年七月，某再领泉山。”

蔡襄知泉州时因连年发生旱灾，遂调动民力，加强水源管理，制定《龟湖塘规》，解决用水纠纷。蔡襄任转运使期间，曾在郡南小乌石山访得一泉，治平年间（1064—1067），晋江县令王克俊在摩崖刻“蔡公泉”三字以为纪念。

主持修建沿海州县城池，加强军事防备，教习舟船熟记水势，防备海寇。

嘉祐四年（1059） 四十八岁。

八月二十日，撰成《荔枝谱》。是日，幼子蔡旻生。

泉州城东郊有洛阳江，下游出海口江面宽五里，有渡口名万安渡，“每风潮交作，数日不可渡”，“沉舟被溺，死者无算”。

蔡襄领百姓，于本年十二月，建成洛阳桥。

《弇州山人稿》：“万安天下第一桥，君谟此书雄伟遒丽，当与桥争胜。结法全自颜平原来，唯策法用虞永兴耳。”

时人有诗赞曰：“叠石为桥与路通，惠安之北晋江东。几时募化千家宝，一旦缘成万载功。五尺栏杆遮巨浪，雨头华表镇危峰。往来无限行人口，日月齐休诵蔡公。”

《闽部疏》：“闽地颇畜蛊，其神或作小蛇毒人，有不能杀者。独泉之惠安最多，八十里间，北不能过枫亭，南不敢度洛阳桥云。蔡端明为泉州日，捕杀治蛊者几尽，其妖至今畏之。以桥有端明祠，而枫亭仙游属，端明即仙游人也。土人之庄事端明如此。”

嘉祐五年（1060） 四十九岁。朝廷以翰林学士、权知开封府召回，连上四道表、状请辞。

嘉祐六年（1061） 五十岁。五月到京，被授为翰林学士、权三司使，主管朝廷财政。宋廷财政入不敷出，积贫甚深。蔡襄善于理财，“较天下嬴虚出入，量力以制用。划剔蠹敝，簿书纪纲，纤悉皆可法”。(《宋史》)

多次为受冤被贬官员如尹洙等众多官员申冤平反。

嘉祐八年（1063） 五十二岁。三月二十六，仁宗赵祯驾崩，享年五十四岁，在位四十二年。

朝廷以丞相韩琦为山陵使；参知政事欧阳修受命篆新君“皇帝恭膺天命之宝”；蔡襄领命修奉太庙，总应奉山陵事。

有七言挽诗一首，以及五言《挽仁宗皇帝七首》。

八月，蔡襄正式升任正三品三司使，起草诰命的是知制诰王安石，诰曰：“具官蔡襄率德秉义，以缓禄宠，主国大计，功昭于时。”（蒋维锬：《蔡襄年谱》）

是年，赵曙登基，是为宋英宗，次年改元治平。宋英宗在位四年。

仁宗赵祯无子（三个儿子全都早夭），景祐二年（1035），幼年赵曙被仁宗接入皇宫，赐名赵宗实，交给曹皇后（后来的曹太后）抚养。

英宗乃宋太宗赵光义曾孙、商王赵元份之孙、濮王赵允让第十三子。

嘉祐七年（1062），赵宗实改名为赵曙，被立为皇太子，封巨鹿郡公。

英宗皇后高氏，小名滔滔，庙号宣仁圣烈皇后，其姨母为仁宗后曹氏，亳州蒙城（今安徽省蒙城县）人。高滔滔自幼养于宫中，曹皇后本欲把她献给宋仁宗以分宠，仁宗婉拒，将其许配英宗。因而赵曙、高滔滔二人成亲时，民间有“皇帝娶媳，皇后嫁女”之说。

英宗继位，蔡襄撰《国论要目》一文，阐述改革主张，提出择官、任才、去冗、正刑、辨邪佞、抑兼并、富国强兵的改革方案。英宗不但不采纳，反而欲夺其三司使职。

从前蔡襄知泉州时，彻查并停职降为庶民的晋江县令章拱之，与其时任秘书省校书郎的堂兄章望之一同，伪造了一份文书，史称《乞不立厚陵（即英宗）为皇子疏》，内容为朝廷重臣蔡襄上书仁宗，请求不要传位给英宗赵曙。

蔡襄在朝廷难以容身，请求外任。

治平元年（1064） 五十三岁。因怀念仁宗，重上《茶录》："治平元年五月二十六日，三司使给事中臣蔡襄谨记。"

英宗对蔡襄心存芥蒂，将其外放。

治平二年（1065） 五十四岁。蔡襄以端明殿学士出知杭州。

《杭州府志》："杭州每年八月十八日潮生，郡人聚观，善泅者泝涛出没，谓之弄潮。宋治平中郡守蔡襄作《戒弄潮文》。"

治平三年（1066） 五十五岁。

岁在丙午，二月十二，是蔡襄五十五岁生日，其母卢氏夫人已经九十二岁高寿。他大举宴请宾客，为母亲祝寿。

到杭州任仅只一年余，得朝廷命，以端明殿学士为南京留守兼知应天府。未赴任。

十月，母亲卢氏去世，蔡襄护丧南归。

治平四年（1067） 宋英宗子赵顼登基，是为宋神宗，次年改元熙宁。神宗继位，意欲富国强民，任用王安石变法，变法峻急，几乎动摇国本。晚年有所更改。但朝臣由此分为"新党"与"旧党"，为宋末党争埋下祸根。前人评说，神宗之后，北宋无神。

八月十六（公元1067年9月27日），蔡襄在家中逝世，享年五十六岁。朝廷追赠吏部侍郎，后加赠少师。神宗登基，遵循英宗主张，对蔡襄冷落，未依照三品以上赐谥古礼，不曾赐蔡襄以谥号。蔡襄逝后，葬于莆田华亭西许将军山，欧阳修撰《端明殿学士蔡公墓志铭》赞曰："谁谓闽远，而多奇产。产非物宝，惟士之贤。嶷嶷蔡公，其人杰然。奋躬当朝，谠言正色。出入左右，弥缝补阙。间归于闽，有政在人。食不畏蛊，丧不忧贫。疾者有医，学者有师。问谁使然，孰不公思？有高其坟，有拱其木。凡闽之人，过者必肃。”

蔡襄兄弟及子女：

长兄蔡爕，早夭。因此蔡襄居长，自称“蔡大”。

弟蔡高，字君山。二十八岁去世。

幼弟蔡奭，生卒年不详。亦早逝，曾为福州司法参军。

长子蔡匀，荫补将作监主簿，十八岁早逝。

次子蔡旬，荫补大理评判，二十八岁亡故。

幼子蔡旻，蔡襄去世时年仅九岁，荫补为秘书省正字。

还有一子，据说名蔡旬，具体生卒年及事迹不详。

弟（本书采其为蔡高）子蔡均（一说为“钧”）及孙蔡传（蔡襄去世时仅两岁），亦荫补将作监主簿。

长女生卒年不详，嫁著作佐郎谢仲规。余二女，具体情况不详。

靖康二年（1127） 北宋亡国，宋徽宗第九子康王赵构逃往南方，建国应天（南都商丘），定都临安（杭州），是为南宋。

淳熙三年（1176） 蔡襄曾孙、官至户部尚书的蔡洸为蔡襄奏请谥于朝，宋孝宗赐谥“忠惠”，迁墓于故乡枫亭铺头村蔡岭。

庆元年间（1195—1200） 洛阳桥南街尾重建蔡襄祠。

族裔、乾隆时进士蔡新在蔡襄墓前立柱铭联云：“四谏经邦，昔日芳型垂史册；万安济众，今朝古道肃观瞻。”

附：集评

《宋史·列传》："襄工于手书，为当世第一，仁宗尤爱之。"

宋高宗《翰墨志》："本朝承五季之后，无复字画可称。至太宗皇帝始搜罗法书，备尽求访。当时以李建中字形瘦健，姑得时誉，犹恨绝无秀异。至丰、熙以后，蔡襄、李时雍体制方入格律，欲度骅骝，终以骎骎不为绝赏。继苏、黄、米、薛，笔势澜翻，各有趣向。然家鸡野鹄，识者自有优劣，犹胜泯然与草木俱腐者。"

欧阳修《归田录》："蔡君谟既为予书《集古录序》刻石，其字尤精劲，为世珍，以鼠须、栗尾笔、铜绿笔格、大小龙茶、惠山泉等物为润笔。君谟大笑，以为太清而不俗。后月余，有人遗余以清泉香饼一筐者，君谟闻之，叹曰：'香饼来迟，使我润笔独无此一种物。兹又可笑也。'"

《墨客挥犀》："蔡君谟语茶者，莫敢对公发言，建茶所以名重天下，由公也。"

《珍珠船》："蔡君谟谓范文正曰：公《采茶歌》云：黄金碾畔绿尘飞，碧玉瓯中翠涛起。今茶绝品其色甚白，翠绿乃下者耳。欲改为'玉尘飞''素涛起'，如何？希文曰：'善。'"

朱熹《跋蔡端明写老杜前出塞诗》云：蔡公大字盖多见之，其行笔结体往往不同，意以年岁有早晚，功力有浅深故耶。岩壑老人多见法书，笔法高妙，独称此为劲健奇作，当非虚语。庆元三年十月戊寅朱熹。

蔡公书备众体。此卷评书一纸，独有欧、虞笔意，甚可爱也。庆元已未三月八日，云谷老人观县大夫张侯所藏，为识其后。

欧阳文忠公与蔡忠惠公手帖，前辈交情笃厚，语意真实，于此可见。庆元已未三月八日新安朱熹仲晦书。

蔡公节概议论，政事文章，皆有以过人者，不独其书之可传也。南来多见真迹，每深敬叹。朱熹题。（以上俱见《朱子大全》）

《蔡氏谱》："君谟工书。八分、散隶、真楷、行草皆精。韩魏公《写先君真》，欧阳公为之赞；作'昼锦堂'，欧阳公为之记，皆君谟书之。君谟喜书欧阳之文，若陈文惠《神道碑》《薛将军碣》《真州东园记》《杭州有美堂记》《牡丹记》《集古录序》，皆君谟真笔也。高宗评书法，谓君谟为本朝诸臣之冠。欧阳以为当世独步，苏文忠以为第一。《李之仪堂记》《永城县学记》《清署堂记》《家庭献寿仪》《真草千文》，亦以为一代师表云。"